Meurtres au manoir

Willa
MARSH

Meurtres au manoir

ROMAN

Traduit de l'anglais
par Éric McComber

J'ai lu

Titre original :
THE QUICK AND THE DEAD

Pour Molly et Barrie

I

Encore une fois, elle se tient ce matin au bout de l'allée, camouflée dans l'ombre. Elle fixe le manoir avec convoitise, avec avidité. Une ardente ambition émane de sa silhouette dense et concentrée. Un tintamarre grinçant accompagne la camionnette du laitier qui remonte la rue. La forme pivote promptement et se fond dans l'obscurité des bois.

Gwyneth et Olwen n'ont pas manqué de l'apercevoir. Sa sombre présence a alerté les deux protectrices actuelles du manoir. Elles la surveillent de leurs chambres à l'étage, à bonne distance des fenêtres à meneaux, pour éviter d'être vues. Leurs pensées vont vers elle, comme d'invisibles tentacules, interrogatrices, curieuses. Lorsque la silhouette disparaît entre les arbres, les deux sœurs échangent un tendre sourire.

Clarissa n'a rien repéré. Elle ne voit que l'ombre tachetée, les lueurs étincelantes du soleil entre les branches nues, le mouvement des ramures dans l'allée. Toutes ses pensées sont tournées vers elle-même. La tristesse occulte les lignes de son visage, elle garde les bras croisés sous sa poitrine, coudes dans les paumes.

— C'est injuste, murmure-t-elle. C'est tout simplement injuste.

La brise charrie le tintement pur et régulier d'un carillon à travers champs et vallées. C'est l'heure de la tierce au couvent sur la colline. Gwyneth et Olwen grimacent en entendant le timbre cristallin de l'appel à la prière, et Clarissa soupire en se détournant de la fenêtre. Il est trop tard désormais pour parler à Thomas de l'obsession de sa fille pour la religion. Pâques est déjà passé et Megan entrera bientôt au couvent à titre de postulante. Clarissa se retrouvera dès lors toute seule dans cette maison ancienne, à des kilomètres de la civilisation, en compagnie d'un invalide et de deux vieilles dames.

— C'est injuste, soupire Clarissa.

Olwen et Gwyneth, postées devant la porte de la jeune femme, approuvent en silence la note de frustration qu'elles détectent dans sa voix et hochent la tête avec sagacité.

Il n'en a pas toujours été ainsi. Au commencement, lorsqu'elle épouse Thomas et emménage dans ce manoir planté au cœur d'une forêt de chênes, Clarissa croit monter au paradis. C'est chez des amis communs, qui hébergent Thomas après le décès de son épouse, qu'elle le rencontre. La pauvre femme n'a apparemment jamais récupéré d'une série de fausses couches. Sa disparition a laissé Thomas seul pour prendre soin de Megan, sa fille de quinze ans, et de ses deux tantes âgées. Thomas a un charme démodé, tout en courtoisie, gentillesse et sincérité ; Clarissa s'éprend rapidement de lui. Lorsqu'il lui parle de son vieux manoir de style Tudor, tapi au fond des bois, aux limites du pays de Galles, qu'il évoque pelouses, rivières et montagnes, Clarissa se sent soudain lasse de la saleté et de la suie des rues londoniennes. En l'entendant décrire la vaste maison, sa fraîcheur, sa tranquillité, elle songe avec dégoût à son minuscule logis du quartier Fulham. Il décrit son enfant, la charmante petite Megan, et Clarissa sent son instinct maternel – toujours à fleur de peau – s'éveiller.

Les amis de Thomas évoquent avec enthousiasme devant Clarissa (en secret, de manière à préserver les sentiments du veuf) sa fortune et le sang noble de sa lignée. Ils s'aperçoivent soudainement de tous les avantages d'une éventuelle union entre Thomas et Clarissa, et ils n'hésitent pas à en chanter les louanges. Comme ils commencent à regretter l'invitation ouverte faite à Thomas de venir faire son deuil chez eux, ils voient l'occasion de faire d'une pierre deux coups. Ce n'est pas qu'ils soient sans cœur, ou incapables de sentiment, se sont-ils rassurés l'un l'autre – non, certes non –, mais la très chère Clarissa est tout de même (soyons honnêtes) un tantinet pénible. Elle n'a de cesse de s'inviter ou de surgir à la porte, de bourdonner sans cesse à propos de son horloge biologique et de la misère que représente la solitude, puis de tous les soucis que constitue la quête d'un accompagnateur de circonstance pour les soirées et ainsi de suite – ça devient si difficile, de nos jours (« Oh, non, ma chérie, voilà encore cette désespérée de Fulham ? »). Quant à Thomas, cela peut devenir un tout petit peu fatigant de le voir traîner sa tête d'enterrement dans la maison et d'avoir à jouer ce rôle de je-te-soigne et je-t'encourage alors qu'on a plutôt envie de faire la fête avec ce couple sympathique qui vient d'emménager en face. Après tout, Claerwen était un merveilleux petit chou – sauf pendant les longues périodes où elle était épuisée par ses atroces souffrances –, mais en toute franchise, il est probablement préférable pour Thomas d'en être débarrassé. Il n'y a de fait aucune raison, pas la moindre, qui empêche cette chère Clarissa de devenir une mère *tout à fait convenable* pour la petite Megan et une femme *merveilleuse* pour ce bon vieux Thomas.

Lorsque Clarissa voit la maison pour la première fois, elle en a le souffle coupé. Le colombage, les tuyaux de cheminée en cuivre pur Tudor, les petits carrelages roses d'origine, les fenêtres à meneaux et la grande porte de chêne la font soupirer d'aise.

— Oh, Thomas, dit-elle, les yeux humides. C'est absolument magique.

Thomas sourit avec gratitude. Claerwen avait vécu dans l'angoisse de la pourriture des solives et la crainte de l'humidité, des rongeurs dans les greniers et de la proximité des arbres.

— C'est une drôle de vieille baraque, dit-il, avec une désinvolture qui dissimule mal sa fierté.

Il est très amoureux de Clarissa, malgré la légère honte qu'il ressent en se voyant s'enflammer si tôt après le décès de sa Claerwen.

— Sincèrement...

Clarissa est béate d'admiration et continue à inventorier la maison. Elle lui a fait stopper la voiture (une très jolie Bentley) au bout de l'allée. Elle tente de saisir sa main mais touche accidentellement le haut de sa cuisse. En fait, ses doigts atterrissent tout près de la braguette de Thomas et celui-ci laisse s'échapper un râle discret qu'elle feint d'ignorer. Ils regardent tous deux droit devant, Clarissa toujours en transe, jusqu'au moment où elle laisse aller un léger soupir, retire sa main et se tourne vers lui avec une expression de douce innocence. Thomas déglutit et remet la voiture en marche, fiévreux de sensations qu'il avait presque fini par oublier. Claerwen était beaucoup trop fragile, ces dernières années, pour même songer à s'adonner au moindre élan.

Clarissa se rend bien compte qu'il faudra encourager un peu Thomas pour lui faire surmonter ses réticences naturelles, en particulier durant cette période de deuil, mais sa propre attirance est si forte qu'elle ne peut envisager de restreindre ses assiduités, le temps de laisser éclore leur amitié. Thomas est apparu dans sa vie à un moment où elle souffrait de solitude et elle est terrifiée par l'idée qu'il puisse disparaître avant qu'elle n'ait eu le temps de le conquérir. Elle se montre timide et amicale à l'égard des deux vieilles rombières qui l'attendent au salon. Elle remarque leurs tweeds (âgés mais de bonne qualité, dans le même esprit que la Bentley), leurs jerseys tricotés à la main, leurs grosses chaussures de randonnée, et se prend d'affection pour ces deux sympathiques vieilles échevelées qui semblent tout à fait prêtes à lui offrir la réciproque. Elle ne cache pas son enthousiasme pour la maison et elles l'observent de leurs yeux brillants et attentifs. Après la gogaille (elle trouve fantastique qu'elles utilisent encore ce mot), on lui fait visiter le manoir. Elle ne détecte pas l'intensité de leur regard tandis qu'elles guettent ses réactions. Elle parle de l'atmosphère et déclare que le lieu est sans doute hanté, mais, ajoute-t-elle précipitamment, d'une manière joyeuse, voire délicieuse. Tante Olwen et tante Gwyneth sourient d'un air mystérieux et échangent un regard. Tout va pour le mieux.

Megan est au pensionnat et, après un délai de décence et de nombreuses rencontres à Londres, il est décidé que Thomas présentera Clarissa à Megan lors de la prochaine permission. Ils sont tous deux conscients de devoir prendre leur temps. La petite s'est dévouée à sa mère pendant sa longue maladie et ne cherche pas à la remplacer. Elle reçoit cependant l'amie de son père avec cordialité, ouverture et naturel. Clarissa est charmée. Le rôle de belle-mère, elle le voit, sera facile à tenir. Par contre, elle commence à réaliser que tout signe d'empressement pourrait brusquer Thomas dans ses conceptions fastidieuses et démodées du comportement que doivent adopter les dames. Elle retourne à Fulham et attend désormais un geste de Thomas. Ce dernier réintègre ses quartiers au pays de Galles. Il téléphonera pour arranger le prochain rendez-vous. Il serait un peu précipité pour Clarissa de notifier à son employeur son départ imminent, mais elle occupe tout son temps à rêver à Thomas et à son petit manoir Tudor tapi au fond de la forêt.

Thomas est plutôt dépassé par le réveil de ses ardeurs. La délicate et fragile Claerwen stimulait tous ses instincts chevaleresques et protecteurs, mais, bien qu'il ait été parfois déçu par son manque d'intérêt pour les manifestations les plus concrètes de son amour, elle ne l'avait jamais rejeté. En tant que jeune mari, Thomas aurait préféré une réaction plus active, mais après ses fausses couches, Claerwen était devenue encore plus renfermée et Thomas avait dû se contraindre au célibat. Ce n'avait pas été aussi difficile que cela aurait pu l'être pour de nombreux autres hommes plus vigoureux. Thomas a toujours été de nature solitaire et, occupé comme il l'est par la gestion de son domaine, il n'a jamais été dérangé par la tentation. Du moins, jusqu'à aujourd'hui.

Désormais, il y a Clarissa. Il songe à elle tout en vaquant à ses occupations quotidiennes et tente de mettre de l'ordre dans ses sentiments. Elle est si émouvante de naturel, songe-t-il. Son affection est dénuée d'artifices, elle est comme une enfant en confiance. Il est clair, se dit Thomas, qu'elle ne se rend pas compte de ce que font aux hommes ses manières si délicieusement innocentes. Après tout, elle n'a jamais été mariée (Clarissa lui a raconté l'histoire émouvante, bien que totalement fictive, d'un grand amour défunt) et Thomas voit bien qu'elle n'a pas la moindre expérience dans l'art du flirt.

Ses copains, qui le connaissent bien, ont rapidement voulu prévenir Thomas des dangers de l'inexpérience. Ils ont compris que Clarissa était simplement une enfant intacte restée fidèle à son seul et véritable amour (défunt). Thomas, élevé dans la solitude immuable des marches galloises, envoyé à treize ans à l'école de Shrewsbury, puis ramené à la maison à dix-sept ans pour y apprendre la gestion du domaine, représente une proie facile pour leurs arguments. Marié à vingt-deux ans à Claerwen, père à vingt-sept, et aujourd'hui, à l'aube de la quarantaine, déjà veuf.

Thomas arpente son domaine et bavarde avec ses derniers métayers, tout en pensant à Clarissa. Le trouvera-t-elle superficiel et sans cœur s'il la demande tout de suite en mariage, si peu de temps après la disparition de Claerwen ? Après tout, Clarissa est restée fidèle toute sa vie à son seul et véritable amour (défunt).

Dans son sous-sol londonien, Clarissa se demande si elle a bien fait d'insister avec autant de lourdeur sur cette histoire de seul et véritable amour défunt. Elle a également oublié le nom qu'elle a donné – cette fois-ci – à ce modèle de vertu qui détient les clés de son cœur de toute éternité. Henry, non ? Ou était-ce David ? Elle est certaine que Thomas se souviendra de tout ce qu'elle lui a raconté au cours de cette émouvante petite saynète. Clarissa grimace en regardant sans la voir la cour humide de son immeuble, jonchée d'immondices et de bacs poubelles. Elle a été négligente. Très négligente. Elle se remémore la règle primordiale que sa meilleure meilleure amie, Georgy, a tenté de lui apprendre dès la petite école : « Un bon menteur doit avoir une bonne mémoire. »

Peut-être serait-il préférable de ne plus jamais parler de ce seul véritable amour défunt ? Tant de variations sur ce thème ont été composées au cours des années, chacune ajustée à la compagnie du moment, que cela devient difficile de se souvenir avec clarté. Bien qu'il soit désormais parfaitement acceptable d'avoir une carrière et de jouir de son indépendance, les jeunes femmes seules se sentent toujours forcées d'expliquer les raisons de leur célibat. Il leur incombe d'affirmer que c'est par choix qu'elles moisissent dans des sous-sols et passent leurs week-ends à visionner des vidéos toutes seules. Le seul et véritable amour défunt a été fort utile à Clarissa pour lui éviter l'humiliation d'avoir à expliquer constamment son isolement.

Clarissa, qui n'a pas plus d'ambition que d'indépendance, se reproche d'avoir été trop avide et transparente avec ses petits amis jusqu'à présent. Elle est déterminée à ne pas commettre la même erreur avec Thomas. Elle se croit amoureuse de lui, bien qu'elle admette que l'argument du manoir soit convaincant. Elle se tient à la fenêtre – son logement est trop petit pour y faire les cent pas – et l'image de cette magnifique maison demeure imprimée sur sa rétine. Le manoir a son charme, mais pas à la manière d'une boîte de chocolats. Il est bien assis dans le sol, solide comme une forteresse, à la fois pratique et protecteur. Clarissa se voit déjà en faire le tour avec ses amies venues en visite, de Londres, pour le week-end. Elle anticipe leur convoitise et s'imagine comblée de joyeux espoirs. Elle serre les poings, torturée par l'impatience, mais elle demeure déterminée à attendre aussi longtemps qu'il le faudra. Encore une fois, l'image de la grande demeure remplace celle de la cour encombrée de détritus.

— Je la veux, marmonne-t-elle de manière enfantine en serrant les mâchoires. Je la veux.

Lorsque Thomas lui téléphone enfin, elle parvient difficilement à dissimuler son excitation, mais se domine et parle d'une voix calme. Elle lui demande s'il tient le coup, s'enquiert de Megan et des tantes. Elle pose toutes ces questions sur le ton d'une simple amie compatissante, et détecte l'angoisse du Gallois à l'autre bout du fil. Thomas l'invite à venir passer la fin de semaine au manoir. Elle laisse fuser un soupir de plaisir parfaitement jaugé, qu'elle tempère en lui disant qu'il est beaucoup trop gentil, qu'il ne doit pas se sentir obligé de la distraire. Les mots « pendant que vous êtes encore en deuil » sont sous-entendus et Thomas, qui n'a pas pensé une seule fois à Claerwen au cours des dernières semaines, s'empresse d'assurer Clarissa que sa compagnie est exactement ce dont il a besoin. Elle se laisse convaincre, repose le combiné, victorieuse et soulagée, et frappe l'air de ses poings. Georgy serait fière d'elle.

Thomas, debout près du téléphone, arbore un air de satisfaction hébétée. Tante Olwen lui décoche un sourire en passant par là et il lui rend la pareille. Ils demeurent ainsi un certain temps à se sourire l'un l'autre, jusqu'à ce que Thomas rompe le charme et lui annonce la bonne nouvelle.

Tante Olwen, qui a écouté la conversation téléphonique en entier, l'oreille plaquée contre la porte, lui tapote le dos affectueusement.

— Une fille si gentille, dit-elle en guise d'encouragement. C'est une bonne chose que tu puisses compter sur une compagnie plus jeune, mon cher petit.

Elle a déjà perçu l'intérêt de Clarissa pour la maison et voit très bien les avantages qu'il serait possible d'en tirer. Elle et Gwyneth commencent à prendre de l'âge et doivent trouver une nouvelle protectrice à qui léguer la maison et ses secrets. Ce rôle aurait dû revenir de droit à Megan. Elle est, après tout, une Mortimer ; descendante d'un grand marquis pendu pour trahison, un sombre jour de novembre, il y a de cela plus de six cents ans, pour avoir séduit une reine esseulée et ambitieuse, et assassiné un roi faible et vaniteux. Il a vendu son âme immortelle pour la puissance et la gloire temporelles. Cependant, beaucoup le considéraient comme un grand patriote et, comme sa mort civile ne fut jamais prononcée, les Mortimer ont pu toucher son héritage, et sa femme irlandaise conserver ses domaines. Son petit-fils s'étant illustré à la bataille de Crécy, on lui rendit ses titres. Tours et châteaux se sont depuis longtemps effondrés, mais c'est un Mortimer qui fit construire le manoir, sous le règne d'Henri Tudor, et ce sont des Mortimer qui l'occupent depuis.

Cependant, bien que Megan soit douée de la Vision, Olwen et Gwyneth ne sont pas convaincues qu'elle possède les qualités nécessaires à la protection du manoir. Elle est la fille de sa mère : gentille, prévenante et pieuse. Elle a récemment exprimé son désir d'entrer dans les ordres. Thomas n'est pas trop âgé pour enfanter à nouveau et Clarissa semble une candidate de choix susceptible de produire des Mortimer qui sauraient se montrer à la hauteur de la tâche. Olwen continue de sourire tout en montant les escaliers pour aller trouver Gwyneth et lui annoncer la venue de Clarissa ce week-end.

II

D'autres constructions se dressent dans cette forêt de chênes. De nombreuses masures de pierre sont tombées en ruine au cours des siècles comme, auparavant, quelques huttes de glaise. Derrière la maison, au creux des bois, se tiennent les menhirs. Leurs surfaces râpeuses et grises, constellées de fissures et de cratères, forment un cercle. Avant l'édification du dolmen, on adorait la Déesse dans la clairière sacrée. La terre y a été imbibée de sang humain et des ossements pourrissent sous l'émeraude des herbes fraîches. Bien avant l'arrivée de la chrétienté en ces lieux, les druides croyaient à l'immortalité de l'âme humaine. Les Romains les ont pourchassés sans pitié et ont tout fait pour détruire ce culte, mais les druides ont continué à se réunir en secret là où ils trouvaient la Déesse, dans les pierres, les arbres ou les grottes, et en ces lieux procédaient aux offrandes. Ici, dans la forêt de chênes, au-delà du cercle de pierres, à l'abri des regards, d'étranges petites choses se produisent. Jamais un jardinier n'a été admis dans la forêt derrière la maison.

Même Thomas croit aux vieilles légendes selon lesquelles le destin du manoir est lié aux grands arbres. S'ils venaient à tomber, sa famille périrait. Il s'en gausse, mais il s'assure tout de même d'entretenir soigneusement le boisé. Les arbres y règnent, grands et sains, leurs racines plongées profondément sous la terre, où elles se gorgent des sombres et riches nourritures qui reposent dans les profondeurs. Ce sont toutefois les femmes de la famille qui savent que c'est la Déesse qui les protège. C'est Elle qu'il faut adorer et assouvir.

Le grand-père de Thomas marie sa cousine, qui devient ainsi doublement Mortimer, de naissance et par alliance. C'est une femme étrange et violente, dont les yeux gris brillent et pétillent tels des éclairs de foudre s'abattant dans les flots d'une mer glacée. Des yeux de Mortimer. Elle observe les nuées orageuses qui s'assemblent dans les collines, le tonnerre qui fait trembler la cime des montagnes, et elle sait qu'en ces soirs, les vieux enchantements ressuscitent, que la magie est en mouvement, chevauchant les vents du crépuscule. Son fils est un homme gentil, qui aime la terre, heureux de son sort. Mais ses filles participent au culte dans les bois et apprennent à accomplir les sacrifices à la Déesse. Lorsqu'elle meurt, Gwyneth et Olwen veillent son cercueil. Elles se dressent aux petites heures, soulèvent la dépouille dans son linceul et l'emportent au fond des bois. Selon ses volontés, elles enterrent le corps de leur mère au creux du limon noir, loin sous les chênes. La tombe est déjà prête et le clair de lune froid et opalin coule entre les branches tandis qu'elles offrent la dépouille à la terre. Le cercueil est rempli de pierres soigneusement enveloppées et le couvercle est cloué par le serviteur gallois de leur mère. Les croque-morts viennent et emportent la boîte lestée jusqu'au petit cimetière sur la colline pelée et venteuse. La mère de Thomas repose également dans le boisé, guérie de ses souffrances et de ses peines par la science des herbes de ses belles-sœurs. D'autres cailloux ont été transportés sur la colline, mais Gwyneth et Olwen savent que les âmes de leur mère et de leur belle-sœur errent librement dans la forêt de chênes, parmi les menhirs.

Mais qui enterrera Gwyneth et Olwen dans le boisé quand le temps sera venu ? Qui pourra protéger la forêt, servir la Déesse et entretenir les sépultures dénuées d'inscriptions ? Il faut dénicher la prochaine protectrice du manoir. Lorsqu'il devient évident que la pauvre Claerwen ne pourra plus enfanter, il paraît généreux de l'aider à quitter sa vie. C'est chose simple. Tant Gwyneth qu'Olwen savent que la moitié du combat se livre dans la tête. Lorsqu'une personne perd l'envie de vivre, le reste est facile. La chère Claerwen s'est à peine défendue contre les murmures que les sœurs lui adressèrent avec une inexorable douceur, alors qu'elle reposait, faible et vulnérable, dans son lit.

Désormais, elles observent et attendent. Clarissa sera-t-elle le vaisseau qui portera la prochaine gardienne ? Elles ont perdu espoir en Megan. Il lui manque quelque chose, une sorte de savoir héréditaire essentiel. Lorsqu'elles l'entraînent dans la fraîche obscurité de la forêt, elle tremble et sursaute, jette partout des regards angoissés. Elle entend l'écho des actions du passé, les hurlements et les pleurs des victimes ; elle perçoit un courant d'air froid caresser ses bras nus et son cœur se gonfle de tristesse.

— Je n'aime pas cet endroit, dit-elle, et les tantes se froissent et soupirent.

À son âge, elles sacrifiaient déjà à la Déesse, en apprenties enthousiastes et volontaires des arts de leur mère.

— Reste encore un peu, cajolent-elles. Ne pars pas tout de suite. Caresse les pierres. Sens leur chaleur. Viens. Touche-les. Agenouille-toi ici, dans les herbes hautes...

Mais elle échappe à leurs bras insistants et s'enfuit jusqu'au jardin ensoleillé. Les sœurs claquent des dents et hochent la tête, dépitées par sa bêtise. Bien sûr, se disent-elles, certaines démarrent lentement. Le don pourrait se manifester plus tard. Mais les années passent et il devient évident que Megan ne sera jamais une servante de la Déesse. Elles doivent désormais prendre des mesures de précaution, réjouies de voir que Thomas a réagi si promptement. Elles se demandent si Clarissa est véritablement consciente du fait que la maison est hantée. La force qui émane du manoir n'est rien, comparée à la puissance qui réside dans le boisé, mais ce serait de bon augure. Bien sûr, c'est le sang des Mortimer qui transmettra la connaissance essentielle, mais une légère contribution de la part de Clarissa ne pourra faire de mal. Elles ont hâte de la revoir.

Leur impatience n'est rien à côté de celle de Clarissa. Elle en a le souffle coupé. Elle a résolu de pousser Thomas à la demander en mariage et compte les heures qui la séparent de la fin de semaine. Elle dresse l'inventaire de sa garde-robe de citadine et sort faire l'acquisition de vêtements qui soient plus adaptés à la vie à la campagne, mais ne fassent pas trop démodé. Elle sourit intérieurement en se rappelant les deux bonnes tantes dans leurs tweeds et leurs pulls tricotés main, convaincue qu'elles sont de son côté. Clarissa chantonne joyeusement tout en déballant ses emplettes et étend ses nouveaux atours sur le lit, s'imaginant déjà la femme de Thomas, la mère de ses enfants, la dame du manoir. Peut-être deviendra-t-elle une bourgeoise des champs fréquentant le club d'équitation avec Megan. Elle se demande s'il est prématuré de faire l'acquisition d'une veste Barbour et d'une paire de bottes de chasse BCBG, et décide de surseoir. Puis, après tout, sa carte de crédit ne peut plus supporter la moindre extravagance pour le moment. Pour la centième fois, elle jette un œil à sa montre. À la même heure demain, elle sera là-bas.

Thomas aussi est excité. Il s'étonne lui-même. Il n'est pas dans sa nature de se montrer aussi délié. Il tente de se rappeler les débuts de son amour pour Claerwen, qu'il avait connue dès l'enfance. Elle était si tendre et si timide ; il avait toujours été son protecteur. Il ne s'est jamais senti aussi viril et masculin qu'aujourd'hui, alors qu'il attend l'arrivée de Clarissa. Thomas songe qu'il n'a que quarante-deux ans et atteint sans doute son apogée. Puis, Clarissa est une femme si vive et féminine qu'il n'est pas étonnant qu'il se transforme en... Enfin, « chaud lapin » est la seule expression qui lui vienne en tête. Légèrement embarrassé par ses pensées, il redresse ses épaules et rentre son ventre en se regardant dans la glace de son vestiaire. Son œil critique remarque sa taille enrobée et ses cheveux grisonnants, et le voilà consterné. Peut-être est-il présomptueux de demander à une si jeune femme de se joindre à un veuf quadragénaire responsable d'une écolière et de deux vieilles tantes.

Ses amis lui ont raconté que Clarissa plaisait énormément, qu'elle était très demandée en société et qu'elle constituait une amie formidable. Thomas est déjà au courant de sa loyauté pour son seul et véritable amour (défunt). Le doute – d'une variété mortelle, destructrice de confiance – enserre son cœur. Il a été idiot de croire qu'il aurait la moindre chance de séduire une femme aussi chaleureuse et charmante. Il se souvient de sa voix au téléphone : sympathique et amicale, sans plus ; sa légère surprise lorsqu'il a suggéré qu'elle revienne lui rendre visite. Elle l'a sans nul doute trouvé ennuyeux. Elle s'est simplement montrée gentille envers cet insipide veuf quadragénaire, compatissant à son deuil. Leurs amis communs l'ont peut-être prévenue. « Sois tendre avec le pauvre vieux Thomas, il ne va pas très bien... » Et cætera. Il se mord les lèvres en songeant à la pitié qu'il doit sûrement inspirer à la Londonienne et décide d'annuler l'invitation. Il ne pourra pas supporter cette humiliation. Ses épaules retombent, il s'éloigne du miroir et bute presque contre tante Olwen qui se tenait juste derrière lui.

— Mon Dieu, chère tante, suffoque-t-il, portant la main à son cœur. Vous m'avez fait sursauter. Je ne vous avais pas entendue.

— Je suis désolée, mon cher petit. Vraiment désolée. J'ai frappé à la porte. J'ai cru t'entendre dire « entrez ». Assieds-toi ici un instant.

Elle le pousse dans un fauteuil et il remarque furtivement ses étranges yeux gris, embués par l'âge mais toujours vifs et troublants, qui le sondent, épient ses pensées.

Il déglutit et tente de sourire.

— Pardon, j'étais à des lieues. Tu sais de quoi je parle.

Elle lui sourit tendrement en lui tapotant l'épaule.

— Tante Gwyneth disait à l'instant que tu devrais descendre prendre un verre avant le dîner. Nous sommes si joyeuses à l'idée de recevoir notre invitée de demain. Je suis certaine que Clarissa est également fébrile. Elle a adoré notre chère vieille demeure, ne crois-tu pas ?

Ses doigts serrent son épaule et ses yeux demeurent fixés sur les siens. Il sent ses forces lui revenir et le courage afflue dans ses veines. Il est vrai que Clarissa a aimé la maison. Il se souvient de son cri d'extase, de sa main sur sa cuisse, de petits gestes d'affection, et sa virilité reprend du poil de la bête. Non seulement la maison lui a plu, mais il lui a plu, lui, Thomas Mortimer, tout veuf quadragénaire qu'il fût. C'était parfaitement limpide. Il se rappelle soudain d'une foule de détails et de signes rassurants…

Il prend une profonde inspiration et réalise que tante Olwen est toujours penchée sur lui et l'observe. Il se secoue et s'esclaffe, légèrement honteux. Il se dit qu'il revient d'une légère transe, au pays des fées, et se demande ce qu'elle doit penser de lui. Comme elle est gentille de se soucier de lui…

— Je vais bien, tante, affirme-t-il avec confiance. Je ne sais pas ce qui m'a pris. Je te remercie. Un verre me ferait bien plaisir.

— Excellent, excellent, répond-elle en se redressant. Tu as bonne mine, cher petit. Tante Gwyneth et moi le remarquions un peu plus tôt. Tu as une belle silhouette d'homme droit et solide. Tu n'as jamais été aussi beau.

Thomas lui sourit tout en se remettant sur ses pieds et se regarde subtilement à nouveau dans la glace. Il voit clair, maintenant, et constate qu'il paraît en forme, fort et vigoureux ; les cheveux grisonnants sur ses tempes lui donnent un air distingué et son teint est sain et hâlé. Il esquisse un rictus, bande ses muscles... et se rappelle Claerwen.

Olwen s'arrête sur le pas de la porte et se tourne vers lui.

— Encore une chose, mon cher petit, dit-elle tendrement. Il ne sert à rien de garder le deuil éternellement. Et notre chère Claerwen n'aurait pas voulu qu'il en soit ainsi. Il faut que tu songes à Megan, ne l'oublie pas. Claerwen n'aurait pas voulu que cette demeure devienne une maison de deuil. Nous n'oublions jamais nos morts, ils restent pour toujours avec nous, mais les vifs, ceux d'entre nous qui sont toujours en vie, doivent songer à l'avenir.

— Les vifs et les morts, murmure Thomas, tout en se demandant où il a entendu ces mots.

— Viens, coupe sa tante. Cesse un peu de rêvasser, tante Gwyneth doit se demander où nous sommes passés.

Thomas s'offre un dernier regard complaisant dans le miroir et la suit dans l'escalier.

Dans son petit logis, Clarissa écrit une lettre à sa meilleure meilleure amie, Georgy. Elles partagent presque tout depuis la petite école. Elles ont suivi ensemble des cours de théâtre, postulé à des emplois similaires, partagé un appartement dans le quartier d'Hammersmith. Mais, de nos jours, Georgy vit en Amérique – une opportunité unique de travail dans une agence publicitaire de New York proposée par l'amie d'une amie – et Clarissa doit se débrouiller toute seule. Georgy a toujours été celle qui avait des idées et de l'énergie, celle qui trouvait des moyens de stimuler Clarissa la molle, l'indécise, et insufflait de la force dans sa vie. Comme Georgy sera contente d'apprendre que sa vieille copine paresseuse est capable d'accomplir un pareil coup fumant.

Ça lui montrera, songe Clarissa, occupée à gribouiller une description somptueuse de Thomas et de sa maison, ça lui montrera qu'il n'y a pas qu'elle qui soit coriace et déterminée.

Elle dépeint ensuite les tantes et raconte sa nervosité à l'approche de la fin de semaine. Comme elle voudrait que Georgy soit là pour lui souhaiter bonne chance, tonifier sa confiance, la conseiller ! Malgré cela, une petite voix en elle glousse de satisfaction en songeant qu'elle s'est très bien débrouillée sans sa meilleure meilleure amie. Cela servira de leçon à Georgy, qui aime bien se moquer de son incapacité à prendre des décisions ou à réussir quoi que ce soit. Souriante, Clarissa cachette l'enveloppe, attrape son manteau et son sac à main, et se précipite au bureau de poste. Elle a grande hâte que Georgy reçoive ces bonnes nouvelles.

III

Le week-end est un grand succès. Chacun s'y montre sous son meilleur jour. Les tantes, légères, amicales et gentilles, surveillent Clarissa de près. Elles sont à nouveau témoins de son désir pour la maison et s'attachent à la lui montrer sous les angles les plus favorables. Elles l'ont astiquée et fleurie en prévision de sa venue, et elle s'exclame de joie à la découverte de chaque petit trésor.

— Cette maison est à mourir ! vagit-elle à un moment.

Les tantes, peu au fait des tournures à la mode, acquiescent en silence. Il se pourrait justement qu'elle s'y colle. Aucun sacrifice n'est trop grand pour le bien-être du manoir – ou pour la Déesse. L'attitude de Clarissa les charme et, avant la fin du week-end, elles ont acquis la certitude qu'elle leur a été envoyée expressément pour mener à bien leurs visées.

Thomas a la même impression. Clarissa le charme toujours autant et lui fait prendre conscience de sa solitude. Il songe qu'il serait plaisant qu'elle vive là et partage sa vie. Il se demande quand il sera convenable de demander sa main. À dire vrai, il considère de son devoir d'en parler préalablement à

Olwen, Gwyneth et Megan. Les tantes l'appuient sans réserve. Elles parviennent à sous-entendre, sans manquer de respect à Claerwen, qu'il mérite une compagne enjouée et fringante, et que toute la maisonnée profitera de la présence de Clarissa. Il est heureux de leur approbation, mais refuse de passer à l'acte tant qu'il n'aura pas parlé de ses projets à Megan. Elle viendra bientôt passer le congé de la mi-session à la maison et il juge naturel d'aborder la question d'une éventuelle belle-mère avec sa fille.

Les tantes se rebiffent un peu devant une telle sensiblerie. Quand elles étaient jeunes filles, les enfants ne jouissaient pas de tant de considération. Mais elles ne veulent pas s'opposer à la volonté de Thomas, et continuent de sourire et de montrer leur accord, tout en espérant avec impatience le retour de Megan.

Megan ne s'attendait absolument pas à la nouvelle. D'autres filles auraient pu se douter que quelque chose se préparait, mais pas Megan. Thomas espère qu'elle a pu soupçonner que Clarissa était plus qu'une simple amie – l'avoir invitée pour le thé lors du dernier congé n'avait-il pas une certaine signification ? –, mais sa fille n'a rien détecté qui sorte de l'ordinaire et Thomas est forcé de patauger de manière maladroite. Malgré les assurances de ses tantes, Thomas se sent encore coupable d'avoir pu oublier si vite sa chère Claerwen. Il a également honte de son vif désir de la remplacer. Tout au long du chemin qui mène de la gare à la maison, il tente d'expliquer ses sentiments à Megan, qui demeure perplexe. Il devient confus, balbutie, se met presque en colère en voyant sa fille incapable de l'aider à s'extraire de cette scène pénible.

Elle est assise auprès de lui, maigre et pâle dans son inélégant uniforme scolaire, tout le portrait de sa mère, et le mélange de son amour pour elle et de sa culpabilité le rend irritable.

— C'est pour toi que je fais ça, gémit-il avec un étonnant mépris pour la vérité. Une fille de ton âge a besoin d'une mère. Je ne peux rien pour toi et les tantes sont trop âgées.

Il lui jette un rapide regard avant de s'enfoncer résolument dans le chantage émotif le plus vil.

— Et, bien sûr, je souffre également de solitude, sans ta maman chérie, et sans toi, partie au pensionnat.

Sa voix plaintive tremble légèrement, teintée d'un sincère apitoiement. C'est vraiment difficile de vivre seul, sans quiconque pour prendre soin de soi. Dieu sait combien il a souffert du manque d'attentions au cours des dernières années, pendant la longue maladie de Claerwen. Est-ce trop demander, aujourd'hui, que d'espérer jouir un peu de la vie ?

Megan l'observe pensivement. Très réceptive à de nombreux phénomènes situés au-delà de la perception normale des gens, elle met parfois beaucoup de temps à simplement comprendre ses semblables. En grandissant, elle perçoit la force et l'influence de ses tantes, bien qu'elle ne parvienne pas à en capter toute l'essence. Elle est simplement sûre de devoir esquiver ce monde, bien qu'elle ne le craigne en rien. Il existe une muraille protectrice entre elle et ses tantes, et elle est heureuse de vivre dans son propre univers de paix, de lumière et de silence. C'est uniquement lorsque le monde extérieur entre en collision avec le sien qu'elle devient nerveuse et mal à l'aise. Megan sait que l'instant présent constitue l'un de ces moments. Elle se concentre sur les propos que vient de tenir son père et comprend qu'elle a été stupide.

— Tu veux épouser Clarissa ? demande-t-elle. Eh bien, je ne m'y oppose pas du tout ! Pourquoi le ferais-je ?

Son père se tourne pour la fixer avec étonnement et fait faire une violente embardée à la voiture. Le conducteur et les passagers d'un véhicule qui passe en sens inverse leur adressent gestes impolis, injures et regards lourds de reproche. Thomas immobilise la voiture sur l'accotement et s'essuie le front. Un fardeau immense lui écrasait le cœur et vient d'être retiré.

— Bien sûr, je ne m'y oppose en rien, le réconforte-t-elle. Pardonne-moi d'avoir été si lente.

— Non, non, coupe-t-il rapidement, pas lente. Comment aurais-tu pu… ? Comment aurais-tu eu la moindre… ?

Sa générosité lui donne envie de la récompenser d'une manière ou d'une autre.

— Ce n'est pas que je n'aime plus ta maman chérie, rien… rien de ça…

Megan garde le silence. La dernière remarque est superflue. Pour Megan, la vie et la mort sont indivisibles, deux facettes d'une même réalité. Claerwen ne pourra jamais être plus proche d'eux qu'elle ne l'est maintenant. Pourquoi devrait-il cesser de l'aimer ? Cet amour n'a rien à voir avec Clarissa. Megan croit détecter là un autre terrain où les mondes risquent d'entrer en collision et opte pour la prudence.

— Bien sûr que non. Je sais ça. J'aime bien Clarissa. Est-elle à la maison ?

— Non, répond Thomas en redémarrant la voiture.

Elle aurait pu s'y trouver s'il avait su avec quelle rapidité Megan allait accepter la situation.

— Non, elle n'est pas à la maison. Mais j'espère que tu la reverras bientôt. Oh, ma chérie, sois bénie pour ta compréhension.

Megan sourit. Elle est heureuse. Elle s'enfonce dans son siège. Elle attend le moment où elle apercevra la maison, avec ce mélange habituel d'émotions contradictoires. Elle aime le manoir, mais perçoit le danger. Elle sait désormais que son père, pourtant un Mortimer, est incapable de voir les ombres de ses ancêtres. Par contre, sa mère, qui était douée de la Vision, était consciente de leur présence. Les tantes sont différentes. Elles ont voué leur allégeance à une force ancienne, terrible et cruelle, et Megan craint pour elles.

Elles l'attendent sur le pas de la porte, viennent l'embrasser, lui tapoter l'épaule et prendre son sac.

— Un thé spécial, murmurent-elles en l'entraînant au salon. Et ton gâteau préféré. Ça te dit ? Tu en veux ? Splendide. Tu as fait bon voyage ? Ça se passe bien à l'école ?

Elles questionnent Thomas des yeux et il acquiesce en guise de réponse, avec un sourire délirant, haussant les épaules et mimant la générosité de sa fille et l'inutilité de leurs inquiétudes. Leur soulagement se manifeste par une pluie d'affection à l'endroit de Megan. Tout est douceur et lumière. Il ne reste plus à Thomas qu'à demander Clarissa en mariage.

C'est sur la pelouse devant la maison qu'il passe à l'acte, comme pour qu'elle se souvienne bien de tout ce que comprend la proposition. Il n'arrive toujours pas à croire qu'elle va accepter. Elle contemple la courbe de l'allée de gravier et les marches de la terrasse. Le soleil chauffe les briques polies par le temps et fait scintiller les carreaux des fenêtres à meneaux. Une rangée de grands chênes s'aligne le long de l'allée et semble marcher vers la forêt, tandis que sur la droite, les troncs descendent en pente douce jusqu'à la rivière. Au-delà du cours d'eau, de jolis petits pâturages s'étirent jusqu'aux genoux dénudés des montagnes dont les silhouettes austères se découpent avec majesté contre l'azur crayeux. C'est un jour enchanté. La magie vibre dans l'air et les enveloppe tandis qu'ils se promènent sur l'herbe. Les tantes les observent depuis leurs chambres à l'étage. Elles concentrent le faisceau de leurs esprits et de leurs volontés sur le couple, de telle manière que Clarissa se voie admise au royaume des fées, où rien n'est tout à fait réel. Elle se sent forte et altière, capable de tout accomplir.

Thomas est légèrement moins réceptif à leur pouvoir, mais il voit croître sa confiance au moment où Clarissa se tourne vers lui et lui adresse un sourire. Il avale sa salive, prend sa main et parle. Il est plutôt éloquent (selon ses standards) et prononce les vieux mots usés avec toute la ferveur d'un homme qui viendrait de les inventer. Clarissa est touchée à un tel point que sa réponse affirmative fuse aussitôt. Elle lui déclare qu'elle aussi l'a aimé dès leur première rencontre et que pour la toute première fois, son seul et véritable amour (défunt) – David ? John ? Elle évite soigneusement les inutiles précisions – est surpassé. Ce sont pour elle de nouvelles et incontrôlables émotions. Cette habile manœuvre de Clarissa permet à Thomas d'expliquer qu'il ressent exactement la même chose à propos de sa pauvre chère Claerwen et se débarrasse définitivement de tous ses épuisants remords. En quelques mots bien choisis – et soigneusement appris par cœur –, elle affirme que leur amour est particulier et bien au-dessus des affections monotones que peuvent espérer les couples ordinaires. C'est un cadeau des cieux et il est de leur devoir de l'accepter de bon cœur.

Toujours souriante, elle élève un regard brumeux vers lui – elle a pris soin de porter des semelles plates, ayant noté que Thomas n'était pas très grand, alors qu'elle est une femme de haute taille – et il ne peut contenir sa joie. Il a envie de se frapper la poitrine et de hurler comme un chien. En lieu et place, il prend ses mains tendues et se penche (légèrement) pour embrasser ses lèvres entrouvertes.

Les tantes soupirent de soulagement, éteignent les effets spéciaux et se précipitent au rez-de-chaussée de façon à être sur place pour accueillir la bonne nouvelle et accepter une coupe de champagne.

Clarissa rentre à Londres pour annoncer son départ à son employeur et au propriétaire de son logement. Elle n'arrive pas à croire sa chance. Elle a pris de nombreuses photos de Thomas, toutes stratégiquement cadrées pour restituer la façade du manoir sous tous les angles, et dès que celles-ci sont développées, elle s'empresse de les imposer à toutes ses copines. Quelques-unes demeurent silencieuses, d'autres s'exclament, certaines sont rancunières, mais toutes sont envieuses. Clarissa dégouline de satisfaction.

— Il faut que vous me rendiez visite, leur dit-elle. Venez passer quelques jours. Il y a de la place pour tout le monde. Au moins dix chambres à coucher. Oh, et juste ici, hors du cadre, il y a la rivière. Et derrière, les montagnes. Il y a trois ou quatre fermes sur le domaine et une forêt merveilleuse. D'adorables, adorables promenades, et toutes sur mes terres. Non, je ne me fais pas le moindre souci pour Megan. Elle est charmante. Nous nous entendons à merveille. Et puis, elle est au pensionnat, la plupart du temps, bien sûr. Les tantes ? Dieu du ciel, non ! Pas étouffantes le moins du monde. Vraiment, de joyeuses et avenantes petites vieilles. Elles m'ont accueillie à bras ouverts. À dire vrai, sa défunte était un peu « éteignoir », si vous voyez ce que je veux dire, semi-invalide et tout et tout, et elles sont tellement marrantes. Vous les auriez vues quand Thomas a sabré le champagne après m'avoir demandée en mariage. Il avait mis la bouteille dans un seau au cas où je dirais oui. Il n'est pas chou, non ? Tenez, celle-ci a été prise au bout de l'allée. Oui, c'est tout une entrée de garage, non ? Quoi ? Ah, ça, c'est la voiture de Thomas. Oui, je crois bien que c'est une Bentley. Vous me connaissez. Côté voitures, c'est sans espoir pour moi. Très vieille, apparemment. D'époque ou quelque chose comme ça. Oh, il est tellement gentil ! Il a étudié à Shrewsbury avec Charlie Radcliffe. Vous connaissez sans doute les Radcliffe. J'ai connu la sœur de Caroline à la petite école. Oh, ma chérie, ne te moque pas de moi, s'il te plaît. Bien sûr que non, Thomas n'est pas un lord...

— Mais comment a-t-elle fait ? s'interrogent les amies en grinçant des dents. Pourquoi elle ? Pourquoi Caroline ne nous a-t-elle pas invitées nous, pour nous présenter ce satané merveilleux Thomas ? Oh, entre toutes, il fallait que ça tombe sur Clarissa.

Radieuse, triomphante, heureuse, Clarissa boucle sa vie londonienne et prépare son existence à la campagne. Elle voudrait inviter tous ses amis à un splendide mariage, mais elle sait que c'est trop tôt après le décès de Claerwen. Thomas serait choqué par une telle suggestion. Non, elle devra se contenter d'une cérémonie civile locale, sobre et tranquille. Elle invitera ensuite tous ses amis à la maison les uns après les autres. Elle est déçue que sa meilleure meilleure amie Georgy ne puisse être des leurs, mais elle lui enverra tous les détails et des piles de photographies. Jusqu'à présent, Georgy a été moins enthousiaste que prévu… Clarissa aurait voulu que sa mère soit encore en vie pour qu'elle puisse apprécier l'habileté de sa fille. Quant à son père, il s'est enfui outre-mer après quelques années de mariage et n'a plus jamais donné de nouvelles. Clarissa n'a pas non plus de frères ou de sœurs avec lesquels partager sa joie. Elle sait que le conseil de sa mère aurait été simple et direct. « Fonce ! » lui aurait-elle dit – et Clarissa en a bien l'intention.

Elle se demande ce que penseront les amis de Thomas de son comportement. Ils réagiront peut-être tous comme les Radcliffe, mais il se peut aussi qu'un fouineur bien-pensant ne se mêlant pas de ses affaires lui conseille d'attendre un peu. Clarissa voudrait être avec Thomas en permanence et passe tout son temps sans lui à craindre un coup du sort qui arracherait la coupe d'abondance de ses lèvres avant qu'elle n'ait pu y étancher sa soif. Thomas a proposé d'attendre les congés estivaux de Megan, ce qui signifie quatre longues semaines de délai.

Les jours passent et la nervosité gagne Clarissa. Assise toute seule dans son sous-sol, elle commence à douter que cette bonne fortune puisse réellement lui échoir. Il est si rare de nos jours qu'un homme veuille d'une femme qui ne désire rien de mieux que d'être épouse et mère. C'est de cela dont rêve Clarissa depuis qu'elle a quitté les bancs de la petite école, mais la pression des camarades l'a toujours empêchée de l'admettre. Elle n'a que mépris pour les tailleurs, les ordinateurs portables et les téléphones portables. À dire vrai, elle n'est pas totalement emballée à l'idée de faire à manger – elle sait gérer les pâtes et maîtrise parfaitement la cuisson des œufs durs, mais en vérité, la cuisine est hors de son champ de compétence, et elle se fie massivement aux plats à emporter. Quoi qu'il en soit, elle en a vu suffisamment pour savoir que les tantes sont en contrôle total et elle n'a pas la moindre intention d'usurper leurs positions. Elle est certaine de pouvoir rendre Thomas heureux, mais terrifiée à l'idée qu'il change d'idée à son sujet et, à mesure que ses peurs se développent, une idée naît dans sa tête…

Un matin de bonne heure, elle appelle Thomas pour bavarder. Il détecte un léger tremblement dans sa voix, quelques soupirs, l'absence de rires, et finit par exiger de savoir ce qui ne va pas. Après une longue valse faite d'hésitations et de cajoleries, elle finit par avouer que le gérant de son immeuble se montre difficile. Il planifie d'octroyer le sous-sol à un de ses amis et veut forcer Clarissa à signer tout de suite un nouveau bail ou à vider les lieux immédiatement. De plus – sa voix se fait plus faible et une note de crainte s'y mêle –, il lui prodigue des… elle hésite… comment dire… bien… des attentions non désirées, des visites nocturnes... accompagnées de... hum... suggestions.

Les instincts protecteurs de Thomas, toujours si forts et prévisibles, rugissent au quart de tour. Jusqu'à maintenant, il a vu Clarissa comme une femme sexy, amusante, confiante, courageuse. Il l'imagine soudain roulée en boule dans sa petite chambre, faible et apeurée.

— Tu viens ici tout de suite ! crie-t-il. Que ce type aille au diable ! Je vais aller lui offrir un cours de civisme et te ramener à la maison avec moi. Je pars à l'instant. N'ouvre à personne d'ici mon arrivée.

— Oh, mon chéri, répond-elle avec des trémolos dans la voix, tout en réfléchissant à grande vitesse – cela serait bien fâcheux qu'il tombe nez à nez avec la propriétaire des lieux, une chère petite vieille qui habite l'appartement du dessus –, puis-je vraiment venir ? Tu es certain ? Que diront les tantes ? Tu sais ? Nous ne sommes pas encore mariés et tout ça. Ça ne les choquerait pas ? Peut-être qu'il vaudrait mieux que j'aille chez des amis...

— Tu n'en feras rien, ordonne-t-il avec autorité. Tu vas venir ici, ta place est ici. Je me fous totalement de ce que les autres penseront. Je passe quelques coups de téléphone et je prends la route.

— Non, attends un peu, mon chéri. Écoute. Je prendrai le train. Il y en a un à midi trente-cinq pour Bristol. Je ne veux vraiment pas demeurer ici plus longtemps qu'il est nécessaire...

— Absolument ! crie-t-il dans le combiné. Tu as parfaitement raison. Laisse tout sur place et viens. On s'occupera des détails plus tard. Je vais rouler jusqu'à Bristol et te cueillir là.

Ravie de sa réaction, bien que légèrement honteuse de sa friponnerie, Clarissa pleure quelques larmes de soulagement et se précipite pour terminer ses bagages, les mots « ta place est ici » résonnant joyeusement dans sa mémoire. Avant de partir, elle prend des mesures pour que ses cartons lui soient envoyés. Elle n'a pas la moindre intention de laisser l'occasion à Thomas de buter contre Mme Johnson, qui a toujours été si gentille sur les questions de loyer et tous les petits problèmes qui ont pu survenir. Lorsque tout est prêt, elle donne sa clé à Mme Johnson avec des instructions pour ses affaires, lui fait une chaleureuse accolade et saute dans son taxi.

— Gare de Paddington, annonce-t-elle au chauffeur.

Et elle se laisse tomber sur la banquette, accablée de fatigue.

IV

La lune de miel passée, Clarissa s'adapte en un clin d'œil à sa nouvelle vie. Il faut dire que le voyage de noces n'a absolument rien d'extraordinaire. La cérémonie organisée a permis de préserver la réputation de chacun, mais Thomas ne peut ensuite se permettre de passer beaucoup de temps loin du domaine, en plein mois de juin. Les nouveaux mariés se contentent de louer une chambre quelques jours dans un petit hôtel de montagne. À leur retour, on jurerait que ce sont les tantes qui reviennent de vacances. Elles ont les joues écarlates, les yeux pétillants, débordent d'énergie. Clarissa suggère en plaisantant qu'elles viennent peut-être de célébrer le rituel secret du solstice, le jour le plus long.

Clarissa est contente de ses courtes vacances. Elle ne requiert aucunement la compagnie constante de Thomas – elle s'est rendu compte qu'elle se satisfaisait de très petites doses – et, par ailleurs, elle se sent impatiente de s'installer dans le rythme local. Elle a bien l'intention de devenir une BCBG chevronnée et se demande par où commencer. Elle a déjà acquis sa veste Barbour, une splendide jupe de velours côtelé ainsi qu'une très seyante culotte de golf. Clarissa sait que la chaussure est cruciale et, comme sa carte bleue ne peut pas atteindre les Gucci, elle explore avec succès le filon des Russell et des Bromley. Sa garde-robe est désormais en état de soutenir son entrée dans le grand jeu de la vie rurale. Même les perles sont à leur place – il ne manque plus que les autres joueurs.

Thomas n'a apparemment pas d'amis et les tantes ne reçoivent jamais. Clarissa patiente quelques semaines, puis laisse entendre qu'elle aimerait bien inviter quelques amis à dîner.

Thomas lui adresse un regard vide.

— Des « potes » ? répète-t-il, intrigué.

Clarissa sent une légère, très légère irritation la tenailler. Elle sourit chaleureusement.

— Oui, dit-elle. Des potes. Des amis. Des voisins. Des copains. Des connaissances. Comment appelez-vous ça, par ici ?

Il éclate de rire devant sa vive répartie et hoche la tête.

— À vrai dire, avoue-t-il, nous ne faisons plus l'effort de recevoir. La pauvre Claerwen n'en a jamais vraiment eu la force et les tantes sont trop vieilles. Oh, bon sang, est-ce que ça pourrait devenir un souci ? T'ennuies-tu de tes amis londoniens ?

Il n'ajoute pas le mot « déjà », mais le timbre de sa voix le sous-entend, teinté du plus léger soupçon de reproche.

Clarissa repère immédiatement le danger et glisse un bras sous le sien.

— Bien sûr que non, rit-elle à son tour devant une suggestion si ridicule. Comment pourrais-je m'ennuyer, quand je t'ai, toi, et tes tantes, et tous ces magnifiques paysages ? Non, non, je ne voulais simplement pas donner l'impression à tes amis que je rechignais à l'idée de les rencontrer. Je ne voudrais pas avoir l'air impolie ou hostile. Je sais ce que ça peut être, à la campagne.

Il tapote son bras pour la rassurer.

— Ne t'en fais pas avec ça. Nous sommes vraiment loin de tout, ici. Il n'y a pas un seul jeune dans toute la région, du moins à ce que je sache.

— C'est vrai ? demande-t-elle, le moral en chute libre. Que veux-tu dire par « pas un seul » ?

— Je suppose qu'il y en a quelques-uns au village, dit-il, songeur. Des gens du pays, tu vois. Ce n'est pas un coin très à la mode, tu sais, très peu de citadins habitent la région. Je crains que tu ne sois coincée avec moi, ma chérie.

Il rit de bon cœur et elle rit avec lui, mais sa voix à elle est légèrement creuse.

— La pauvre Megan, dit-elle avec légèreté. Elle doit trouver les vacances un peu ennuyeuses.

Thomas réfléchit à nouveau.

— C'est une enfant très indépendante. Je crois qu'elle apprécie la paix et le calme de la maison. Elle n'aime pas trop se trouver entourée de gens tout le temps. Le manque d'intimité du pensionnat la fatigue. C'est peut-être parce qu'elle est enfant unique.

— Peut-être, acquiesce Clarissa.

Bien qu'elle soit elle aussi une enfant unique, elle n'a jamais connu ce problème. Au contraire, elle est sociable, grégaire, extravertie, et trouve plutôt triste d'être seule. C'est ce besoin constant de compagnie qui a rendu fous ses amis. Par contre, elle ne désespère pas tout de suite. Elle est absolument certaine qu'il existe dans le coin des gens qui partagent ses sentiments et qu'il lui suffit de les localiser. En attendant, elle dispose de la maison. Celle-ci la charme et la passionne toujours. De plus, il est délicieux de ne plus avoir à supporter la monotonie du bureau.

Les tantes sont enchantées par la gentillesse de Clarissa. Il n'est pas question qu'elles se retirent dans leurs quartiers pour laisser à Clarissa le rôle de châtelaine. Elle n'a, de son côté, pas le moindre désir de prendre la direction de l'intendance et se contente avec joie de laisser la vie se poursuivre telle qu'elle se déroulait avant son arrivée. Nan Ellis monte du village pour se charger des principales tâches ménagères et s'acquitter d'une partie de la cuisine. On permet à Clarissa de se reposer et de profiter à plein de son rôle d'épouse de Thomas. Elle traîne à la maison, sort en promenade et s'adonne à la lecture. Les tantes préparent petits plats et friandises, et Clarissa commence à se sentir comme une enfant qu'on aime profondément. Elles sont toujours disponibles pour une petite conversation et, à mesure qu'elle apprend à les connaître, Clarissa se détend. Les deux vieilles chéries sont aussi amusantes que beaucoup de ses amies et beaucoup plus gentilles avec elle. Elle est bien décidée à être heureuse et à se contenter de ce qu'elle a, tout en espérant la visite de Megan lors des prochaines vacances.

Au bout de deux jours, il devient clair qu'au plan social, Megan n'arrangera pas la situation. Elle ne désire rien de plus que se promener par chemins et collines tout en lisant sans arrêt. Son seul autre plaisir est d'aller visiter les nonnes au couvent, de l'autre côté de la vallée. Les tantes désapprouvent, mais n'en parlent pas ouvertement, même lorsque Clarissa aborde le sujet.

— Un petit peu inquiétant, dit-elle, une fille de cet âge qui se précipite chez les religieuses chaque fois qu'elle a une minute de libre.

Les tantes gardent le silence, mais leurs traits sont sérieux, voire attristés. C'est la première fois que Clarissa voit cette expression sur leurs vieux visages, normalement enjoués et rubiconds. Sa curiosité s'en trouve stimulée. Elle tente d'en savoir plus.

— Peut-être devrions-nous suggérer à Thomas d'intervenir ? avance-t-elle précautionneusement.

Elle se demande s'il n'est pas trop tôt pour révéler ses opinions.

— Elle est à un âge si facilement influençable, non ? Nous ne voulons pas d'une nonne dans la famille, n'est-ce pas ?

Elle s'esclaffe, mais voit avec surprise un regard venimeux passer de l'une à l'autre. Elles marmonnent et s'agitent, puis quittent la pièce, mais un souffle ancien et impitoyable flotte dans la pièce. Clarissa frissonne et se frotte les avant-bras. Lorsqu'elle aborde la question avec Thomas, il grimace et hoche la tête.

— Il faut faire face à la réalité, finit-il par dire. Megan vient d'une famille qui a toujours donné une bonne part de ses filles aux *religieuses*[1]. Je crois que Claerwen a toujours regretté de ne pas être entrée au couvent. Elle y a longtemps songé avant de consentir à m'épouser.

Clarissa est sous le choc. Elle ne se doutait pas qu'il arrivait encore aujourd'hui que des femmes entrent dans les ordres. N'est-ce pas une chose du passé ?

1. En français dans le texte.

— Mais enfin, je ne peux croire que tu acceptes que Megan devienne une bonne sœur ! supplie-t-elle, étonnée. Bon sang ! C'est carrément gothique.

— C'est une question de vocation, affirme Thomas. Je ne voudrais pas m'opposer à sa volonté, s'il s'agit d'une véritable vocation.

Clarissa le toise, scandalisée. Elle se remémore la lignée ancestrale et l'isolement géographique de Thomas, en se demandant s'il est au courant de l'arrivée du XXe siècle. Quelques-unes de ses idées sont extrêmement vieillottes, sans nul doute, mais vraiment… une bonne sœur !

— Honnêtement, ose-t-elle avec imprudence… c'est très bizarre. En tout cas, les tantes ne sont pas d'accord.

Il pose sur elle un regard glacial.

— Ce n'est pas leurs affaires. Megan est ma fille. Sa mère aurait sans doute été plus heureuse dans un couvent et je crois que sa fille lui ressemble beaucoup.

Clarissa juge mal son humeur et largue quelques remarques indélicates sur Claerwen. Thomas répond durement. Ils échangent des mots et Thomas se fâche. Cela prend des proportions telles que Clarissa finit par se rendre compte qu'elle a été trop loin. Elle recule. Il est trop tard. Un froid est apparu entre eux. Thomas est calme et taciturne ; il annonce qu'il n'a pas sommeil et qu'il est préférable qu'il se couche dans son dressing, de manière à ne pas la déranger. Clarissa est blessée. Il l'a fait se sentir comme une étrangère et elle perd confiance en elle. Les humeurs les plus sombres de Thomas sont difficiles à gérer et elle ignore comment créer une ouverture pour négocier la paix.

Les tantes, qui remarquent la césure, prennent des mesures pour rétablir l'harmonie. Elles intègrent Clarissa à leurs activités, laissent Megan vaquer comme bon lui semble, et la Londonienne finit par se relâcher. Elle recommence à s'amuser. Elles passent toutes les trois des heures autour du café matinal, du thé de l'après-midi, ou de l'apéritif. Clarissa voit bien que les deux vieilles chéries maîtrisent parfaitement le code BCBG, ce qui compte vraiment. Les cocktails sont délicieux, en particulier ceux que les tantes élaborent elles-mêmes.

— Uniquement des ingrédients naturels, assurent-elles en lui proposant pour la première fois une alternative à son traditionnel gin tonic. Sureau, prunelle…

Leurs voix marmonnent imperceptiblement tandis qu'elles agitent la mixture et lui tendent le verre débordant.

Elle y plonge le bout des lèvres… hausse les sourcils et prend une grande gorgée.

— Eh, dit-elle, ce truc est vraiment, vraiment bon !

Elles acquiescent, les yeux brillants, sourient en levant leurs verres. Après le dîner, Clarissa se sent ardente et sexy, elle va trouver Thomas, qui est prostré devant la télévision, dans la petite bibliothèque lambrissée. Elle prend place à ses côtés, se blottit contre lui, pose une main sur sa cuisse. Il se laisse entraîner et l'enlace, aisément distrait des infos de 22 heures. Leur intimité lui a manqué, mais il était d'avis que c'était à elle de réparer les pots cassés.

— Ma chérie ! dit-il, amusé mais légèrement choqué par une avance très explicite. Sincèrement, ma chérie. Pas ici.

— Tu n'es plus aussi amusant qu'autrefois, chuchote-t-elle en le serrant plus fort. Où, alors ?

Thomas est ravi de sentir la Clarissa d'antan se presser contre lui et il est flatté de sentir la force de son désir. Heureux de s'être réconciliés, ils se glissent à l'étage.

Dans le hall assombri, les tantes surveillent avec malice. Elles acquiescent et s'adressent des sourires, puis disparaissent.

— Peux-tu les voir ? chuchote Megan. Peux-tu les sentir, tout autour de toi ? On dirait parfois qu'il y a tant de monde à la maison, non ? Tu as remarqué ?

Clarissa sursaute, à moitié endormie dans le petit salon, comme c'est son habitude entre l'heure du thé et le dîner.

— Quoi ? Qu'y a-t-il ? Si j'ai remarqué quoi ?

Elle regarde autour d'elle.

— Ceux qui ne font pas de bruit, souffle Megan dans son oreille. Il y en a tellement. Je n'arrive pas toujours à les voir clairement, mais je sens leur présence. Pas toi ?

Clarissa sent les poils de sa nuque se hérisser et ses yeux tentent de percer l'obscurité grandissante de la pièce.

— Le Petit se tient juste près de ton genou, murmure Megan. Tu vois comme sa forme est petite ? Il est décédé de diphtérie après une longue agonie… Ce sont les ombres de mes ancêtres décédés.

Clarissa s'enfonce dans le fauteuil et avale sa salive.

— Les nonnes disent que leurs âmes sont auprès de Dieu, poursuit Megan d'un air rêveur, et que ce ne sont simplement que des échos de leur forme terrestre. Peut-être en raison de la violence ou de la tristesse de leur mort, leurs reflets restent amarrés à la terre. Tu vois, là-bas ? Ça, c'est la forme d'une jeune fille qui s'est pendue dans la laiterie. Elle était enceinte de son amant, un homme marié ; ils lui ont arraché son enfant et l'ont emmené. Elle est devenue folle de tristesse et s'est pendue.

Clarissa reprend son sang-froid, même si son cœur bat inconfortablement dans sa poitrine.

— Je ne vois absolument rien, commence-t-elle.

Puis elle fixe le coin de la pièce. Est-ce donc une silhouette qui bouge, là, près de la grande étagère ? Le vent agite les rideaux et elle laisse échapper un cri strident.

— Qu'y a-t-il ?

Surprise, Megan, appuyée sur le dossier de la chaise, se penche au-dessus d'elle.

— Rien, coupe Clarissa. (Elle se mord les lèvres, frustrée de s'être montrée si faible.) Rien du tout. Allume la lumière, tu veux bien ? Je n'avais pas réalisé qu'il faisait si noir.

C'est une journée sombre et fraîche, rappelant plutôt novembre que septembre, et la petite pièce aux boiseries a un aspect sinistre sous cet éclairage entre chien et loup. Clarissa regarde Megan, qui vient d'allumer la lampe posée sur la petite table près de la chaise, et prend maintenant place à ses côtés. Elle remarque pour la première fois le bleu profond et minéral des yeux de Megan, très différents de ceux de Thomas et de ses tantes. Le petit visage de Megan est ceint d'une beauté pure et innocente. Clarissa se sent soudainement mal à l'aise.

— Tu n'aimerais pas inviter tes copines à dormir ? demande Clarissa à brûle-pourpoint. Être en compagnie de gens de ton âge ?

Megan la dévisage, étonnée par cette suggestion.

— Je n'ai pas besoin de compagnie, répond-elle gentiment, puis elle regarde tout autour d'elle. J'ai tellement d'amis, ici, déjà. Merci.

Clarissa réalise qu'il lui faut boire un coup, et vite. Elle sourit et tente de rire.

— Eh bien, ce n'était qu'une idée, juste comme ça.

Elle songe que si des amies de Megan venaient passer la nuit ici, il y aurait de fortes chances pour que la jeune fille les fasse mourir de peur. Elle se rend compte qu'elle jette des regards angoissés par-dessus son épaule et éclate d'un rire hystérique.

Megan continue de l'observer.

— Je ne voulais pas te faire peur, dit-elle. J'ai seulement cru que tu regardais le Petit, vois-tu. À cause de l'angle de ta tête.

— Il est parti ? demande Clarissa malgré elle.

Megan est tout autant intriguée par cette question que par les conversations de son père au sujet de sa maman et de leur amour. Les vifs et les morts sont liés les uns aux autres pour l'éternité. Où aurait bien pu aller le Petit ? Elle répond à la vraie question qu'elle croit deviner en filigrane.

— Il ne te fera aucun mal, dit-elle avec douceur. Voudrais-tu un verre ?

— Oui, répond Clarissa rapidement. Oui, bien sûr.

Elles quittent la pièce côte à côte et, dans le salon clair et lumineux, où les lourds rideaux cachent déjà le crépuscule, Clarissa, soulagée, respire profondément. Les tantes sont là, l'observent et sentent qu'elle vient de vivre un événement hors du commun. La Londonienne commencerait-elle enfin à réagir à la maison ? Elles se dirigent vers elle, l'attirent près du feu, lui versent un coup à boire. Leurs voix se font rassurantes, leurs mains touchent son bras tendrement.

Megan escalade les escaliers avec le Petit à sa traîne. Elle se rend dans sa chambre et s'installe à la fenêtre pour écouter la cloche annonçant les vêpres, dont le tintement chevauche le vent depuis l'autre versant de la vallée. Puis, elle se laisse tomber sur les genoux et commence à réciter l'office du troisième soir du mois.

V

Après la scène du petit salon, Clarissa demeure sous le choc pendant plusieurs jours. Elle n'arrive pas à se défaire de cette impression d'être constamment épiée et elle demeure terrifiée par les sombres couloirs qui mènent à la cuisine et à la buanderie. La santé de Claerwen était telle qu'on avait jugé indispensable de lui construire une petite cuisine et sa propre salle de bains, attenantes à sa chambre. Clarissa en est pleine de gratitude. Elle sait qu'elle n'aura plus jamais le courage de s'engager dans les couloirs du manoir la nuit. Si ce n'avait pas été Megan qui lui avait raconté tout ça, elle l'aurait pris avec un grain de sel, comme une blague enfantine, une tentative de lui faire peur, mais elle connaît la profonde sincérité de la fille de Thomas. Bien sûr, il se pourrait simplement que Megan ait la tête pleine de pouding, qu'elle soit à court d'un ou deux sandwichs pour faire un pique-nique, mais Clarissa sent bien au fond de son cœur qu'il n'en est rien. Elle n'ose pas en toucher mot à Thomas, de peur qu'il pense qu'elle critique Megan encore une fois, mais elle est bien décidée à ramener une once de normalité dans sa propre vie. Les tantes sont très sympathiques, mais elle s'ennuie de ses amies et sent le besoin de passer du temps avec des personnes de son âge. Dans une semaine, Megan retourne à l'école et Clarissa compte inviter quelques connaissances pour le week-end. Peut-être que les Radcliffe aimeraient leur rendre visite, ainsi que quelques-unes de ses copines ? Elle a évité jusqu'ici de paraître insistante, de peur que ses amies ne se doutent qu'elle n'est pas parfaitement heureuse dans sa nouvelle vie, mais trois mois se sont écoulés depuis son mariage et elle sent qu'elle peut procéder à des invitations sans éveiller le moindre soupçon.

— Je me demandais, lance-t-elle à Thomas entre la chambre et le dressing, s'il me serait possible d'inviter quelques-uns de mes amis, ceux de la vieille bande, le week-end prochain.

Thomas est abasourdi. Il est d'un naturel reclus, un trait de personnalité encouragé et développé par son éducation. La pensée de l'effort nécessaire à recevoir un groupe de gens pendant tout un week-end l'horrifie. Homme raisonnable, il comprend cependant que Clarissa n'a pas l'intention de perdre totalement contact avec son cercle d'amis. Il murmure quelque chose d'indistinct au travers de la chemise qu'il est en train d'enfiler, tandis que Clarissa sirote son café, enroulée dans les couvertures.

Elle perçoit bien qu'il n'explose pas exactement de joie à l'idée de ces invitations, mais insiste tout de même un peu.

— Et je me disais que ça te ferait plaisir de revoir les Radcliffe, glisse-t-elle, ils ont été si bons pour toi à Londres, non ?

Elle a touché un nerf sensible. Charlie et Caroline ont véritablement été très généreux avec lui après le décès de Claerwen. Ils l'ont accueilli, l'ont écouté, lui ont prodigué des encouragements.

— Un homme bien, ce Charlie, rétorque-t-il en s'asseyant pour lacer ses chaussures, je l'ai connu à la petite école.

— Et il ne faudrait surtout pas oublier, rappelle Clarissa avec tendresse, que ce sont eux qui nous ont réunis.

Thomas sourit affectueusement.

— Comment pourrais-je l'oublier ? Bien sûr, nous devrions les inviter. Mais peut-être, ajoute-t-il habilement, vaudrait-il mieux en parler d'abord aux tantes.

Il sait que les tantes détestent recevoir – qu'auraient-elles à y gagner ? – et il espère qu'elles pourront dresser des barrières qui rendront le projet impossible à mener à bien. Clarissa se mord les lèvres pour ne pas faire remarquer que c'est également sa maison. Elle se rappelle soudain qu'elle souhaite ne pas être importunée par le fardeau de la cuisine et des courses.

— Tu n'as toujours pas rencontré une seule de mes amies, dit-elle, songeuse.

Thomas murmure des semblants de regrets, tout en cherchant la moindre raison pour laquelle il pourrait vouloir rencontrer les amis de sa femme. Clarissa l'observe attentivement. Elle devine qu'il se contenterait sans souci de continuer à vivre exactement de cette façon, sans jamais quitter le domaine, sans jamais rencontrer la moindre personne en dehors de son cercle très restreint. Elle se souvient de son désir de le présenter à toutes ses amies, mais hésite soudain. Parviendra-t-elle à l'empêcher de s'endormir après le dîner ? Comprendra-t-il leurs blagues ? Ses amies trouveront-elles étrange de voir que toute la maisonnée dort à poings fermés à vingt-trois heures ? Clarissa soupire. Thomas n'est pas exactement le compagnon qu'elle espérait. Bien sûr, il y a le manoir. Elles seront vertes de jalousie quand elles verront la maison.

— Les Radcliffe vous rendaient-ils visite, du vivant de Claerwen ? interroge-t-elle, l'air de rien.

— Charlie a été mon garçon d'honneur, dit-il. Ils ont dormi à la maison une fois ou deux au cours des premières années, mais plus ensuite, depuis très longtemps. Claerwen ne pouvait pas supporter, tu sais.

Clarissa vide sa tasse et lui tend sa joue pour un baiser.

— Thomas, la maison est-elle hantée ? demande-t-elle, faussement indifférente.

Il la regarde, étonné.

— Hantée ?

Elle sent encore une fois l'irritation monter en elle.

— Oui. Hantée. Tu sais ? Des fantômes, machins ? Des esprits, des apparitions, des spectres ? Des zombis ? Des trucs qui font boum dans la nuit ?

Il est chaque fois amusé de la voir dans cet état.

— Allons donc, ma chérie. Bien sûr que non. Ne sois pas bête.

Le ton de sa réponse la réconforte, mais elle pousse plus loin.

— Aucun ancêtre cadavérique traînant dans les parages ?

— Oh, je vois de quoi il s'agit. Tu as parlé avec Megan et les tantes. Elles prétendent voir et entendre tout un tas de trucs, mais je crois bien qu'elles imaginent tout ça. Bien sûr, c'est une très vieille maison. Des centaines de personnes ont vécu et sont mortes ici. Ça laisse forcément une sorte d'atmosphère, je suppose. Mais il n'y a pas de quoi s'inquiéter, je te jure.

Sa manière de garder les pieds sur terre la rassure. Son moral remonte et ses peurs s'estompent. Elle sourit, soulagée.

— Je crois que je t'aime, dit-elle, regrettant déjà sa vexation antérieure.

— Je le crois aussi, répond-il en souriant. À plus tard.

Détendue, Clarissa s'étire et se moque un peu de ses propres craintes. Elle songe que sa réaction a été exagérée, qu'elle s'est laissé gagner par le délire de Megan. Bien sûr, la maison a une certaine atmosphère – mais ce n'est pas non plus la maison de la famille Addams. Elle bâille et regarde sa montre. Amplement le temps pour une grasse matinée. Elle se blottit au creux du lit, ramène les couvertures sur ses oreilles et se demande lesquels de ses amis accepteront son invitation.

Comme le prévoyait Thomas, les tantes montrent peu d'enthousiasme envers les propositions de Clarissa. Mais elles sont trop habiles pour laisser voir leur résistance. Au contraire, elles accueillent le projet avec un apparent bonheur, mais, lorsque Clarissa se dirige vers le salon afin de rédiger ses invitations, les tantes se réfugient dans la cuisine pour un conciliabule. C'est un peu comme la question de savoir quand laisser revenir à la maison pour la première fois un garçon mis en pension. Trop tôt, dès la fin du premier trimestre, cela peut se révéler un désastre. Les liens familiaux sont renoués avant que les nouveaux liens n'aient eu le temps de se tisser solidement. Ses vieux amis dégoûteront-ils Clarissa de sa nouvelle vie calme et sans relief ? Sera-t-elle tentée de reprendre ses anciennes habitudes ?

— Si elle était enceinte, dit tante Gwyneth, je me sentirais plus en confiance.

— Si elle était enceinte, complète tante Olwen d'un ton sinistre, elle ne s'embarrasserait sans doute pas de ses vieilles connaissances.

— Les Radcliffe ne représentent pas une menace, assure tante Gwyneth. Ils ne voient et ne ressentent rien. C'est un vieux couple marié. Mais ses autres copines...

— Elles vont explorer, prévient tante Olwen. Elles iront fourrer leurs museaux là où elles ne sont pas les bienvenues.

Un silence s'abat.

— C'est trop tôt, lance tante Gwyneth. Elle n'est pas encore installée.

— Ces amies, ajoute tante Olwen, je me demande quel est leur degré d'intimité. À part un ou deux courts appels téléphoniques, elles ont bien peu de contacts.

— Elles n'ont peut-être pas envie de venir si loin, juste pour mourir de jalousie, dit tante Gwyneth avec sagesse.

— Par contre, dit tante Olwen pensivement, il ne faut pas que Clarissa s'ennuie et devienne agitée.

Elles se regardent.

— C'est très fatigant, dit Gwyneth avec humeur.

— Je crois qu'il faut le permettre, répond Olwen à contrecœur. Elles doivent venir, et elles doivent s'amuser...

— Mais pas trop, interrompt Gwyneth, on ne veut surtout pas se retrouver avec un flot de visiteurs. Ce n'est pas un hôtel, ici... Attention, chut !

— Il y a longtemps que je n'ai pas vu le chat, pépie Nan Ellis en entrant par la porte du jardin. Qu'a-t-il bien pu lui arriver ?

Les regards des tantes se croisent et dévient.

— Il a complètement disparu, dit tante Olwen. C'était un chat sauvage, tu sais. Ils font comme bon leur semble.

— Bizarre, non ? dit Nan en roulant ses manches à l'approche du lavabo. Pas moyen de garder un animal domestique deux minutes dans cette maison. On adopte un chat et quelques semaines après, il est parti.

— Nous ne sommes pas très animaux domestiques, dit tante Gwyneth. Et la forêt est si proche de la maison. Il y a des prédateurs, dans ces bois.

— Des prédateurs ? demande Nan, la tête droite, les mains en arrêt, toute sa superstition campagnarde bien en éveil. Quoi, des renards, des bestioles comme ça ?

— Bien sûr, acquiesce tante Olwen. Des renards. Des sangliers. Des chiens sauvages. Des chats énormes. Ces bois sont anciens. Qui sait ce qui pourrait s'y cacher ?

Nan frissonne.

— Pas de risque que j'aille me perdre dans cette vieille forêt, confie-t-elle. Ma mamie me racontait toutes sortes d'histoires quand j'étais petite. Elle m'a toujours dit de me tenir à l'écart de cette forêt la nuit.

— Ah, sourit tante Gwyneth. Une femme sage, ta mamie. Je me souviens d'elle. Elle travaillait pour notre mère.

Nan soupire.

— Jusqu'à ce qu'elle subisse cette bizarre attaque. Elle n'a plus jamais su parler. Mon papa disait que c'étaient les fées qui l'avaient frappée de mutisme parce qu'elle causait trop.

Elle rit à l'évocation de cette histoire et les tantes rient avec elle de bon cœur.

— C'était le solstice, je me souviens, dit Nan. Y avait eu une sorte de brouhaha parce que le petit Owen avait disparu. Ça n'allait pas très bien dans sa tête et certains ont dit qu'il avait dû chuter dans la rivière. Y avait tout plein de rumeurs, et le même jour, on reçoit le message de votre mère qui disait que ma mamie avait été frappée. C'était bien bizarre. Papa a dit qu'Owen avait été volé par les romanichels. On ne l'a jamais revu, en tout cas.

— Ton père était un homme intelligent, dit tante Olwen après un certain temps. Il s'occupait si bien de vous. Avec ta mère décédée et ta grand-mère muette et paralysée... C'était un homme courageux. Il t'a amenée à nous dès que tu as eu l'âge de travailler, en disant qu'il savait que nous prendrions soin de toi.

— C'était un coup de chance de trouver du travail, dans ce temps-là, dit Nan. Coincée là-bas, à des kilomètres de tout.

Les tantes la laissent à son lavage et se dirigent dans le hall. Plusieurs lettres sont empilées là, sur la table de l'entrée, à l'intention du postier. Trois de ces lettres portent l'écriture de Clarissa et les tantes en étudient soigneusement les adresses. Une idée leur passe par la tête et, au bout d'un moment, leurs regards se croisent. La camionnette du facteur s'approche bruyamment et les tantes fixent la porte. Il est là. Il descend de la voiture, sifflote, escalade les marches...

Clarissa court dans l'escalier.

— J'ai entendu le facteur, a-t-il emporté mes lettres ?

— Bel et bien parties et en sûreté, sourit tante Olwen. Par chance, il avait en plus du courrier pour nous. Tiens, en voilà une pour vous, regardez. Qui vient de loin, ça... d'Amérique. Et quel joli timbre !

— Oh, chouette ! s'élance Clarissa. C'est de Georgy, ma meilleure meilleure amie.

Les tantes sourient et acquiescent avec bienveillance. Rien de plus idéal que les meilleures meilleures amies habitant à l'autre bout du monde.

— Allez vous asseoir dans le petit salon près de la cheminée et lisez-la tranquillement, dit tante Gwyneth. Nous vous apporterons du café et une part du sablé de tante Olwen. Ça vous dit ? Oui ? Brave petite.

Elles disparaissent en direction de la cuisine et Clarissa les suit du regard en souriant. De vraies petites chéries en or, celles-là ! Soupirant d'aise et de satisfaction, elle se dirige vers le salon – pas de fantômes ici aujourd'hui – et prend place auprès du feu. Lorsque les tantes apparaissent, armées de leur plateau de douceurs, Clarissa fixe les flammes. Les tantes échangent un regard.

— Pas de mauvaises nouvelles, j'espère, demande tante Olwen, tout en balayant distraitement le Petit de sa route (cette pièce a toujours été sa préférée). Vous avez un air si solennel.

Clarissa se tourne vers elles. Elle secoue la tête et désigne la lettre.

— Je n'arrive pas à le croire. Je n'arrive simplement pas à le croire. Georgy s'est mariée. Mariée. À un Américain.

Les tantes restent silencieuses un instant.

— Nous ne devrions peut-être pas croire tout ce qu'on nous raconte au sujet des coloniaux, finit par lâcher tante Olwen. Nous avons de nombreux cousins éloignés qui vivent très bien au Canada.

— Mais elle habitera si loin, gémit Clarissa. Je ne la verrai jamais. Quoi qu'il en soit...

Ses derniers mots résonnent dans l'air, malheureux. Les tantes comprennent très bien que Clarissa est triste du fait que sa meilleure meilleure amie se soit mariée. Elle voulait demeurer l'unique sujet des convoitises et des conversations et voilà que Georgy s'y met également. Elle a volé un peu de sa lumière à Clarissa.

— Quoi qu'il en soit, répète la Londonienne, elle aurait pu au moins m'en parler. C'est une surprise totale. Elle aurait pu m'écrire.

— C'est peut-être arrivé en un éclair, devine tante Gwyneth. Soulevée de terre ! Oh, ma chère, j'espère qu'elle n'a pas commis une erreur !

Clarissa s'illumine un peu.

— Ou, poursuit tante Olwen, se pourrait-il qu'elle soit... contrainte de se marier ? Pas que je sois en train de suggérer que votre amie soit... (Elle hésite et soupire.) Cela peut arriver aux filles les plus gentilles.

Clarissa fixe les deux tantes. Elle se rend compte qu'elle n'a aucune intention de laisser à Georgy le privilège d'être la première de leur groupe à enfanter. Elle a été la première à se marier ; elle devrait être la première à produire la prochaine génération. Cela fait longtemps qu'elle veut être mère. Et soudain voilà semble-t-il que Georgy, qui s'est toujours moquée de l'instinct maternel de Clarissa, pourrait la coiffer sur le poteau.

Les tantes échangent un autre regard et Olwen remplit la tasse de la jeune femme de café brûlant avant de la lui porter.

— Les amies sont parfois si peu prévenantes, murmure-t-elle. Insensibles et égoïstes. C'est dommage.

Clarissa renifle. Georgy s'est montrée insensible et égoïste. Pas d'avertissements, pas de photographies, pas d'invitation à la noce. Elle se rappelle avoir tenu sa meilleure meilleure amie informée des moindres détails dès l'instant où elle a rencontré Thomas. Elle boit un peu de café tout en se demandant à quelle vitesse elle pourrait tomber enceinte et envoyer la nouvelle vers l'Amérique. Un silence étrange pèse sur la pièce. Un courant d'air froid s'est levé et, sans savoir pourquoi, Clarissa se met à songer à Megan et à cette histoire de Petit. Elle regarde autour d'elle rapidement, nerveuse. Les tantes l'observent de leurs étranges yeux gris, brillants et rusés.

— Buvez, l'encourage gentiment tante Olwen. Prenez un peu de sablé. Ne vous en faites pas.

— Tout ira bien, affirme tante Gwyneth. Vous verrez.

VI

Clarissa a de la peine lorsqu'il devient clair qu'aucune de ses amies ne répond à son invitation. Caroline Radcliffe téléphone pour s'excuser en prétextant qu'ils n'ont pas beaucoup de temps, mais qu'un peu plus tard dans l'année, une visite pourrait s'envisager. Ses deux autres amies ne donnent pas signe de vie. Clarissa fait les cent pas, se sent vexée et rejetée. Elle explose lorsque Thomas suggère qu'elle les appelle pour clarifier la situation.

— Pourquoi devrais-je ramper devant elles ?

Conscient que c'est une question de pure forme, Thomas décide sagement de ne pas tenter d'y répondre.

— Si, dit-elle lentement, elles sont si impolies qu'elles n'ont même pas la décence de répondre à ma lettre, je n'ai aucun désir de les voir.

Thomas garde le silence. Clarissa se débrouille très bien sans son aide et il peut en déduire avec satisfaction que la quiétude de sa paisible résidence ne sera sans doute pas troublée par des bavardages de femmes. Les événements continuent de favoriser sa réclusion. Chaque fois que ces mêmes amies téléphonent pour demander comment il se fait qu'elles soient sans nouvelles de

Clarissa depuis si longtemps, cette dernière est par hasard sortie ou dans la baignoire, et les tantes prennent le temps d'expliquer qu'elle a perdu contact avec son ancienne vie, laissant entendre que sa nouvelle existence est infiniment plus excitante. Les copines sont attristées lorsqu'elles découvrent que les Radcliffe ont été invités, contrairement à elles, et leur affection s'en ressent. La popularité de Clarissa subit un déclin prononcé. Quelques obstinées écrivent, mais ces lettres, d'une manière ou d'une autre, ne franchissent jamais l'entrée du manoir. Les tantes veillent au grain et soutiennent Clarissa dans son idée que sa vie est désormais ici, avec Thomas, et qu'elle n'est pas en manque de distractions extérieures. La perspective de devenir mère lui plaît de plus en plus.

Pourtant, tomber enceinte n'est pas aussi simple que Clarissa a pu l'imaginer. Après quinze ans de pilule contraceptive, son corps a besoin d'un temps d'adaptation et elle devient de plus en plus angoissée. Elle saute sur Thomas à toutes les occasions et devient littéralement obsédée par l'idée de la maternité. Plus cela lui échappe, plus elle en a soif. Noël arrive et elle ne sent toujours pas le moindre signe d'une vie qui croîtrait en elle. Elle désespère. Elle trace des graphiques, prend sa température, appuie ses jambes au mur après les rapports. Il y a belle lurette que cela ne s'appelle plus « faire l'amour » et il n'est même plus question de désir charnel. Thomas se sent utilisé et souffre de fatigue extrême. Il pense qu'il n'est plus qu'un géniteur et devient irritable. C'était plutôt amusant, au début. Claerwen n'avait jamais eu l'idée de faire l'amour dans le placard-séchoir, sur le plancher de la salle de bains et encore moins – un véritable défi acrobatique – sur la chaise à roulettes du bureau quelques minutes avant l'heure du thé. Thomas commence cependant à voir clair dans cette prétendue passion et se sent légèrement dégoûté par cette approche directe.

Sentant pointer la discorde, les tantes font de leur mieux pour distraire Clarissa. Elles l'emmènent faire des emplettes dans la grande ville la plus proche, distante de près de quatre-vingts kilomètres. Elle prend place à l'arrière de la voiture, comme une enfant qu'on gâte. La campagne est sauvage et inhospitalière, mais magnifique. De petits champs s'agrippent aux escarpements des montagnes dont les faîtes sont saupoudrés de neige. C'est à se demander comment font les vaches et les moutons pour ne pas s'abîmer tout en bas dans le lit pierreux de la rivière. Clarissa regarde se dérouler devant ses yeux la fresque naturelle et se demande subitement comment elle a pu permettre à ces deux chères vieilles de prendre le contrôle de son existence. Ce devrait être elle, au volant de la voiture. Elle devrait diriger les opérations, organiser, planifier, leur permettre de se reposer un peu, à leur âge. Clarissa bâille et se carre plus confortablement dans son fauteuil, plutôt contente de les laisser aux commandes pour la journée. Elle est trop paresseuse pour prendre des décisions ou pour s'emparer de la gestion du manoir. Cette vie est très confortable – bien qu'ennuyeuse – telle qu'elle se présente maintenant et Clarissa aime bien qu'on prenne soin d'elle. De plus, Thomas est moins tolérant depuis quelque temps et la sympathie des tantes lui apporte du réconfort.

Elle se redresse comme la voiture fait une embardée, on entend un cri et un frottement métallique. Elle regarde par la lunette et aperçoit un cycliste hurlant des injures indistinctes sur le bas-côté de la route.

— Oh, ma chère ! dit tante Olwen. Nous l'avons fait tomber de son vélo. Ne devrions-nous pas nous arrêter ? Il s'est peut-être fait mal.

— Cet imbécile a zigzagué juste devant moi, répond tante Gwyneth en faisant frotter les vitesses. Il n'a absolument rien. Je l'ai à peine touché.

Elle scrute son rétroviseur.

— Aucun souci. Il se relève. Il n'a rien. Regardez, il nous fait signe.

Au travers de la vitre, Clarissa constate que c'est la pure vérité. L'homme leur fait signe des deux poings, tout en sautillant sur place. Elle se renfonce dans la banquette, légèrement honteuse, et fait le vœu qu'il n'aura pas noté le numéro de la plaque minéralogique. Elle surveille les tantes d'un peu plus près à l'approche des contours de la ville, mais tante Gwyneth parvient sans autre incident à stationner la voiture dans le parking de leur café favori. Une boisson chaude les remettra de leurs émotions. C'est un endroit charmant, coiffé de poutres de chêne, et dont les murs sont entièrement lambrissés de panneaux vernis. On y sert de délicieux gâteaux maison présentés sur des assiettes fleuries. Clarissa choisit un gâteau au citron et jette de-ci de-là des regards approbateurs.

Les tantes l'observent, heureuses de constater qu'elle est plus calme depuis un certain temps, moins bouleversée par son incapacité à enfanter. Elles ont décidé que la jeune femme s'en faisait trop avec cette histoire et qu'elle avait besoin de se détendre un peu. Après tout, ce n'est qu'un début. La nouvelle tisane qu'elles l'ont convaincue de boire juste avant d'aller au lit fait des merveilles. Comme beaucoup de gens, Clarissa croit que n'importe quel produit à base de plantes et de fleurs ne peut qu'être inoffensif. Les tantes y voient un point de vue nouveau, elles qui savent le nombre des produits de la nature qui peuvent s'avérer mortels, mais cette foi touchante leur rend la vie beaucoup plus facile. Elles lui sourient. Clarissa boit son café. Elles consultent leur liste de courses.

Un homme les toise. Il est assis dans un coin en compagnie d'une jolie femme. Le voilà qui se lève et les rejoint à leur table. C'est un personnage charmant et relax, d'une quarantaine d'années, aux yeux bleus et aux cheveux blonds. Clarissa se redresse imperceptiblement sur sa chaise au moment où il salue les deux tantes. Elles semblent enchantées de le voir et font les présentations. Evan Lewis, un membre de la famille. Les tantes demeurent vagues quant à l'exactitude des liens familiaux qui les unissent. Son sourire s'élargit quand il serre la main de Clarissa. Un de ces étranges silences auxquels Clarissa commence à s'accoutumer se produit. Evan retourne à sa table et Clarissa le suit des yeux avidement. Il est grand, beaucoup plus grand que Thomas, et ses jambes sont longues et droites, sans compter qu'il est doté d'un très joli arrière-train…

Clarissa se secoue de sa pâmoison et regarde les tantes, armée d'un sourire rapide et défensif. Elles aussi sourient. On les dirait occupées à ranger dans un classeur quelque information utile, pour un usage ultérieur. Clarissa boit une gorgée de son café, contente qu'elles ne soient pas choquées. En fait, elles ont l'air plutôt coquines, comme si elles avaient deviné ses pensées et voulaient l'encourager. Leurs yeux sont brillants, leurs joues sont roses et elle ne peut s'empêcher de leur sourire à nouveau. Pour un court instant, c'est comme une sortie entre copines, avec fous rires accompagnant le passage d'un type sexy. Lorsqu'Evan quitte le café, il leur fait signe et ses yeux sourient d'une manière que Clarissa trouve troublante. Elle repense plusieurs fois à lui en faisant ses emplettes et, au cours de la balade de retour, elle est un peu plus vivante que ces derniers temps. Si Thomas semble s'être graduellement immunisé vis-à-vis de ses charmes, il est clair qu'elle demeure une femme attirante ; l'expression d'Evan était sans équivoque.

La voiture tourne dans l'allée et Clarissa est à nouveau frappée par la beauté de la maison et de son cadre. Elle se souvient de sa forte envie de la montrer à ses amies, mais, désormais, d'une certaine manière, cela ne semble plus revêtir la moindre importance. Le manoir est à elle. C'est l'important. À elle et ses enfants. Un pincement de frustration la prend au ventre. Et si elle s'avérait incapable d'avoir des enfants ? Elle n'avait jamais cru qu'il puisse ne pas lui être possible de tomber enceinte dès l'instant où elle l'aurait décidé, que cela ne se produirait pas naturellement et instantanément. Les tantes l'assurent qu'il faut prendre son temps et que les angoisses n'aident la cause en rien. Elle soupire. Le malheur revient la hanter. Georgy n'a pas eu à attendre, elle. La pauvre Georgy s'est fait surprendre. Clarissa a reçu d'autres nouvelles de sa meilleure meilleure amie. Les choses ne vont pas pour le mieux du côté de Georgy et Clarissa lui a pardonné son manque de tact. Oui, la pauvre Georgy s'est fourvoyée sur presque toute la ligne et Clarissa est prise d'une légère crise de suffisance au moment où la voiture fonce dans l'allée, la ramenant au manoir, pilotée par les deux chères tantes. Elle sent sa confiance qui revient. Bientôt elle sera enceinte et possédera alors tout ce que son cœur pourrait désirer.

Lorsque Megan rentre à la maison, pour les vacances de Pâques, c'est un Thomas soulagé qui l'accueille ; soulagé, et plus sensible à ses qualités spirituelles. Se souvenant de la nature gentille et accommodante de Claerwen, il se sent accablé de remords. Comparée à la figure pâle et délicate de sa défunte épouse, Clarissa semble plutôt excessive et peut-être même légèrement... vulgaire ? C'est avec honte qu'il se souvient de la vitesse à laquelle il a été séduit par les charmes de Clarissa, si peu de temps après le décès de Claerwen. Il y a quelque chose d'humiliant dans cette faiblesse face aux tentations charnelles et Thomas ne parvient pas à retrouver ce qui le fascinait tant chez Clarissa au début. Elle se conduit désormais comme une catin... Thomas se redresse, choqué par ses propres pensées. Il prend la peine de se rappeler qu'elle agit de cette manière par frustration, elle qui voudrait enfanter. Il se conforte dans la certitude que la faute n'est pas la sienne. L'existence de Megan est la preuve de sa virilité, ainsi que les trois fausses couches qu'a subies la pauvre Claerwen au cours des années. Il sourit affectueusement à sa fille, remarque encore sa ressemblance avec sa mère et approuve les qualités qui lui permettent de transformer ses pensées en sources spirituelles.

Clarissa aussi est heureuse de voir Megan, cette petite fille si douce et innocente, si agréable et naturelle. Elle peut parfois devenir énervante, mais Clarissa commence à s'habituer à l'atmosphère étrange du vieux manoir. Même les fantômes cessent graduellement de la terrifier. Elle se sent trop apathique pour s'en faire pour quoi que ce soit. Un après-midi, elle sort pour prendre l'air et déambule au hasard, dans la chaleur printanière. Ses pas la mènent derrière la maison, vers les bois. Jusqu'à aujourd'hui, l'endroit lui inspirait de la crainte. L'été, les feuillages denses rendent ce lieu sombre et clos. L'hiver transforme la forêt en marécage boueux. Elle préfère longer la lisière des bois puis tourner ensuite dans les champs. Cependant, en ce jour ensoleillé de printemps, le boisé semble plus accueillant. Les feuilles commencent à peine à s'étirer, les rayons de soleil inondent l'espace entre les branches nues, et la terre est sèche et ferme sous le pied. Elle s'enfonce entre les troncs et parvient à un endroit où le sentier s'estompe. Elle se sent attirée par une force inconnue, guidée par une sente ancienne et invisible. Soudain, elle a devant elle le cercle des menhirs.

Un silence étrange s'installe dans la forêt. Les oiseaux ne chantent plus. La brise a cessé de siffler à la cime des arbres. Elle s'avance lentement dans le cercle. L'herbe est claire et dense. Elle se tient là un moment, la tête penchée, le soleil dru sur son échine. Elle reste immobile, debout, et sent que l'espace autour d'elle se remplit progressivement de présences invisibles. Son cœur se met à battre lourdement et elle est prise d'une envie de s'agenouiller, de s'abandonner à une force, une entité terrible et puissante. Des cris et des murmures emplissent ses oreilles. Elle grogne tout haut, résiste à ces étranges pouvoirs, se bat en vain contre le poids qui la contraint à s'agenouiller, mais, au moment de sa chute, Megan jaillit des taillis derrière elle, la saisit par le bras et la tire en arrière, hors du cercle de pierres.

Assommée, Clarissa titube avec Megan jusqu'à l'orée de la forêt où elle halète, à bout de souffle, mais continue à avancer. Un immense tambour résonne dans sa tête. Elles ne s'arrêtent pour souffler qu'une fois revenues dans la grande cour de gravier, près de la maison. Clarissa secoue sa tête, comme pour en extraire tous les bruits, et s'appuie sur Megan, qui lui tient toujours le bras.

— Qu'est-ce que c'était ? demande Clarissa, essoufflée. Je me suis sentie toute bizarre. C'était très... étrange.

— Tu te trouvais dans l'ancienne clairière, là où les druides célébraient leurs cérémonies, dit Megan très prosaïquement. C'est un endroit de puissante magie. Il faut y aller, euh... armée.

— Armée ? demande Clarissa, stupéfaite, imaginant couteaux et pistolets.

— D'étranges choses se sont produites là-bas, dit Megan.

Et elle craint qu'elles ne se poursuivent encore aujourd'hui, mais ne souhaite pas terrifier Clarissa inutilement.

— Il vaut mieux rester à bonne distance, prévient la jeune fille. Je n'y vais jamais.

— Alors, comment as-tu su que je m'y trouvais ? s'interroge Clarissa, intriguée et toujours sous le choc. Si tu n'y vas jamais ?

— Je t'ai vue.

— Vue ?...

Clarissa se gratte la tête. Elle n'arrive pas à s'habituer à toutes ces histoires de magie et de druides, sans compter la forme bien particulière de sorcellerie que semble pratiquer Megan. Pendant un court instant de folie, elle souhaiterait se trouver à nouveau dans son microscopique sous-sol du quartier Fulham, entourée du fracas tonitruant, agité, ordinaire et sain d'esprit du grand Londres.

— Viens, dit gentiment Megan. Je vais te faire du thé. Tu es en sûreté, maintenant. Viens à l'intérieur, on va s'asseoir calmement.

Avachie dans le petit salon, Clarissa est prise d'un incontrôlable fou rire. Seule Megan peut bien considérer comme sûr et calme un tel endroit, infesté de fantômes. Elle jette des regards tout autour d'elle, se demandant combien d'entre eux occupent le sofa en sa compagnie. L'incident du cercle de pierres l'a laissée affaiblie, étourdie. Une sorte de détachement s'empare d'elle et elle se sent sur le point de capituler. Elle s'est unie par mariage à une famille de malades mentaux ; leurs ancêtres procédaient à des cérémonies druidiques dans leur petit dolmen privé et continuent à hanter la maison trois cents ans après – et puis quoi, après tout ?

— Salut, dit-elle avec langueur aux autres occupants de la pièce. Ça boume ?

Elle se demande soudain si elle n'a pas tout imaginé. Si elle n'a pas simplement ressenti une légère perte d'équilibre à la suite d'un début d'insolation. Peut-être est-elle finalement enceinte. Même cette pensée ne parvient pas à l'extirper de son étrange et léthargique épuisement. Lorsque Megan apparaît avec le plateau de thé, Clarissa dort profondément dans les coussins.

VII

Leur premier anniversaire de mariage approche. Clarissa n'est toujours pas enceinte et Thomas a commencé à sombrer dans ses petites habitudes tranquilles d'avant l'arrivée de la jeune Londonienne. Une fois sa brève explosion de passion consumée, il est parfaitement heureux de retourner s'installer dans son train-train quotidien. Thomas travaille dur sur le domaine, et le printemps et l'été exigent beaucoup de lui, en temps comme en énergie. Le mécontentement effectue son retour, pointant derrière l'apathie tisanière qui engourdit Clarissa. Même les tantes commencent à angoisser. S'ils ne parviennent pas à concevoir un enfant alors que Clarissa est calme et Thomas relativement vigoureux, quelles chances de succès leur restera-t-il demain ? Thomas ronfle devant la télé une bonne partie de la soirée avant de se retirer en titubant jusqu'à son dressing, où il tombe endormi. Il se lève avant l'aube et ne veut surtout pas déranger Clarissa.

Le 1er mai approche et les tantes sont décidées à célébrer en grande pompe la plus importante des fêtes druidiques : Beltane. Au cours des siècles, les rites païens sont devenus confus et ont été déformés, mais les tantes savent que les festivités du feu étaient importantes pour toutes sortes de raisons et que les sacrifices en constituaient une part essentielle. Elles soupirent de frustration en songeant à la facilité avec laquelle leurs ancêtres pouvaient accomplir leurs rites. Jusqu'à tout récemment, à l'époque de leur chère maman, on ne faisait pas tant d'histoires si des indésirables – enfants simplets, vagabonds de passage, bétail de tout poil, etc. – disparaissaient tout bonnement. Les habitants mettaient ça sur le compte des Tsiganes ou des fées de la forêt, et l'affaire était classée. De nos jours – et les tantes hochent la tête et font claquer leurs langues d'impatience –, chacun est membre du comité de surveillance ou abonné aux émissions de télé consacrées aux crimes mystérieux. Il n'y a plus moyen de travailler en paix. Elles se remémorent un incident très désagréable qui remonte à une trentaine d'années. Un autostoppeur malchanceux qui avait perdu sa route était venu demander un verre d'eau la veille du solstice et avait ensuite disparu. Les tantes se demandent toujours si leur maman l'avait considéré comme un cadeau direct de la Déesse. Malheureusement, un voisin fouineur avait aperçu le jeune dans l'allée de la maison et il avait fallu un très habile jeu de jambes pour détourner l'enquête du policier local. Les tantes ricanent à l'évocation de ce souvenir. Il valait mieux se lever de bonne heure, pour avoir le dessus sur leur chère maman. Comme elle était impitoyable ! Quelle vocation ! Elles se demandent si leur incapacité à trouver une héritière pour le manoir et le boisé ne vient pas du fait qu'elles manquent du courage et de la férocité dont savaient faire preuve leurs ancêtres.

Elles commencent leurs préparatifs pour la veille du 1er mai, qu'elles préfèrent nommer entre elles la « nuit de Walpurgis ». Elles récoltent patiemment une quantité suffisante de bois sec pour obtenir un bûcher de taille respectable sur les pentes dégagées, près de la forêt, et ruminent un sacrifice convenable. Il est bien dommage que Thomas ait cessé d'élever des chiens sur le domaine, mais les tantes haussent les épaules avec philosophie. Enfin... C'étaient de sales petites bêtes, toujours infestées de puces, tentant sans arrêt de s'accoupler avec la jambe de l'un ou de l'autre, et c'est sans le moindre remords que les tantes les ont occis les uns après les autres. Thomas, toujours si crédule, avait été facile à convaincre que ses bêtes avaient été volées ou s'étaient perdues dans les montagnes. Il est étrange, songent les tantes, de voir à quel point les fils légitimes de la famille sont si ternes et lents, alors que ceux qui sont nés du mauvais côté de la couverture...

Elles songent tout à coup à Evan Lewis et au sourire qu'il a adressé à Clarissa lors de leur sortie en ville. Elles échangent un regard pensif. Il est un Mortimer, après tout. Il pourrait être temps de procéder à une légère diversion. Il semble peu probable que Clarissa elle-même puisse entrer dans la véritable vie de la maison et du boisé. Elle est d'une décevante pusillanimité. Mais elle constitue leur seul espoir de produire la future protectrice. Si Thomas ne daigne pas s'y mettre, il faudra que quelqu'un le remplace à la tâche et Evan est non seulement de la famille proche (très proche), mais il est le descendant d'une lignée de femmes dotées de grands pouvoirs. L'idée les galvanise et elles font un effort particulier pour la Déesse en cette occasion. C'est ainsi que de nombreux petits animaux sauvages – plus le très fatigant matou du voisin – se retrouvent à participer malgré eux, la veille du 1er mai, à une sortie inattendue. Les tantes rentrent à la maison toutes seules au petit matin, fourbues mais satisfaites. La Déesse est apaisée et continuera à les gratifier de sa protection.

On croirait donc à un mystérieux rouage de quelque projet secret lorsque, quelques jours plus tard, Thomas renverse son tracteur dans la plantation à flanc de colline. Il passe des heures coincé sous le véhicule avant que des secours ne parviennent à le désincarcérer, et ses jambes sont horriblement broyées. Il demeurera à l'hôpital pendant des mois et devra apparemment rester cloué dans une chaise roulante pour longtemps, sinon pour toujours. Clarissa, projetée hors de son apathie par les événements, passe le plus clair de son temps entre le manoir et l'hôpital, situé à quatre-vingts kilomètres du domaine. Elle est abasourdie de se rendre compte que tout cet énervement lui fait du bien et qu'en l'absence de Thomas, la maison lui appartient plus complètement. Elle se découvre soudain débordante d'énergie, utile et nécessaire. Les employés de l'hôpital admirent son courage réconfortant face à des circonstances si tragiques et elle parvient à témoigner à Thomas tendresse, amour et soutien, tout en appréciant l'estime qu'on lui porte.

C'est par une heureuse coïncidence qu'il s'avère qu'Evan Lewis dirige une entreprise de travaux de rénovation. Les tantes pensent à lui lorsqu'il devient clair qu'il sera impératif d'entreprendre des modifications à la maison en prévision du retour de Thomas. On devra lui réserver l'usage de plusieurs pièces au rez-de-chaussée et il faudra installer des rampes pour lui permettre de se déplacer en fauteuil roulant.

— Il faut que ça soit fait soigneusement, dit Clarissa avec inquiétude, il ne faut pas gâcher la maison...

Elle se tait soudain, honteuse. Qu'est-ce que l'intégrité d'une maison en comparaison avec le bien-être de son mari ? Les tantes acquiescent à ses dires, cependant. Elles sont bien d'accord avec elle. De plus, la maison fait partie du patrimoine national, ce qui les contraint à de nombreuses précautions.

— Dans ce cas, il nous faut quelqu'un qui soit bien au fait des règles et des lois, dit Clarissa, et ça coûtera sans doute très cher. Connaissez-vous un maître d'œuvre compétent dans la région ?

Les tantes prennent un air vague ; elles semblent toutes deux éviter le regard de l'autre et sentent la main de la Déesse s'abaisser sur elles. Elles font des moues et grimacent légèrement, jusqu'à ce que tante Olwen s'exclame soudain :

— Bien sûr, il y aurait Evan Lewis. On raconte qu'il est très compétent.

— Oh, mais oui, répond tante Gwyneth, Evan. En voilà, une bonne idée.

— Evan ? réfléchit Clarissa. Ça me dit quelque chose. L'aurais-je rencontré ?

— Oh, mais oui ! s'écrie tante Olwen, ravie. Ah, c'est splendide ! Un si gentil garçon. N'avez-vous pas trouvé ? Je ne crois pas que vous vous opposeriez à ce qu'il vienne faire des travaux ici, non ?

Clarissa se souvient de son sourire et de ses longues jambes, et ses joues se mettent à brûler.

— C'est primordial, murmure tante Gwyneth, d'apprécier les gens qui nous entourent. Les ouvriers peuvent devenir plutôt fatigants.

— Je suis certaine que nous pouvons faire confiance à Evan, qui saura se montrer sensible et accommodant, intervient tante Olwen. Il est de la famille, après tout, si l'on peut dire...

Clarissa la regarde avec curiosité.

— Je me souviens que vous avez mentionné cela un jour, dit-elle, mais comment ?... Quoi ?... C'est-à-dire que...

Elle est trop embarrassée pour poursuivre, cependant les tantes sont prêtes à faire preuve de beaucoup de franchise vis-à-vis d'elle en ce moment précis.

— J'ai bien peur de devoir admettre que les Mortimer se sont toujours montrés plutôt, disons, généreux de leurs faveurs, explique tante Gwyneth en souriant à pleines dents. Le très ancien droit de cuissage, en fait. Un tout petit peu dissolus, si l'on peut dire, mais vous savez ce que c'est ! Nous sommes faits de chair et de sang, après tout.

Clarissa est enchantée par leur approche très ouverte de la vie. Vraiment, ces vieilles chéries sont absolument fantastiques. Malgré tout...

— Ça ne ressemble pas à Thomas, soupire-t-elle d'un air complice.

Elles éclatent d'un rire ravi. Ce cher vieux Thomas, admettent-elles, est un tout petit peu rigide, mais chaque famille a son propre mélange bizarre de gènes et il est impossible de savoir ce que chaque génération produira... Un silence étrange s'installe.

Clarissa pianote sur sa tasse à café.

— Apparemment, dit-elle lentement, Thomas ne sera plus en mesure de... vous savez... Je n'aurai peut-être jamais d'enfant.

Les tantes s'empressent de la rassurer.

— Inutile de compter les poulets avant que les œufs n'éclosent, conseille tante Gwyneth, tout en remplissant sa tasse de café chaud.

— Il y a plus de manières de tuer un chat qu'en le noyant dans la crème, ajoute tante Olwen en faisant tourner les sablés. Soyez patiente. Vous verrez bien.

Clarissa a l'étrange impression que quelque chose d'immense vient d'être suggéré. Elle regarde les tantes qui la toisent de leurs yeux luisant d'une étrange et intelligente lueur. Elle leur sourit et elles soupirent de soulagement. Les voies de la Déesse sont parfois complexes et impénétrables, qui oserait s'y opposer ? Elles sentent bien que la magie s'active autour d'elles et sourient avec confiance à Clarissa. Tout va simplement pour le mieux.

Ce n'est pas un sentiment que partage entièrement Thomas. Au moins, il ne souffre plus. En fait, il n'a plus la moindre sensation dans la partie inférieure du corps. Mais il sent très clairement que sa vie est, tout compte fait, terminée. Il est d'humeur morose et résiste aux soins. Les employés de l'hôpital n'en admirent que davantage le dévouement patient et attentionné de Clarissa. Elle prend place à côté de Thomas durant des heures et lui parle des travaux à faire à la maison tout en l'assurant de leur hâte de le voir revenir parmi elles. Elle lui tient la main et lui apporte de petits cadeaux. Mais en vain. Le Gallois demeure fondamentalement renfermé. Même les tantes, avec tout leur art, ne parviennent pas à le faire sortir de ses ténèbres. Clarissa sourit courageusement quand l'infirmière en chef la prend à part. Elle essuie le coin de ses paupières et ses lèvres tremblent lorsqu'elle affirme qu'elle est décidée à voir Thomas remarcher un jour. L'infirmière est plus dure avec Thomas quand elle retourne dans sa chambre. Elle lui reproche de se complaire dans l'apitoiement et le félicite de pouvoir compter sur deux tantes formidables et une si merveilleuse épouse.

Les tantes passent à l'action, elles doivent déjeuner avec Evan ce midi. Il est choqué d'apprendre le terrible coup du sort qui a frappé Thomas et s'engage à faire de son mieux pour que la maison soit prête à l'accueillir à son retour. Il prévient toutefois que cela prendra un certain temps. Il devra rencontrer les gens du ministère de la Culture, obtenir des permis, etc. Mais il lui faudra tout d'abord passer à la maison de manière à évaluer avec précision l'étendue des travaux. Elles l'assurent que rien ne presse. Ce n'est pas demain la veille que Thomas pourra envisager de sortir de l'hôpital.

Si Evan est surpris de l'absence de tristesse sur le visage des tantes à l'annonce de cette nouvelle, il ne le montre pas le moins du monde. Puis, lorsque Clarissa arrive, tous se font un devoir de la réconforter. Le déjeuner prend une tournure presque festive et, au moment où l'homme fait ses adieux, il règne une atmosphère véritablement amicale au sein du petit groupe. Les trois femmes rentrent ensuite à la maison. Tante Olwen passe bien près d'écraser un badaud suffisamment imprudent pour traverser la rue sur le passage protégé en rentrant de faire ses courses. Clarissa regrette de ne pas avoir insisté pour conduire, mais après tout, c'est leur voiture. Elle regarde par la lunette et voit que la victime, écumant de rage, a réussi à ramper jusqu'au trottoir. Cela lui rappelle une blague. « Il n'y a que deux types de piétons quand je conduis. Les vifs et les morts. » Elle rit en silence et voudrait disposer de quelqu'un à qui la raconter. Peut-être Evan…

Elle se donne la permission de songer à lui. En plus de sa fulgurante apparence, il est de compagnie très agréable ; exactement comme les tantes, en fait, et pas du tout comme Thomas. Ce sens de l'humour bien méchant manque au caractère de son mari et lui procure un plaisir immense, après toute cette morose froideur. Clarissa sent un léger frisson d'excitation à l'idée de le revoir – Evan, non pas Thomas – et a une fois de plus l'impression que les tantes font partie de la conspiration qui favorise leur amitié.

Cette idée se confirme le jour où Evan se présente au manoir pour prendre des mesures et discuter des travaux à effectuer. Il y a très longtemps qu'il n'y a pas mis les pieds, mais ce n'est pas la première fois qu'il visite l'édifice et on sent tout de suite qu'il interagit fortement avec l'atmosphère des lieux. Il passe de pièce en pièce, le visage pensif et concentré. Clarissa le regarde attentivement en se demandant s'il est réceptif aux esprits. Les tantes sont parties faire du thé et Clarissa manque de courage pour lui demander s'il sent la présence de ses ancêtres dans cette maison. Il semble presque inaccessible, fermé, tandis qu'il se tient dans le petit salon ; Clarissa n'arrive pas à prononcer la phrase légère qui lui vient en tête à ce moment-là. Elle est soulagée par le retour des tantes, qui apportent non seulement un plateau de thé, mais leur façon si douce et naturelle d'être et d'agir.

C'est tante Olwen qui suggère que lors de la prochaine visite de Clarissa à Thomas, elle devrait rencontrer Evan pour se tenir au courant de l'état de la planification des travaux. Elle propose la chose avec une grande innocence, la tête penchée sur le côté, les yeux fixés sur Evan, et celui-ci accepte, mais en plongeant dans les prunelles de Clarissa un regard dénué de candeur. D'ici là, dit-il, il aura eu des contacts avec le ministère et aura commencé le calcul des frais. Les tantes acquiescent, hochant la tête, et Clarissa, avec un parfait dosage de nonchalance, déclare qu'elle sera très heureuse de le revoir à ce moment-là. Elle attend que quelqu'un d'autre pense à lui demander son téléphone et, à sa propre surprise, se sent infiniment soulagée lorsque personne n'en fait mention. Tout le monde se satisfait, apparemment, de ne se revoir que lors du prochain saut en ville, ce qui, compte tenu des fréquentes visites à Thomas, ne saurait trop tarder.

Et c'est ainsi que ça commence.

VIII

Même Megan ne parvient pas à remonter le moral de Thomas. Elle passe pratiquement chaque minute de ses petites vacances à lui rendre visite. Clarissa se fait un devoir de l'y conduire chaque jour.

— C'est important qu'elle puisse rester seule avec lui, chuchote Clarissa à l'infirmière en chef. Je ne veux pas m'en mêler. J'ai tellement d'occasions d'être avec lui et, après tout, pour elle, je ne suis qu'une belle-mère.

Elle voudrait tant que Thomas réagisse, qu'il reprenne sa place prédominante dans sa vie à elle. Elle se sent entraînée par le courant de son attachement croissant pour Evan et craint de s'être fourvoyée sur la nature de ses sentiments envers Thomas. Ce sont de bien pâles et gentilles émotions, comparées à cette passion naissante. De plus, les tantes semblent la pousser vers Evan. Il est drôle et affectueux, bien que Clarissa l'ait également vu sous un jour plus sombre et étrange, un trait de caractère qui existe aussi chez Thomas. Mais il y a une différence fondamentale entre les deux hommes. Evan aime les femmes. Il n'est pas simplement poli et aimable avec elles ; contrairement à Thomas, il les comprend et les aime – peut-être même un peu trop pour son propre bien. Il est coquin, séducteur, amusant, et Clarissa le trouve irrésistible. Il est également sympathique et amical – à tout prendre, une combinaison fatale. Clarissa est consciente du danger et espère que Megan réussira là où elle a échoué. Elle s'étonne de la joie que lui procure la présence de la jeune fille, de son affection pour elle. Elle voudrait que Megan soit vraiment sa fille à elle. Elle est forte, équilibrée, et ne tente pas de monopoliser Thomas ou d'exclure Clarissa.

— C'est une enfant si altruiste, confie-t-elle à l'infirmière en chef, mais je suis décidée à lui permettre de passer du temps seule avec son père. Peut-être qu'elle pourra lui venir en aide.

— Taisez-vous, réplique l'infirmière, vous avez été admirable, absolument admirable.

Clarissa sourit avec gratitude, mais la panique commence à la gagner. Comme d'habitude, sa propre force est détournée par de plus forts qu'elle. Les tantes et Evan ont décidé qu'elle avait besoin de réconfort et, lorsque Megan repart pour le couvent et que Thomas s'obstine dans sa rogne, Clarissa se voit submergée par l'assaut de ses propres besoins. Elle croit désormais que son amour pour Thomas n'aura servi que de répétition à la véritable idylle qui prend naissance sous ses yeux. Elle se sent tour à tour coupable et exaltée. Evan est charmé par ses faibles tentatives de lui cacher ses sentiments et n'a aucun scrupule à les aiguillonner.

Malheureusement, leur passion commune les consume avant que Clarissa n'ait eu le temps de démêler ses propres sentiments. Evan n'est pas mieux préparé. Il semble qu'il ait hérité de ses ancêtres une certaine désinvolture dans l'acte de répandre sa semence. Quand elle reprend ses esprits, Clarissa est terrifiée. Elle espère qu'elle sera aussi stérile avec Evan qu'elle l'a été avec Thomas et se lance aussitôt dans des calculs silencieux. En cas de malchance, serait-il possible de faire passer l'enfant pour celui de Thomas ? Conçu avant l'accident ? Nul besoin d'être Einstein pour arriver à cette conclusion : non. Clarissa tente de rire de ses peurs avec légèreté. Après avoir tenté vainement de tomber enceinte pendant près d'un an de rapports légitimes avec son mari, y a-t-il la moindre chance qu'elle conçoive aujourd'hui, en un fol instant de fornication ? La réponse, cette fois, est : oui. Peu de temps après le solstice, elle sait qu'elle porte un enfant.

Les tantes le savent, elles aussi. Elles observent avec intérêt sa perte de poids et son air préoccupé, ses visites fréquentes aux toilettes, son expression déçue au retour et sa passion soudaine pour les promenades sportives. Lorsqu'elle serre les poings sans s'en rendre compte, les tantes savent qu'elle enrage contre la cruauté de la vie – l'amer coup du sort. Lorsqu'il paraît clair qu'elle est en voie de faire du tort à l'embryon – quantité de gin, bains très chauds, exercices violents –, elles décident d'intervenir.

Un après-midi, elles la rejoignent dans le salon et lui demandent si tout va pour le mieux. Elle s'est carrée tout au fond du sofa et serre un coussin contre elle en les regardant d'un air apeuré.

— Je suis enceinte, explose-t-elle. Oh, mon Dieu ! Pouvez-vous le croire ? Enceinte !

Elle attend que la douce expression de curiosité sur leurs visages se mue en dégoût scandalisé.

Elles lui sourient de toutes leurs dents, comme des parents témoins de l'exploit d'un enfant particulièrement doué. Clarissa réalise qu'elles croient que le petit est de Thomas. Elle ferme les paupières, prie et espère une lumière divine. Peut-elle tenter de les tromper ? Elle sait parfaitement qu'elles réaliseront bientôt la terrible vérité et décide de lâcher tout de suite le morceau.

— Le bébé n'est pas de Thomas, déclare-t-elle haut et fort, tout en hésitant à nommer Evan.

Elle ne parvient pas à aller aussi loin.

Les tantes acquiescent avec compréhension. « Et après ? » semblent demander leurs sourires. Détail technique. Qui s'en soucie ? Un bébé est un bébé.

Clarissa les toise sans saisir. L'ont-elles comprise ? Elle recommence :

— Le bébé n'est pas...

Mais les tantes hochent la tête pour la stopper.

— Bien sûr que non, dit tante Olwen. Ça n'a aucune importance. C'est un bébé très spécial.

— Attendu de si longue date, continue tante Gwyneth avec ferveur.

Clarissa les fixe avec effarement. Perdraient-elles finalement la tête ? Que peuvent-elles bien vouloir dire par « attendu de si longue date » ? Peut-être croient-elles qu'elle a été choisie pour enfanter le Christ de retour sur Terre ?

— Que voulez-vous dire ? demande-t-elle avec angoisse. Attendu de longue date ?

Elles l'observent avec surprise, se rendent compte du danger et lui tapotent les épaules. Il ne faut pas éveiller ses doutes.

— Il y a bien un an que tu veux un enfant, signale fallacieusement tante Olwen. Voilà une fabuleuse nouvelle.

— Je voulais un enfant de Thomas, s'écrie Clarissa. Alors que là... là... là...

— C'est l'enfant d'Evan, glisse tante Gwyneth calmement. Pas de souci. Elle sera une Mortimer.

— Elle ? demande Clarissa, abasourdie par la confiance que montre tante Gwyneth dans sa prédiction. Eh, attendez. Vous n'êtes pas furieuses ? À propos d'Evan et moi ?

Elles rient tendrement. Elles ne remettent jamais en question les actions de la Déesse, mais il est clair qu'il va leur falloir calmer Clarissa.

— Tu es jeune et jolie, dit tante Olwen, et tu n'as pas de mari, si l'on peut dire. Evan est grand et charmant...

— Et marié, dit sèchement Clarissa. N'oublions pas sa femme.

L'épouse d'Evan n'a jamais fait partie des préoccupations des tantes, mais Clarissa est au bord de la crise d'hystérie :

— Il est marié et père de deux enfants, glapit-elle. Il ne la laissera jamais pour m'épouser, moi !

Les tantes sont soufflées un instant par l'évocation d'une telle idée, si naïve et improductive.

— T'épouser, toi ? répète tante Olwen au bout d'un moment. Pourquoi ferait-il une chose pareille ? Tu es déjà l'épouse de Thomas.

Clarissa commence à pleurer doucement dans son coussin et les tantes s'échangent un air inquiet. Il est évident que la grossesse va la rendre déraisonnable et maussade. Elles hochent la tête en songeant à la fatigante moralité des filles modernes. À dire vrai, il est étonnant que la jeunesse d'aujourd'hui puisse parvenir un tant soit peu à s'amuser.

— Allez, temporise tante Gwyneth en lui caressant les cheveux. Tu détesterais être la femme d'Evan. Il est beau garçon, mais il est coquin de bien des façons. Contente-toi de songer à ta magnifique fillette et sois heureuse.

Clarissa relève la tête de son coussin, dont la splendide broderie, œuvre d'une chère vieille ancêtre, est maintenant maculée de larmes et d'écoulements nasaux. Elle les regarde d'un air suppliant.

— Écoutez, dit-elle. Veuillez essayer de comprendre. Comment vais-je expliquer ça à Thomas ? Nous n'avions pas fait l'amour depuis des semaines au moment de l'accident. Il était toujours trop fatigué. Je ne peux pas lui faire croire qu'il est de lui, à moins qu'on puisse le convaincre que cet enfant aura passé douze mois dans mon ventre !

Elle se remet à pleurer et tante Gwyneth retire délicatement le coussin pour le mettre à l'abri de toute détérioration supplémentaire.

— Mais, si c'est ça qui te préoccupe, pourquoi diable ne pas l'avoir dit plus tôt ? rigole tante Olwen. Petite sotte ! Notre chère maman a eu le même souci.

Clarissa en oublie de pleurer. Elle fixe les tantes, bouche bée. Elles sourient toujours.

— Votre mère... ? Votre mère ? Elle hoche la tête. Je n'arrive pas à le croire.

— Notre très chère maman, commence tante Gwyneth, a été très coquine avec le grand-papa d'Evan. Il ressemblait beaucoup à Evan, tu sais. Un si bel homme. Malheureusement, l'enfant fut conçu pendant que notre père n'était pas au pays. Alors, vois-tu comme l'histoire se répète ?

Clarissa acquiesce, hypnotisée.

— Et puis après ?

— Bien, notre maman chérie, reprend tante Olwen, alla demeurer quelque temps chez sa sœur – qui, par chance, se trouvait alitée – avant que notre père ne se rende compte de quoi que ce soit. Notre maman ne revint qu'une fois sa taille revenue à la normale. Le grand-père d'Evan prit l'enfant dans sa famille. Sa propre femme venait d'accoucher d'un bébé mort-né, et donc tout se passa pour le mieux.

— Pour le mieux, acquiesce Clarissa, son regard fasciné allant d'une à l'autre. Et la femme du grand-père d'Evan n'avait rien contre cette idée ?

— Oh, les gens étaient moins facilement indignés, à l'époque, rétorque tante Gwyneth avec fermeté. Elle était très heureuse d'accueillir l'enfant.

— Alors Evan est... Bon sang ! Evan est votre neveu ! Seigneur, Evan est le cousin de Thomas, ou quelque chose comme ça !

— Donc, tu vois, ça reste dans la famille. Il n'y a pas de quoi s'en faire.

— À part le fait que je n'ai pas de sœur et que je n'ai aucune intention de faire élever mon enfant par la femme d'Evan.

— Bien sûr que non, admet tante Gwyneth avec patience. Nous avons simplement voulu te montrer qu'il était possible d'atténuer les difficultés. Il suffit d'avoir la foi.

Clarissa s'avachit dans le divan et ferme les yeux. Elle ne détecte pas la présence d'une autre de ces chères vieilles ancêtres, morte en couches, qui se tient à ses côtés et lui témoigne de la sympathie.

Les tantes fixent cette ombre, elles qui craignent le moindre détail susceptible de faire empirer l'état de la Londonienne.

— Tout nous sera révélé, affirment-elles d'un ton rassurant. Sois-en certaine, nous recevrons un signe.

À ce moment précis, le téléphone se met à sonner. Clarissa, dont les nerfs sont en charpie, laisse échapper un cri, et les tantes s'échangent un autre regard lourd de signification avant de sortir précipitamment. Elles auraient préféré que Clarissa fasse preuve d'un tout petit peu plus de cran et réalisent que leurs problèmes sont loin d'être réglés. Tante Olwen soulève le combiné et entend une voix claire et décidée.

— Bonjour, j'aimerais parler à Clarissa, s'il vous plaît. Dites-lui que c'est Georgy.

Manifestement, Georgy est exactement ce que tout le monde attendait. Jamais un signe ne s'était si rapidement dévoilé. Clarissa bondit du sofa pour aller parler à sa meilleure meilleure amie tandis que les tantes haussent les sourcils et se regardent. Elles suivent sans vergogne le cours de la conversation qui a lieu dans l'entrée. Il y a de longs intermèdes durant lesquels Clarissa écoute attentivement et ses réponses laissent croire que tout ne va pas pour le mieux.

— Oh, non ! Oh, mon Dieu, je ne peux pas le croire… Pauvre Georgy… Tu n'as pas fait ça ? Pauvre, pauvre petite. Écoute-moi, viens directement ici. Bien sûr que tu es la bienvenue. Il y a des tonnes d'espace, dans la maison… Non, ne t'en fais pas pour ça. Non, il ne va pas mieux. Toujours à l'hôpital… En fait… Mais écoute, je ne peux pas parler maintenant. Viens, c'est tout. Sincèrement. Ça serait le paradis de t'avoir ici... Tu veux bien ? Fantastique... D'accord, on reste en contact... Une semaine ? D'accord, j'attendrai de tes nouvelles. Ne te fais plus de soucis. On va s'occuper de toi. Je sais. Je t'aime beaucoup moi aussi. Au revoir.

Les tantes l'attendent au salon, prêtes à lui prodiguer leur sympathie si nécessaire.

Clarissa n'a pas l'intention de leur cacher quoi que ce soit.

— Le croiriez-vous ? demande-t-elle. La pauvre Georgy ! Ce salaud la place dans l'embarras et, OK, il l'épouse, mais elle vient de découvrir qu'il a une autre femme et trois enfants à Seattle, une situation atroce et inextricable, et la femme du type se présente un jour avec les mômes, et apparemment le mariage est illégal, et, maintenant, la pauvre Georgy vient de perdre son enfant.

Les tantes restent confuses devant ce récit essoufflé, mais elles sont prêtes à se montrer scandalisées par ce qui arrive à cette pauvre Georgy et repèrent déjà quelques angles potentiellement utiles dans cette nouvelle situation.

— J'espère que tu lui as bien dit, intervient tante Olwen (faisant mine d'ignorer le contenu de la conversation téléphonique) qu'elle était ici chez elle.

— Oui, je l'ai fait, assure Clarissa, à la fois révoltée par le sort de son amie et s'amusant beaucoup de l'affaire. Elle a perdu son travail quand ils se sont rendu compte qu'elle était enceinte et elle ne trouve pas la force de l'annoncer à ses parents. Ils étaient si enthousiastes quand elle a obtenu le poste, et tout ça. Georgy a toujours été hyperintelligente. Chaque fois, les meilleures notes à l'école.

Jolie. Rigolote. Pragmatique. C'est simplement pas du tout son genre de se retrouver dans de tels draps.

Les tantes soupirent avec empathie.

— Ce sera bien pour toi de pouvoir compter en ce moment sur la présence d'une amie proche, dit tendrement Gwyneth. Ça te changera les idées.

— Oui, songe Clarissa tout en se demandant comment présenter son propre petit drame à Georgy sans perdre la face.

Les tantes l'observent et perçoivent le dilemme.

— Elle mourra de jalousie, murmure tante Olwen, en voyant ta merveilleuse demeure et ton cher Thomas si dévoué, même s'il est temporairement handicapé.

— Sans oublier, ajoute tante Gwyneth, un amant plutôt charmant et un adorable bébé en route. Ne mourra-t-elle pas de jalousie ?

Les aspects sordides de l'affaire s'estompent immédiatement et tout apparaît soudain plutôt chic et amusant. Plutôt que sale et honteuse, Clarissa se sent, après tout, comme une femme attirante qui sait prendre la vie du bon côté. Elle respire un grand coup et lève les yeux. Les tantes fixent sur elle leurs étranges regards. Elle se sent soudain confiante et heureuse. Tout ira bien si elle trouve une façon de suivre le courant.

— Pauvre vieille Georgy, dit-elle. Elle a vraiment tout foutu en l'air. Tant pis. On va s'occuper d'elle.

Les tantes sont soulagées et se mettent à s'activer dans la maison, excitées à l'idée de recevoir une visite. Elles prévoient la chambre à réserver à Georgy et refusent de laisser Clarissa se charger du moindre détail.

— Il faut prendre soin de toi, lui disent-elles. Il ne faut courir aucun risque. Tu superviseras les derniers agencements, mais rien de fatigant. Commençons par un petit verre, peut-être ? Pour célébrer l'arrivée du petit ? Ça te plairait ? Vraiment ? Brave fille.

Clarissa s'enfonce dans le divan et aurait presque envie de voir les chers vieux fantômes. S'ils ressemblent un tant soit peu aux tantes, ils doivent être sympathiques à ravir. Elle commence à voir le côté réconfortant de pouvoir compter sur un tel soutien familial. Contrairement à cette pauvre Georgy... Souriante et heureuse, Clarissa pose les pieds sur le sofa et attend son verre.

IX

Georgy, svelte, passionnée, alerte, charme tout le monde. Dès le premier instant, elle se met exactement au diapason. Clarissa, qui vient la chercher à la gare, est choquée de constater à quel point son amie a pris un coup de vieux. Mais elle est restée la même bonne Georgy et elles se serrent follement dans les bras l'une de l'autre en s'esclaffant de joie à l'idée de se retrouver.

— Chérie, ne dis rien, lui intime Georgy. Laisse-moi reprendre mon souffle. Je n'arrive pas à croire que je suis ici. Je sais que j'ai l'air d'une vieille chouette. Ne dis rien. Par contre, toi, tu es tout épanouie. Le mariage semble t'aller à merveille.

— Ah oui ? s'empresse de répondre Clarissa, plutôt d'accord avec Georgy sur le fait que la gare n'est pas l'endroit idéal pour les confidences. Vraiment ? Allez, viens, je t'emmène à la maison.

Georgy prend place dans le siège du passager et soupire :

— Oh, quel bonheur tout simple ! Ne plus avoir à s'en faire pour quelque temps. Je suis épuisée.

Elle laisse ensuite à Clarissa la charge du bavardage jusqu'à ce que la voiture bifurque dans l'allée.

— Stop ! ordonne Georgy en se redressant. Attends ! Oh ! Oh là là ! Vraiment, vraiment, ouf ! (Elle fixe la maison avec ébahissement.) C'est... parfait, dit-elle lentement. Oh, Clarissa ! Ma chère, chère et chanceuse amie.

— Pas mal, hein ? acquiesce Clarissa négligemment, bien qu'elle rougisse lorsque Georgy tourne vers elle un visage éberlué.

— Pas mal ? répète l'arrivante avec une légère dose de mépris.

— OK, avoue Clarissa en se débarrassant de son air snob sous le regard impitoyable de son amie Georgy. C'est fantastique. C'est splendide. Je l'ai adorée dès le premier instant où je l'ai vue. J'ai tout de suite senti que je tuerais pour l'avoir.

Les sourcils de Georgy bondissent devant cette révélation désarmante.

— Est-ce pour ça que tu l'as épousé ? demande-t-elle avec légèreté.

— Bien sûr que non, ce n'est pas pour ça que je l'ai épousé, s'indigne Clarissa. Thomas est un vrai chéri. Mais il faut admettre que c'est un sacré bonus.

Georgy, par contre, n'est pas dupe des dénégations de Clarissa et elle reste silencieuse un instant tout en contemplant le manoir.

— Le jardin n'est pas bien impressionnant, dit Clarissa, en dirigeant la voiture dans l'allée.

Elle se réjouit de voir que le soleil brille, mais regrette que les rhododendrons ne soient plus en fleur. Le parc est dépourvu de bordures végétales, de rosiers grimpants ou d'effets de style, ce qui donne à l'endroit un air d'harmonieuse simplicité.

— Nous sommes si près des montagnes qu'il est difficile de faire pousser des trucs. Nous sommes suffisamment en altitude pour recevoir de la neige l'hiver.

— Pour moi, c'est très impressionnant, dit doucement Georgy. Ce n'est pas mignon, c'est beau. Et c'est génial de ne pas avoir tenté d'enjoliver la maison. On peut encore voir sa splendide ossature.

Clarissa est ravie de la réaction de Georgy, et sent l'excitation et la fierté la gagner. Elle ne s'étonne pas de l'enthousiasme de son amie. Georgy a toujours senti les choses avec force.

— Attends de rencontrer les tantes, prévient-elle en riant. Elles font partie du dispositif, elles aussi, tu verras.

La voiture tourne devant la porte d'entrée et les tantes apparaissent sur les marches du perron, en souriant avec bienveillance. Georgy se dresse pour mieux les apercevoir, elles qui portent encore leurs tweeds et leurs pulls en cette chaude journée d'août, et elle éclate de rire, ravie.

— Mais elles sont parfaites ! s'exclame-t-elle. Elles sont exactement assorties à la maison.

Elle descend de la voiture et s'avance à leur rencontre. Clarissa s'acquitte des présentations et Georgy serre les mains qu'on lui tend tout en remarquant les poignes fermes et les regards inquisiteurs que lancent leurs scintillants yeux gris.

— Dites, comment vais-je vous appeler ? s'esclaffe-t-elle. Vous n'êtes malheureusement pas mes tantes.

— Nous vous considérons comme un membre de la famille, affirme Olwen. Nous sommes tante Gwyneth et tante Olwen. Voilà, c'est réglé. Pas de chichis, je vous en prie. Entrez… Vous ferez bien une petite gogaille.

— Clarissa va vous montrer votre chambre, ajoute tante Gwyneth. Descendez quand vous serez prête.

Les filles transportent les valises à l'étage en bavardant joyeusement, épiées par les tantes, postées dans l'entrée.

— Elle semble être une fille très sensée, dit tante Gwyneth pensivement.

Leurs regards se rencontrent un instant.

— Le temps le dira, chuchote tante Olwen.

Elles traversent la pièce ensemble et disparaissent dans la cuisine.

Clarissa sent immédiatement que rien n'a changé entre elles depuis la petite école. L'énergie de Georgy, sa force de caractère, son esprit vif, tout y est pour que Clarissa se sente lente, maladroite et paresseuse. La Londonienne ne s'en fait pas pour ça, pas du tout, ce n'est pas d'hier que Georgy sait prendre soin d'elle et assumer le rôle de chef tout en la chatouillant légèrement. Clarissa se plaît dans cette situation. Bien sûr, c'est également le rôle que jouent les tantes, mais il est distrayant de pouvoir compter sur Georgy pour faire le tour des ragots et partager ses soucis. Olwen et Gwyneth sont sympathiques, absolument charmantes, mais il est fantastique de bénéficier de la présence d'une personne de son âge, avec laquelle on puisse parler de tout, échanger des secrets…

Georgy parle peu de son expérience en Amérique. Alors que Clarissa est prête à en partager les moindres détails, Georgy a plutôt tendance à hausser les épaules et à détourner la conversation vers Clarissa. Celle-ci se souvient qu'il en a toujours été ainsi. À l'école, Georgy a toujours été plus intéressée

– « concernée » serait un mot plus juste, songe Clarissa – par les autres. En y songeant, la Londonienne découvre qu'elle en sait finalement très peu sur sa meilleure meilleure amie. Elles disposent de beaucoup de temps ensemble, mais il est si plaisant de parler de soi que Clarissa ne parvient jamais à en savoir plus sur son amie.

Il faut peu de temps à Georgy pour lui tirer entièrement les vers du nez. Elle se dit surprise de constater que Clarissa ait pu montrer autant d'allant et lui avoue son admiration. La Londonienne, qui craignait que l'autre ne trouve toute l'affaire un tantinet sordide, est réjouie et soulagée par sa réaction.

— Vieille rusée, dit Georgy tout en se dirigeant vers la fenêtre de la chambre, tu acquiers des maisons, des maris, des amants, des bébés, même des tantes. Je suis verte de jalousie.

Clarissa, atteinte de violentes nausées matinales, est assise contre une pile d'oreillers et boit tout de même son jus d'orange, baignée d'un halo de fierté. Il est vrai qu'elle s'est montrée pleine de ressources, à bien y songer.

Eh bien, minaude-t-elle, il faut savoir prendre soin de soi, dans la vie.

— Très vrai, répond Georgy en observant par la fenêtre l'arrivée d'Evan. Alors, comment feras-tu pour faire avaler ce bébé à Thomas ?

Clarissa tente de trouver une posture plus confortable et prend un air misérable, tout son orgueil dégonflé en un instant.

— Ne sois pas... hésite-t-elle. Franchement, j'en suis parfois malade de terreur. Dieu merci, il ne rentrera pas à la maison de sitôt. Les tantes sont très désinvoltes vis-à-vis de cette histoire, mais je ne sais tout simplement pas quoi faire.

Georgy a déjà eu une longue et limpide discussion avec les tantes, mais elle ne se sent pas encore prête à avancer ses propres idées.

— J'ai hâte de rencontrer Evan, dit-elle en revenant s'asseoir sur le coin du lit. Il commence les travaux aujourd'hui, non ?

Bien que la tendresse et l'humour d'Evan lui manquent terriblement, Clarissa se sent trop faible ces jours-ci pour pouvoir soutenir quelque passion physique que ce soit. La culpabilité et la confusion ont oxydé son amour et ruiné son bonheur. Elle prend un air traqué et se réfugie sous la couette.

— Je ne peux tout simplement pas lui faire face, dit-elle. Évidemment, il n'est pas au courant, pour le bébé. Tu ne diras rien ? (*Sa voix grimpe jusqu'à la panique*.) Oh, je ne sais pas quoi faire, je me sens si épuisée…

— Ne te mets pas dans ces états, conseille Georgy d'un air rassurant. Quelque chose me dit que tout ira bien.

— Tu es sérieuse ? dit Clarissa, ne demandant pas mieux que de se laisser convaincre. Mais comment ?

— Fais-moi confiance, dit Georgy. Tâche de dormir un peu. Je repasserai te voir plus tard. Je te conseille de rester cachée pendant qu'Evan sera dans les parages. Il vaut mieux qu'il ne t'aperçoive pas avec cet air atroce.

Clarissa sent monter la frustration. Elle voudrait se sentir libre et vivante, comme lorsqu'elle allait visiter Thomas à l'hôpital avant d'aller rejoindre Evan dans son petit logement, mais elle voudrait également pouvoir sombrer dans un tiède et profond océan d'oubli. Une minuscule lame de jalousie lui poignarde le ventre lorsqu'elle contemple Georgy qui sort de sa chambre, grande, mince, vivante, séduisante, alors qu'elle reste prostrée au lit, maussade et moisie. Elle se demande ce qu'Evan va penser de Georgy et sent un nouvel élancement de jalousie.

— Reste, implore-t-elle. Reste pour bavarder avec moi.

— Ne sois pas bête, ma chérie, se moque Georgy. Tu as besoin de repos. Nous aurons tout notre temps pour parler. À bientôt.

La porte se referme derrière elle et Clarissa pleurniche misérablement.

— Je ne veux pas avoir un bébé, chuchote-t-elle. Je n'en veux pas.

Elle est aussitôt submergée par une violente vague d'étourdissements bilieux, comme si l'occupant de sa matrice se révoltait. Clarissa est à nouveau engloutie par la culpabilité.

— Désolée, susurre-t-elle.

Elle se redresse un peu et boit quelques gorgées de la décoction contre les étourdissements que les tantes ont préparée, avant de retomber lourdement sur les oreillers. Le mal s'estompe progressivement et elle glisse dans la somnolence, tout en se demandant comment se passe le tête-à-tête entre Georgy et Evan.

En fait, la rencontre se déroule à merveille. Georgy a l'occasion d'observer Evan à la dérobée pendant quelques instants tandis qu'il discute avec les tantes, mais celles-ci sentent sa présence, ce qui les force aux présentations. Les tantes observent attentivement la poignée de main que s'échangent l'homme et la femme et détectent sans mal le courant unissant ces deux personnes qui ont l'habitude d'obtenir ce qu'elles désirent.

— C'est si triste que Thomas soit ainsi confiné, soupire tante Olwen, une fois que Georgy et Evan ont échangé quelques politesses. L'ennui, dans ces vieilles maisons, ce sont tous ces escaliers.

— Nous pouvons nous considérer comme chanceux d'avoir obtenu la permission de faire des modifications, si limitées soient-elles, signale Evan.

— Au moins, ses deux pièces sont plutôt spacieuses, dit tante Gwyneth, et le petit salon est doté de portes-fenêtres donnant accès au jardin.

— Clarissa s'est mis en tête de le remettre un jour sur ses jambes, intervient Georgy. Alors ça n'est pas non plus pour l'éternité.

Les trois autres s'échangent des regards en coin et Evan siffle doucement entre ses dents.

— Peut-être, dit tante Olwen, peut-être serait-il préférable qu'il ne se montre pas trop… téméraire.

Evan sourit discrètement et lève les yeux pour apercevoir le regard de Georgy posé sur lui. Il la toise en retour.

— Cela prendra-t-il du temps ? demande-t-elle. Pouvez-vous compter sur des ouvriers ou faites-vous tout le travail par vous-même ? Vous n'avez pas une tête de rénovateur, mais je vois que vous conduisez une Porsche. Êtes-vous ce qu'on appelle un « entrepreneur » ?

Amusé, il continue de la fixer, mais refuse de se laisser entraîner. Tante Olwen s'interpose :

— C'est une faveur qu'il nous fait. Evan effectuera tous les travaux lui-même. Il sait comme nous détestons la présence d'étrangers dans la maison.

— Eh bien, dites donc ! lance aussitôt Georgy. J'espère que cette pointe ne m'est pas destinée... Je cours faire mes bagages.

Les tantes éclatent de rire à cette vilaine blague. Georgy leur rappelle leur chère maman. Elles hochent la tête en sa direction.

— Vous faites partie de la famille, désormais. Tout comme Evan. Et que deviendrait cette chère Clarissa sans vous ?

— Je me le demande bien, répond Georgy, sans quitter Evan des yeux. En particulier en ce moment.

— Comment va Clarissa ? s'enquiert doucement Evan. Souffre-t-elle toujours de ses nausées matinales ?

Georgy s'esclaffe, réalisant que les tantes lui ont déjà tout raconté dans les moindres détails.

— En effet, dit-elle joyeusement. Terrassée par ses états nauséeux, en fait.

Les tantes gloussent avec sympathie, mais Evan sourit toujours.

— Thomas doit être si fier, murmure-t-il. Quel coup de chance, juste avant qu'il ne se retrouve dans cet état ! Confiné dans sa chaise roulante et dans ces deux pièces. La pensée de l'enfant le consolera sans doute un peu dans sa malchance.

Pour une rare fois, Georgy ne parvient pas à trouver de réponse rapide et appropriée, et Evan s'éloigne en riant dans le couloir. Les tantes savourent, elles aussi.

— Bien sûr, il a Megan, finit par ajouter Georgy. Elle doit représenter un immense réconfort pour lui dans son épreuve. Que pense-t-elle de… tout ça ?

Sa question est suivie d'un long silence. Evan s'arrête, la main posée sur la poignée de la porte. Les tantes grimacent.

— Les filles de cet âge remarquent les petits détails avec tant d'acuité, songe Georgy tout haut. Elles posent des questions si directes. Je suppose qu'elle voudra en discuter avec son père. Un nouveau bébé, c'est toujours excitant. Megan a certainement hâte de voir son petit frère ou sa petite sœur. Je suis excitée à l'idée de faire sa rencontre.

Elle leur sourit chaleureusement et grimpe l'escalier vers la chambre de Clarissa.

Megan est au couvent, elle y effectue une retraite. Thomas lui a donné la permission d'y entrer comme postulante dès qu'elle sera en âge de quitter l'école. Personne ne s'y est opposé et Megan est radieuse. Les tantes sont en fait soulagées de constater que Clarissa n'a plus suffisamment d'énergie ni d'assurance pour lutter contre son mari sur ce terrain.

— Les nonnes croient qu'elle a peut-être la vocation, affirme-t-il. Sa mère aurait voulu que les choses en soient ainsi. Nous aurons amplement le temps de savoir si elles se trompent. Il n'est pas facile de devenir une religieuse. Megan prend un dur chemin.

En grimpant l'escalier, Georgy se demande si Megan va remarquer quelque chose. Clarissa l'a décrite comme rêveuse et hors du monde. Elle ne lui a cependant pas dit mot de l'aventure dans la clairière. Elle n'a pas su lui en parler.

— Étrange, dit Georgy en entendant pour la première fois parler de la vocation de Megan. Très étrange. Enfin, c'est un peu démodé, non ?

Bizarrement, Clarissa défend Megan et Georgy bat en retraite, intriguée.

En entrant sans un bruit dans la chambre, Georgy se rappelle la résistance de Clarissa en ce qui concerne la vocation de Megan et songe qu'il doit y avoir là une nouvelle anguille à débusquer. Elle regarde le visage assoupi de son amie et jouit de l'impression de puissance que lui offre la position vulnérable de l'autre. Elle rôde dans la pièce, sur la pointe des pieds. Clarissa dort si profondément que Georgy peut sans mal soulever son verre et y plonger le nez pour humer le contenu du cordial que les tantes ont concocté. Ses sourcils se soulèvent et elle écarquille les yeux. Un sourire en coin éclaire son visage. Il y a tant de petits secrets à découvrir et tant d'objectifs à atteindre. Elle se sent alerte et en vie. Elle sort et ferme doucement la porte derrière elle.

X

Les travaux avancent avec une grande lenteur. C'est tant mieux, puisque tous réalisent à quel point les choses seront compliquées par le retour de Thomas. Même Clarissa commence à regretter d'avoir ainsi joué les héroïnes de la Croix-Rouge devant les infirmières ; elle s'en veut beaucoup de ne pas avoir été un peu moins courageuse, efficace et déterminée dans ses tentatives d'aider Thomas à recouvrer la santé.

— C'est dommage, dit Georgy pensivement, qu'on ne puisse leur dire que tu es enceinte. Je ne vois pas comment une femme enceinte et deux dames âgées pourraient le prendre en charge. Il faudra soulever des tas de trucs, et tout et tout. Ils proposeraient sûrement de remettre son transfert à une date postérieure à l'accouchement.

— Mais on ne peut pas le dire, à qui que ce soit, pleurniche Clarissa pour la millionième fois. Nous nous sommes mises d'accord. Nous en avons parlé et reparlé. Ce n'est vraiment pas de chance que juste avant l'accident, Thomas et moi nous ne... Eh bien, nous ne faisions plus rien... Et même si nous avions encore été actifs, il resterait un laps de temps inexplicable. S'il se rappelle du jour où nous avons fait l'amour pour la dernière fois, il y aura des soucis. Le risque à courir est trop grand.

Elle regarde d'un air suppliant les tantes, qui hochent la tête en signe d'approbation. Le péril est substantiel et toutes savent que Clarissa ne réussirait jamais à garder le secret. Si ça avait été Georgy, par contre...

— Thomas est un homme très fier, dit tante Olwen. Et ce n'est pas un imbécile.

Clarissa s'enfonce un peu plus dans le divan. Il lui paraît saugrenu de tenir cette conversation avec les tantes de Thomas, mais elle commence à ne plus trop s'en faire d'exposer ainsi publiquement sa vie privée.

— Auquel cas, avance Georgy, il faut s'assurer que Thomas reste à l'hôpital pour un bout de temps. Jusqu'à après l'accouchement.

Clarissa grimace.

— Je ne vois pas ce que ça change, proteste-t-elle. Je ne peux tout de même pas lui sortir le bébé de nulle part. Premièrement, il verra très bientôt que je suis enceinte et même si ce n'était pas le cas, comment pourrai-je expliquer ce bambin quand il rentrera à la maison ? « Oh, regarde, mon chéri, j'ai oublié de te dire que j'ai eu un bébé il y a quelques mois. Ça m'est totalement sorti de la tête ! Bienvenue à la maison ! » Je ne suis pas certaine que ça puisse fonctionner.

— Pas comme ça, non, admet Georgy. Bien sûr que non. Mais j'ai ce qu'on pourrait appeler un plan.

Elles la regardent, pleines d'espoir. Même les tantes commencent à s'inquiéter, bien qu'elles fassent aveuglément confiance à la Déesse. Une voie s'éclairera et elles sont convaincues que Georgy leur a été envoyée à cet effet.

— Raconte, propose Clarissa.

— Je n'ai pas encore songé à tous les détails, prévient Georgy. Mais voici comment cela se présente. Supposons que ce soit moi qui sois enceinte. Supposons que lorsque Clarissa deviendra trop grosse pour cacher son état, elle s'éloigne de la maison, soi-disant pour prendre soin de moi, quelque part. Lorsque l'affaire sera conclue, nous reviendrons ici toutes les deux avec le bébé, dont Thomas croira qu'il est le mien. Ensuite...

Elle hésite. Les tantes demeurent silencieuses, mais Clarissa prend un air étonné.

— Que veux-tu dire ? demande-t-elle, confuse, en hochant la tête, par « s'éloigner de la maison » ? Où irai-je ? Et qu'arrivera-t-il au bébé ? Si Thomas croit qu'il est à toi ?...

Georgy lorgne du côté des tantes. Elles la regardent, le visage dénué de la moindre expression, attentives, et elle sent qu'elle doit jouer de prudence.

— Écoutez, dit-elle rapidement, le principal est de garder le bébé ici, n'est-ce pas ?

— Oui, répondent les tantes de concert.

— Parfait, dit Georgy. Très bien. Alors, le problème est de le faire accepter à Thomas. Nous sommes toutes à peu près d'accord : il sera impossible de lui faire croire que c'est le sien. OK. Alors quoi ? Allons-nous tenter de lui faire comprendre que Clarissa a eu un tout petit accident, en espérant qu'il le prenne du bon côté ?

Elle regarde les tantes.

— Selon vous, poursuit la jeune femme, l'idée lui sera insupportable et il offrira à Clarissa et au bébé un bon coup de pied vers la sortie. Alors, que faire ? Nous cachons le fait que Clarissa est enceinte et nous lui disons que c'est mon bébé, en espérant qu'à un moment ou un autre il soit prêt à l'adopter comme son propre enfant.

Clarissa et les tantes la dévisagent.

— Pourquoi le ferait-il ? demande Clarissa, laissant de côté toutes les autres complications implicites. Il a déjà Megan. Pourquoi adopterait-il ton enfant ?

— Je crois, dit lentement tante Olwen, qu'il pourrait être possible de lui faire accepter de prendre l'enfant, en particulier s'il sent que tu désires désespérément en avoir un et qu'il se voit dans l'impossibilité de t'en fournir un par les voies naturelles. Sa culpabilité... j'en suis certaine... pourrait peut-être...

— Être exploitée ? Manipulée ? s'impatiente Georgy. Exactement. En plus, le bébé assurera à Thomas que Clarissa reste à la maison, bien occupée. Il pourra y voir une manière de la dissuader d'aller chercher des distractions ailleurs.

Un silence se produit tandis que toutes réfléchissent à la question.

— Mais pourquoi, demande lentement Clarissa, ne voudrais-tu pas garder ton bébé ?

Georgy la fixe en dominant son exaspération.

— Devine, dit-elle d'un ton dégagé. A) Je ne suis pas mariée. B) Je n'ai pas un traître sou. Que penses-tu de ça, juste pour commencer ?

— Mais il te croit mariée ! Je lui en ai parlé.

Nouveau silence. Georgy réfléchit très rapidement tout en tentant de comprendre comment elle a pu oublier à quel point cette chère Clarissa peut être lourde.

— Écoute, articule-t-elle bien clairement, comme si elle s'adressait à une handicapée mentale, oublie ce qui est vrai et ce qui ne l'est pas. Ceci n'est qu'une hypothèse de travail. Un *modus operandi*. Comprends-tu ? Thomas se fichera bien que je sois divorcée ou polygame. Il n'en aura rien à faire. Tu es d'accord ? Tu me suis, jusqu'à présent ? Bien. Alors tu lui dis qu'on m'a menée en bateau. La gentille fille a mal tourné, mais elle ne peut pas garder le bébé. Je n'ai pas les moyens d'élever un bébé, je dois travailler, ça n'a aucune importance, nom de Dieu ! L'essentiel est qu'on se retrouve avec un bébé de trop et que toi, tu en veux un. Sans compter que je suis ta plus vieille amie, ce qui est un point en faveur du gamin. Oui ? Tu me suis toujours ?

Les trois femmes hochent la tête. Georgy sourit et fait une petite pause. A-t-elle été trop virulente ? Elle rit, puis étend les mains dans un geste de contrition.

— Désolée, dit-elle. Suis-je en train d'enfoncer des portes là où je ne suis pas la bienvenue ? Il suffit de me le dire. Mais je crois qu'il commence à y avoir urgence et Clarissa est ma plus vieille et plus chère amie. Au-delà du risque que Thomas découvre l'affaire, Megan elle-même peut tout deviner d'un moment à l'autre. Par chance, elle n'a rien remarqué la dernière fois qu'elle est venue, mais je crois bien qu'à Noël elle verra les choses en face, si on ne prend pas dès maintenant de grandes précautions. Et elle en parlera à Thomas.

— Oh, mon Dieu ! s'écrie Clarissa, de nouveau apeurée. Mais comment faire pour qu'elle ne se rende compte de rien ? J'en serai à six mois, à Noël !

— Il sera peut-être possible de s'en tirer, dit lentement Georgy. Des vêtements très amples. Et puis tu pourrais tout simplement ne pas être très en forme. Tu auras pris quelques kilos, à force de rester au lit, etc. Par chance, elle a un peu la tête dans les nuages, dites-vous. Je suis certaine qu'on s'en tirera, d'une manière ou d'une autre. Je tâcherai de détourner l'attention de Thomas.

— Tu viendras nous rendre visite à Noël ? s'exclame joyeusement Clarissa. Oh, c'est super !

Georgy se mord la lèvre. Elle s'est aventurée trop loin. Elle a presque dévoilé son jeu. Elle s'en veut d'avoir été si stupide.

— Seulement si vous avez besoin de moi, répond-elle en souriant. Cela dépendra de mes recherches d'emploi, évidemment, mais il ne tient qu'à vous de me dire si vous avez besoin de mes services.

— Bien sûr que nous avons besoin de tes services, glapit Clarissa.

Georgy sourit affectueusement, tout en jetant un œil aux tantes, qui demeurent silencieuses et pensives. Elle se sent nerveuse, désormais, et se demande si elles ont pu la percer à jour, jusqu'où elles ont deviné.

— Je ferai tout ce que je peux pour vous donner un coup de main, dit-elle gentiment, en arborant son sourire le plus charmeur. Tu sais ça.

— Enfin, je ne comprends toujours pas, insiste Clarissa, comment nous nous arrangerons pour avoir le bébé. Tu dis que j'irai te rejoindre pour prendre soin de toi, pendant qu'en réalité j'accoucherai. Mais où irai-je donc ?

C'est tante Olwen qui fournit la réponse :

— Tu n'iras nulle part, bien sûr. Tu seras ici. Personne ne le saura. Personne ne vient nous rendre visite. Tu seras en toute sécurité et entre de bonnes mains. Nous nous occuperons de toi.

À sa surprise, Clarissa est soudainement envahie par une terreur ancestrale. Elle souhaiterait tout à coup que tout se passe au grand jour, de manière légitime. Elle voudrait accoucher dans un grand hôpital tout blanc, en présence d'un docteur, d'une sage-femme et… d'un officier de l'état civil.

— Que fera-t-on pour le certificat de naissance et le reste ?

Les tantes ne se sentent pas concernées par ce genre de petits détails légaux, mais Georgy y voit sa chance.

— C'est justement ce qui nous oblige à tout planifier soigneusement, affirme-t-elle tout en essayant de se montrer désinvolte. J'ai l'impression qu'il va falloir impliquer Evan de façon plus significative.

— Evan ? Mais pourquoi ? pleurniche Clarissa. Oh, je n'en peux plus !

— C'est son enfant, fait remarquer Georgy avec calme. Et puis, il est possible que nous ayons besoin de son aide. Il faudra bien effectuer une déclaration de naissance. Nous ne voulons surtout pas déclencher des soupçons, mais je me sens certaine de pouvoir gérer cet aspect des choses, si seulement tu veux me faire confiance.

Les tantes vivent coupées du monde depuis trop longtemps pour réaliser que cette question peut s'avérer problématique. Elles acceptent, sachant qu'Evan jouit de nombreux contacts utiles. Georgy se demande s'il est possible de parvenir à leurs fins sans attirer trop de questions. Les quatre femmes songent à toute cette histoire, mais seule Clarissa reste habitée par le doute et la crainte.

— Je préférerais accoucher à l'hôpital, s'obstine-t-elle. Supposons que quelque chose aille de travers et qu'on n'arrive pas à joindre un médecin ?

Oh, mon Dieu ! Peut-être vaudrait-il mieux que je dise la vérité à Thomas… Je suis certaine qu'il me pardonnera, s'il comprend mon désespoir. Au pire, on donnera le bébé pour qu'il soit adopté. Oh, mon Dieu ! Je ne supporte pas tout ce stress !

Elle fond en larmes.

Les tantes et Georgy échangent un regard, et la jeune femme va s'asseoir près de Clarissa pour la réconforter.

— Attends juste un peu, dit-elle d'un ton persuasif. Attends juste encore un peu. Tâche de me faire confiance. Tu m'as toujours fait confiance, n'est-ce pas ? Tu te souviens, à l'école ? Et ensuite, à Londres ?

Clarissa change de position maladroitement et s'éponge les yeux. Elle n'a pas envie que les tantes en apprennent trop sur ses erreurs de jeunesse. Elle marmonne quelque chose et Georgy la prend dans ses bras. Celle-ci croise le regard des tantes et décide de tester son pouvoir.

— Tu es en sûreté, dit-elle à Clarissa. Tu es protégée par deux merveilleuses sentinelles. Elles prendront soin de toi le moment venu.

Clarissa se souvient de la soudaine épouvante qu'elle a ressentie lorsque tante Olwen a évoqué l'idée d'un accouchement à la maison, sans assistance médicale, et elle serre très fort sa meilleure meilleure amie.

— Mais, tu seras ici, toi aussi, non ? demande-t-elle. Ne peux-tu pas rester, Georgy ? S'il te plaît, ne pars pas. Tu peux habiter ici avec nous, non ?

Georgy regarde les tantes. Elle hausse les sourcils et ouvre la bouche de façon presque comique, l'air de dire : « Que fait-on maintenant ? Que dois-je faire ? »

Les tantes se consultent en silence et c'est tante Gwyneth qui prend la parole.

— Bien sûr qu'il faut qu'elle reste. À moins qu'elle n'ait d'autres engagements, nous espérons toutes qu'elle restera aussi longtemps qu'elle pourra nous supporter.

— Tu vois ! s'écrie Clarissa, en tentant un sourire. Tu vois ? Tu ne peux pas partir.

— Eh bien, dit Georgy en lui rendant son sourire. Tu n'as pas à t'en faire, alors. Tu as la certitude que je vais prendre soin de toi.

— Avons-nous raison ? s'interroge tante Olwen, un peu plus tard.

Tante Gwyneth et elle sont assises dans leur petit salon, à l'étage.

— Je suis perplexe, poursuit-elle. J'ai parfois l'impression que je commence à me faire vieille pour le genre de tâche que nous avons à accomplir.

— La Déesse veille sur nous, réplique tante Gwyneth après une pause. Il est impossible que Georgy soit arrivée à ce moment précis sans que cela ne représente un signe. Nous en attendions un.

— Je suis très inquiète.

Tante Olwen reprend son tricot, puis le repose. Elle s'agite, mal à l'aise.

— Tu sais, je me suis vraiment demandé si... si... enfin, si...

— Oui ?

— L'enfant, finit par dire tante Olwen. Il se peut que nous mourions avant qu'il ne soit en âge de... nous aider. Et je finis vraiment par me demander si Georgy...

— Elle est puissante, acquiesce tante Gwyneth. Elle semble prête à nous… assister, sans protestations ou petites objections morales, mais…

— Il est tôt.

— Vrai. Je crois que ton intuition est bonne, mais que voudra-t-elle en retour ?

Leurs yeux se rencontrent, remplis de terrifiantes appréhensions.

— Nous avons mal jugé Clarissa, murmure tante Olwen. Ses désirs ne sont pas assez forts. Tant pour Thomas que pour la maison, ou pour Evan.

— Ni même pour l'enfant, rappelle tante Gwyneth.

— Je crains, grogne Olwen doucement, que nous devenions trop vieilles pour avoir un jugement fiable.

— Elle porte l'enfant. Je sens son pouvoir, même dans la matrice, dit tante Gwyneth. N'oublie pas qu'Evan descend de maman, c'est un double Mortimer. Et il est tout à fait impitoyable. L'enfant appartient à la Déesse.

— Je le sens également, admet tante Olwen. Mais j'ai peur.

— Elle prendra ce qui Lui appartient, dit tante Gwyneth avec confiance. Mais il faut une personne entre nous et l'enfant. Une personne qui assurera l'intérim, jusqu'au jour où l'enfant héritera de ce qui est sien.

— Georgy ? soupire tante Olwen.

— Ou Evan ? murmure tante Gwyneth.

— Evan ? Ici ? Comment ? Avec Thomas et Clarissa ?…

Elles se penchent l'une vers l'autre et un courant d'air froid semble passer entre leurs corps, glaçant la pièce. Le vent arrive de nulle part et siffle dans les cheminées. Les flammes s'agitent et dansent dans l'âtre, tandis que les deux vieilles femmes se parlent tout bas.

Dans le petit salon du rez-de-chaussée, Clarissa, assoupie devant le feu, s'éveille en sursaut d'un cauchemar effrayant. Elle regarde tout autour d'elle. Elle a rêvé que l'enfant pleurait dans sa matrice et tentait de s'échapper. Quelqu'un se penchait sur elle, un être aux yeux féroces et brillants. Les ombres de la pièce lui paraissent menaçantes, terrifiantes. Clarissa reste assise sans bouger et se demande combien de fantômes se pressent autour d'elle. Elle sent son cœur qui bat à un rythme saccadé. Elle sait que les morts ne peuvent pas faire de mal aux vivants, mais lorsqu'elle tente d'appeler, sa voix se perd dans le fond de sa gorge et elle est incapable de bouger.

« Il reviendra auréolé de gloire pour juger les vifs et les morts, dont le royaume n'aura pas de fin... » C'est la voix de Megan qu'elle entend. Elle lance un rapide regard derrière elle, tout en sentant sa peur se résorber. La voilà libre de cette terrible paralysie de la langue et des membres. Bien sûr, Megan n'est pas ici. Elle est très loin, au couvent. En fait, comme c'est dimanche, elle prie dans la chapelle, mais Clarissa se sent mieux, tout à coup. Elle parvient à se lever et se dirige vers l'entrée, vivement éclairée, puis elle continue jusqu'au grand salon, où elle se verse un verre et attend que les autres viennent la rejoindre.

XI

L'automne arrive et apporte une période d'accalmie. Georgy, qui craint d'avoir été trop ouverte, trop empressée, prend un peu de recul, elle se retire en coulisse. Sage idée. Clarissa devient de plus en plus maussade. Ses besoins contradictoires la laissent confuse. Elle se voyait prendre soin de cette pauvre vieille Georgy, après tous ses déboires ; elle imaginait si bien son amie se confondre en gratitude et en humilité. Clarissa avait tout planifié. Elle jouerait la bonne fée, administrant ses largesses, conseillant son amie qui s'était tant trompée. Mais rien ne va comme prévu. Au commencement, Georgy semblait jalouse de la réussite de son amie et n'était pas avare de ses félicitations ou de son admiration, mais les rôles ont été renversés. Clarissa se glisse à nouveau dans sa vieille posture de dépendance et, bien que cela la vexe, elle ne voit simplement pas comment elle pourrait se passer de Georgy.

Elle se rappelle s'être très bien débrouillée quand Georgy est partie en Amérique ; oui, elle s'était très bien débrouillée, jusqu'à tout récemment. S'il n'y avait ce bébé… Mais il est rare qu'elle se dise cela. Chaque fois, l'embryon semble s'en formaliser et se venge en lui causant de terribles épisodes de nausées. Malgré tout, elle voudrait bien remonter dans le temps. Elle a même l'impression qu'elle aurait pu supporter Thomas, qu'elle aurait pu le soigner, le bichonner, qu'ils auraient pu être heureux ensemble – si ce n'avait été ce terrible incident avec Evan. Malgré tout, elle se sentirait misérable si Evan montrait le moindre intérêt pour Georgy. Elle songe toujours à lui, avec autant d'amour et de désir que lui en permet sa lassitude, et se demande parfois si elle n'a pas subi un enchantement, comme Titania dans *Le Songe d'une nuit d'été*.

Lorsqu'elle envisage les prochains mois, toute cette dissimulation, ces cachotteries, ces mensonges à venir, elle devient livide de terreur. La confiance affichée par Georgy et sa vivacité d'esprit lui sont précieuses, en particulier en ce moment, alors que Clarissa se sent trop fatiguée, trop paresseuse pour reprendre sa vie en main et la forger selon ses propres désirs. Elle choisit plutôt de laisser son existence entre les mains de Georgy et celles des tantes. C'est la solution de facilité ; Clarissa est prête à en subir les frustrations inhérentes. Après l'accouchement, une fois que Thomas aura été persuadé d'accepter l'enfant, elle reprendra les rênes... Mais comment pourra-t-elle vivre sans Evan ?

Georgy, qui voit son amie en pleine confusion, entreprend de la réconforter. Un matin venteux d'octobre, sachant Clarissa affalée au salon avec un livre, elle va l'y rejoindre, lui apportant du café et un morceau de l'excellent sablé de tante Olwen.

— Je vais devenir aussi grosse qu'une maison, dit Clarissa, boudeuse, en refusant une part, non sans difficulté, elle qui adore le sablé. J'en ai assez de me sentir tout le temps nauséeuse et inquiète.

— Pauvre chérie, couine Georgy. Pauvre vieille chérie. Comme c'est dur pour toi, tout ça. S'il n'y avait pas ce vieil imbécile de Thomas, la vie serait plus simple, n'est-ce pas ?

— Tu crois ? demande Clarissa, tirée momentanément de sa bouderie, elle qui n'avait jamais approché le problème sous cet angle. Mais pourquoi ?

Georgy se penche sur sa tasse pour ne pas laisser voir son exaspération. Elle se rappelle que sa meilleure meilleure amie a toujours manqué d'un peu de jugeote, comme Winnie l'Ourson. Il vaut mieux employer devant elle des mots d'une seule syllabe et parler fort et lentement, en particulier lorsqu'on lui présente des idées nouvelles.

— Eh bien, réplique-t-elle, il est la seule personne dont nous devons nous méfier, n'est-ce pas ?

— C'est le bébé qui nous cause des soucis, s'impatiente Clarissa, qui considère que le pauvre vieux Thomas n'y est pour rien. Si ce n'était ce bébé… Aïe, aïaah !

— Qu'as-tu ? s'inquiète Georgy en déposant la cafetière pour se précipiter aux côtés de son amie. Ça va ?

— C'est le bébé, dit Clarissa en levant les yeux vers elle, les mains sur le ventre. Je crois qu'il a bougé. J'ai senti une sorte de… Oh, je crois qu'il m'a donné un coup de pied.

— Génial ! s'excite Georgy. Franchement, ma chérie. Imagine… Oh, tu es si chanceuse ! Comme je t'envie !

Adoucie par cet enthousiasme et étonnée de l'énergie du fœtus, Clarissa se laisse tenter par le sablé. Georgy s'installe à côté d'elle, dans le sofa.

— Il faut qu'on prenne soin de toi, dit Georgy avec empathie en lui tendant sa tasse de café. Alors, que disais-tu ? Ah oui, à propos de ce pauvre vieux Thomas. Si seulement il avait pu être un peu plus… tu sais… actif, tu n'aurais pas eu à chercher ailleurs. Il aurait dû se souvenir que tu es bien plus jeune que lui. On ne peut pas épouser de jeunes et jolies filles et espérer ensuite qu'elles se comportent comme des quinquagénaires.

— Ce n'est pas vraiment sa faute, dit Clarissa sèchement - bien qu'elle ne soit pas tout à fait prête à prendre sa défense.

Maintenant qu'elle y songe, il est vrai qu'il l'a négligée, qu'il a été terne et ennuyeux…

— Et puis ensuite, évidemment, il a fallu qu'il s'arrange pour tomber de son tracteur, s'amuse Georgy en hochant la tête en signe de reproche (comme s'il l'avait fait exprès juste pour embêter sa famille). Ça ne doit pourtant pas manquer, dans la région, des employés de ferme qui savent conduire un tracteur.

— Thomas aime le contact direct avec la terre, avance Clarissa.

Toute certitude a disparu de sa voix. Il est vrai que c'était une négligence de la part de Thomas. Il aurait dû se montrer plus responsable.

— Ne t'en fais pas, ma chérie, dit Georgy. Pense à ceci : quand il mourra, tout ça sera à toi.

Clarissa la sonde du regard.

— Quand il mourra ?

Georgy respire profondément par le nez avant de sourire à sa chère vieille amie.

— Je sais que j'anticipe, ment-elle, mais il est plutôt âgé par rapport à toi et puis, tu sais, quand on a ce type d'accident, souvent, des choses bizarres se produisent.

— Quel genre de choses ? demande Clarissa, fascinée.

Sa chevelure est grasse comme de la ficelle mouillée et sa peau est couverte de taches. Ça n'est pas beau à voir. Georgy l'examine froidement et se demande comment elle a pu mettre le grappin non seulement sur Thomas, mais sur Evan aussi.

— Oh, toutes sortes de choses, esquive-t-elle. Ça peut affecter le corps entier, tu vois. Ça peut être un AVC, une crise cardiaque...

— Oh, mon Dieu !

Clarissa est effarée. Georgy se rend compte qu'elle est allée trop loin, trop vite. Il faut préparer lentement Clarissa à cette idée.

— Parfois, déclare-t-elle sentencieusement, c'est plus humain comme ça. Pauvre vieux Thomas ! Imagine. Un homme tel que lui, habitué à vivre en plein air, qui se retrouve cloué dans une chaise roulante. Horrible ! Pas étonnant qu'il soit constamment si déprimé. Je me demande comment tu vas gérer son retour. Les dépressifs sont compliqués à vivre, tu sais.

— Tu ne crois donc pas qu'il va retrouver le moral une fois rentré ? interroge Clarissa, angoissée.

Georgy serre les lèvres pensivement.

— J'en doute. Ça sera de pire en pire. Imagine-toi coincée dans ces deux pièces après avoir pu profiter de tout ceci ! Tu auras du boulot pour le distraire ! Pauvre vieille Clarissa, quel coup de malchance ! Et il faudra que tu prennes soin du bébé, en plus !

Clarissa est consternée par le portrait désespérant que brosse Georgy de la situation.

— Les tantes m'aideront, réplique-t-elle. Elles passeront du temps avec Thomas, pendant que moi, je m'occuperai du bébé. Et Nan Ellis se charge de l'essentiel du travail d'entretien de la maison, après tout.

Ainsi donc Georgy, au-delà de la naissance et de la prise en charge du bébé, ne fait plus partie des plans... Elle plisse légèrement les yeux :

— Il faut que tu te méfies de Nan Ellis, non ? Si elle remarque que tu es enceinte, tout part en fumée. Il va y avoir des cancans et le vieux Thomas va humer la piste...

Elles sursautent toutes les deux en entendant la voix de tante Olwen derrière elles.

— Nan Ellis sait toujours tenir sa langue, dit-elle gentiment. Elle a vu ce qui arrive à ceux qui parlent trop. Sa *nain* a été frappée de paralysie et a perdu la parole après avoir menacé de parler sans y être invitée.

Les deux jeunes femmes se tournent et lèvent les yeux vers elle. Même Georgy reste sans voix.

— Qu'est-ce qu'une *nain* ? finit par demander faiblement Clarissa.

— C'est le mot gallois pour « grand-maman », répond tante Olwen. Non, nous n'avons rien à craindre de Nan Ellis.

Elle met l'emphase sur ce nom, comme pour signifier que d'autres devraient être surveillés de près, mais Clarissa est trop interloquée pour s'en aviser.

— Mais comment ? Que voulez-vous dire par « frappée » ?

— Il faut comprendre que certaines régions de la campagne ne sont pas aussi civilisées qu'elles en ont l'air, explique tante Olwen. Certaines vieilles croyances et superstitions sont toujours bien vivantes. Il serait stupide de ne pas leur accorder l'importance qu'elles méritent.

— Voulez-vous dire, persiste Clarissa, que quelqu'un lui a jeté un sort ?

— Certains racontent qu'elle a été punie, dit tante Olwen avec prudence, pour avoir menacé de bavarder.

— Mince, frissonne Clarissa. Ça donne froid dans le dos. De quoi risquait-elle donc de parler ?

— C'était il y a longtemps, esquive tante Olwen. Mais Nan Ellis n'a rien oublié.

Clarissa demeure silencieuse et médite ces étranges paroles, mais tante Olwen et Georgy se toisent pendant un long moment et celle-ci détecte un avertissement dans l'œil glacé, gris et brillant de la vieille dame. Elle en perd son sang-froid et sent monter en elle la peur, si bien que ce sont ses yeux qui décrochent en premier pour fixer le sol, face à cette prunelle si ancienne et si ardente.

— C'est drôle, n'est-ce pas ? poursuit Clarissa sans avoir remarqué le duel qui vient de prendre fin. Toutes ces choses étranges qui se produisent dans les parages. Les fantômes, les machins, et ce coin bizarre, avec les menhirs.

— Des menhirs ? fait Georgy en revenant à elle. On ne lui a rien dit des menhirs.

— De quoi parles-tu donc ?

Clarissa regarde autour d'elle. Elle a une sensation de frisson, comme une étrange menace, et se demande si l'un des chers vieux ancêtres ne vient pas d'entrer en flottant dans le petit salon. Elle frémit, perd le fil de ses pensées et sent le fœtus qui tape du pied.

— Ouille ! s'écrie-t-elle en se prenant le ventre. Bon sang, ce bébé est un vrai monstre ! Aïe, aïe !

— Le bébé a bougé ?

Tante Olwen a fait le tour du sofa en un éclair et se penche sur Clarissa, qui suffoque.

Elle étend la main sur le ventre de la jeune femme et perçoit le mouvement. La vibration se meut le long de son bras et la touche au cœur, ce qui la fait s'écrier de plaisir.

— Déjà ? Comme elle est puissante ! Oh, quel splendide moment !

Elle s'empresse auprès de Clarissa, verse du café chaud dans les tasses, appelle tante Gwyneth et, dans toute cette agitation, Georgy est momentanément oubliée.

Georgy n'oublie rien, cependant. Elle se sait prévenue, mais, une fois seule, sa confiance lui revient. Tante Olwen et tante Gwyneth ont besoin d'elle. Elle se demande de quoi a bien pu vouloir parler Clarissa, avec cette histoire de menhirs. Quelques jours plus tard, à un moment opportun, elle annonce qu'elle part se promener. Evan est là, dehors, il fume une cigarette dans la cour de gravier, face à la maison et dos à l'allée.

— Vous avez eu de la visite ? s'enquiert Georgy, en voyant une petite voiture repasser la grille.

Et elle réalise soudain que ce n'est pas la première fois qu'elle aperçoit ce véhicule.

— Ma fille est venue me voir, répond Evan.

— Sympa. Touchante attention. On dirait que vous formez une famille unie, non ?

Evan rit. Les manipulations et la fourberie de Georgy l'amusent, mais ne le bouleversent pas.

— Je suis un salaud, infidèle et menteur, annonce-t-il cordialement. Ma femme cherche le réconfort dans les bras d'un de ses vieux et loyaux copains. Mon fils déteste mon caractère et a quitté la maison dès qu'il en a eu l'occasion. Ma fille continue de m'aimer pour des raisons que je ne peux imaginer. Principalement, je suppose, parce qu'elle et sa mère se battent comme des chats de gouttière.

— D'accord, répond Georgy, impressionnée. Voilà une réponse plutôt lapidaire. Un joli portrait du doux foyer. Je suppose que vous êtes furieux de la façon dont les choses se passent ici ?

Il la regarde pensivement et sourit.

— Pourquoi le serais-je ?

Georgy hausse les épaules.

— Ça doit être ennuyeux de voir le vieux Thomas hériter de tout ça. En plus, c'est votre rejeton qui va devenir le seigneur des lieux, mais ça doit demeurer un secret.

— Que suggérez-vous ? interroge-t-il, souriant toujours.

— Oh, des tas de choses, répond-elle d'un ton badin. Par où commencer ? Dire la vérité à Thomas et demander une part du domaine pour la boucler ? Assassiner Thomas, épouser Clarissa et vivre ici avec votre enfant ? Les tuer tous deux, après les avoir fait chanter afin qu'ils modifient leurs testaments à votre avantage ? Dois-je continuer ?

— Ça me paraît un bon début.

Elle glousse pour lui montrer que ce n'est qu'une blague, mais il ne se joint pas à elle, ce qui lui coupe le sifflet.

— Je trouve super, lui dit-elle avec sérieux, que vous vous laissiez utiliser dans cette affaire. C'est vraiment généreux de faire tout ça pour ensuite être prêt à s'effacer et se faire oublier. Pas du tout l'attitude d'un... comment dites-vous ? d'un salaud, infidèle et menteur. Plutôt le genre cher vieil ange. Malgré tout, vos tantes sont des femmes redoutables.

Elle éclate soudain de rire.

— Marrant, non, comme on peut se tromper ? Elles ont l'air angéliques, elles aussi, mais elles sont dures comme de vieilles bottes, tandis que vous...

Elle s'interrompt et lui sourit de toutes ses dents.

— Les apparences, déclare-t-il doucement, peuvent être trompeuses.

Elle le fixe en haussant un sourcil, provocante :

— J'ai déjà entendu dire ça. Bon, je dois partir. Petite promenade. Dites-moi, où sont donc ces fameux menhirs ?

Son expression change tout à coup ; elle l'observe, surprise, légèrement troublée.

— Je vous conseille de rester à l'écart du boisé, dit-il. Sérieusement. Ce n'est pas du tout le bon endroit pour une promenade. Si j'étais vous, je me contenterais des sentiers et des champs.

— Mais vous, mon cher Evan, n'êtes pas moi, lui rappelle Georgy en se redressant. Moi, je n'ai pas peur des fantômettes et des vampirettes et des machins qui font boum au cœur de la nuit.

Elle se détourne et plonge dans les bois, tandis qu'il l'observe d'un œil sévère. Elle suit la sente jusqu'à l'endroit où celle-ci s'estompe ; les arbres se rapprochent de son corps, mais elle continue tout droit, comme attirée. Les menhirs, lorsqu'elle y parvient, la surprennent, disposés comme ils le sont dans leur vaste clairière. Elle dérive jusqu'au cercle clair, touche les surfaces dures et grêlées, mais son attention est attirée au-delà, par les ténèbres. Cette noirceur est plus profonde que les ombres et elle sent son cœur s'accélérer malgré elle, alors qu'elle plisse les yeux pour tenter de voir ce qui se cache derrière ces vieux branchages. Elle devine des monticules de terre, comme des tombes, ainsi que des objets reposant sur une surface rectangulaire et lisse, des objets brillant d'une lumière pâle, qui ressemblent à des os rongés…

On lui touche l'épaule et elle se retourne d'un coup, haletante. Evan lui sourit.

— Alors, vous les avez trouvés, dit-il. Et que pensez-vous de notre petit Stonehenge familial ?

— Pas grand-chose, répond-elle en reprenant son souffle.

Elle n'a aucune intention de perdre la face devant Evan. Elle lève les yeux vers lui et sent une légère pointe d'attraction. Il est si grand, si blond, et son sourire est…

— J'ai réfléchi à ce que vous m'avez dit plus tôt, commence-t-il. Il me semble que vous-même avez un certain intérêt, ici. Sans quoi… pourquoi vous laisseriez-vous utiliser, vous aussi ?

Ils sont sortis du cercle de pierres et marchent en direction du sentier. Georgy retrouve sa bonne humeur.

— Oh, je le fais par amour, dit-elle avec insouciance. La pauvre, la chère Clarissa a besoin de moi pour la sortir de toute cette merde.

— Et ensuite ?

Elle hausse les épaules, bien consciente de cette main qu'il pose sur son bras.

— Vous avez des suggestions ? se moque-t-elle.

— Oui, répond Evan. Je pense, oui.

XII

All Hallows Even, le soir de tous les saints, l'ancienne fête païenne des morts. Les tantes ont de quoi s'occuper ; yeux brillants, lèvres serrées en un sourire secret, elles s'activent. À la fin de la journée, le vent se fait mordant autour de la maison ; les arbres s'inclinent sur son passage. Dans les cheminées, le feu brûle d'un éclat rouge orangé ; de grandes ombres dansent aux angles des pièces, s'élevant vers le plafond. Des branches tapent contre les fenêtres assombries ; le bois des colombages gémit et craque.

Après dîner, Clarissa allume toutes les lumières du salon et se blottit dans un fauteuil, au coin du feu. Quelque chose l'a poussée à éviter le petit salon toute la journée et elle est heureuse d'y retrouver Georgy, qui s'est faite plutôt discrète depuis l'heure du thé.

— Je déteste le vent, se lamente-t-elle, resserrant sur ses épaules un châle emprunté aux tantes. On dirait des pleurs d'enfant.

— *Halloween,* prononce avec délectation Georgy, perchée sur le grand pare-feu de laiton. Les sorcières enfourchant leurs balais, tout ça… N'est-ce pas la nuit où les morts se manifestent ?

— Et alors ? Quelle différence ? demande Clarissa, réussissant un rare trait d'humour. Ils le font tout le temps, dans cette maison.

— Tu n'y crois quand même pas ? s'exclame Georgy, cinglante. Quel tissu de conneries ! Honnêtement… Megan t'a fait marcher.

— Je ne pense pas, non, proteste Clarissa. Parfois, je me dis que je sens leur présence, moi aussi.

Georgy lève les sourcils dédaigneusement. Cette chère Clarissa a toujours été si influençable. Elle a toujours été prête à croire que les hommes mouraient d'amour pour elle ou bien que ses copines la détestaient. Avec elle, il suffit de prononcer les bonnes paroles au bon moment… Elle n'a pas changé d'un pouce. Georgy bâille de façon appuyée pour manifester son ennui. Clarissa se sent un peu stupide.

— Je me disais… reprend-elle. Tes parents, ils ne vont pas se demander où tu es passée ? Ils ne savent pas que tu es ici, non ?

Georgy lui lance un regard aigu. Cette question banale cacherait-elle quelque chose ?

— Ils me croient en vacances au Canada, lâche-t-elle négligemment. Un de mes amis partait faire le tour du pays, alors j'ai écrit quelques lettres d'avance, qu'il va poster au fur et à mesure, en chemin. En y ajoutant quelques cartes postales appropriées.

Clarissa rit, cela l'amuse.

— C'est vrai ? fait-elle, admirative. Tu as réponse à tout, toi, hein ? Mais un jour, il va bien falloir que tu leur dises, non ?

— Chaque chose en son temps, renvoie Georgy d'un ton décontracté. Ils ne feront que geindre, de toute façon.

— Admettons. Mais ils ne vont pas avaler que tu sois restée si longtemps en vacances.

Clarissa a une fâcheuse tendance à revenir indéfiniment sur un même sujet.

— Non, lui répond Georgy après une pause. Non, sans doute pas.

La vérité est que Georgy a eu une violente dispute avec ses parents sur certaines questions telles qu'un emprunt d'argent sous de faux prétextes et un mensonge de nature grave. Elle n'a jamais été mariée à l'Américain avec qui elle a eu une liaison et, si elle a perdu son emploi, c'est parce qu'elle avait trop confiance en elle-même, ce qui lui a coûté une ou deux grosses erreurs. L'avortement – Clarissa s'imagine qu'elle a fait une fausse couche – a été la dernière goutte. Elle ne peut supporter l'idée que sa famille ou ses amis découvrent ses échecs – surtout pas sa famille. Mais la rupture avec ses parents est complète, depuis longtemps déjà. Le contact ne sera peut-être jamais rétabli. Tant pis, se dit Georgy.

— Tu peux toujours leur téléphoner d'ici, si tu veux, assure Clarissa, dans un élan de générosité face aux malheurs de sa pauvre amie. Je suis sûre qu'ils comprendront, Georgy. Tu en as tellement bavé... Mais ça va passer. Le temps efface toutes les blessures.

— À ce propos, fait Georgy, tout en réprimant une forte envie d'écraser sur la petite tête béate de Clarissa la longue pelle à châtaignes en fer, n'oublions pas que ce soir à minuit, les horloges se mettront à tourner à l'envers... C'est l'heure du sabbat. Je me demande si tu vas assister à la danse des esprits ?

— Certainement pas ! lance tante Gwyneth, entrée sans crier gare. Elle a besoin de sommeil. Nous allons toutes nous coucher tôt et passer une très bonne une nuit. Qu'en dites-vous ?

— Je déteste me coucher tôt, réplique Georgy, tout en donnant dans les braises de petits coups de tisonnier. Je ne vais jamais pouvoir dormir, avec ce vent qui hurle autour de la maison.

— Le froid s'installe, fait tante Olwen, apparue elle aussi. Que diriez-vous de boire un petit verre pour nous réchauffer ?

Georgy se redresse. Elle est aussitôt sur le qui-vive.

— Bonne idée, répond-elle avec entrain, le vin que nous avons eu au dîner était délicieux. Ce goût fruité… Hum, charmant.

Elle observe très attentivement tante Olwen tandis que celle-ci, le dos tourné, farfouille dans le chariot à bouteilles. Puis elle prend docilement le verre qu'elle lui tend, avant d'en faire tourbillonner le liquide, d'un air songeur.

— Une de mes petites recettes personnelles, explique tante Olwen fièrement. Alors, ne le sifflez pas trop vite… Essayez de savourer. Quelqu'un saurait-il me dire ce qu'il y a là-dedans ?

Georgy trouve extrêmement improbable qu'elle ou Clarissa soit capable de deviner quoi que ce soit de ce genre, mais Clarissa, qui boit goulûment, risque une ou deux idées.

— Cassis ? miaule-t-elle. Framboise ?

Georgy fait mine de prendre une gorgée et laisse le liquide refluer doucement dans son verre, entre ses dents.

— Jus de pavot ? propose-t-elle d'un ton négligent, avant de rire pour bien montrer qu'elle plaisante.

Les tantes lui lancent un regard réprobateur. Clarissa rit elle aussi, avale de travers, s'étrangle et se met à tousser. Les tantes posent leurs verres et se précipitent à son aide. Sans se presser, Georgy se penche en avant et vide le contenu de son verre tout au fond de l'âtre. Ensuite, lentement, elle étend le bras pour s'emparer d'une bûche, qu'elle jette dans le feu, provoquant étincelles et flammes.

— Super bon, dit-elle une fois l'agitation retombée, tandis que Clarissa éponge la fontaine qui lui coule des yeux. Absolument délicieux.

Georgy se pourlèche comme si elle avait vraiment apprécié. Les tantes sont tout sourire. Curieusement, peu après, Georgy commence à se sentir un peu groggy, elle est envahie d'une douce chaleur et a envie de dormir ; elle s'écarte du feu. Clarissa s'est assoupie dans son fauteuil et les tantes laissent échapper, à intervalles réguliers, de petits bâillements. Pour finir, tout le monde décide d'aller au lit. Georgy ne se déshabille pas, cependant. Elle ouvre la fenêtre, laissant l'air froid lui fouetter le visage, puis s'assied sur le bord du lit. Ses yeux sont lourds de sommeil, mais elle les maintient fixés sur sa montre.

L'éclat distant d'ampoules vacillantes la guide à travers les ténèbres. Des branchages tirent sur ses vêtements ou giflent ses joues, et des milliers de voix hurlent dans l'air qui tourbillonne. Secouée de tremblements, trébuchant sur la sente, sous les arbres dont les plus hautes ramées battent avec violence dans le vent, elle est attirée toujours plus loin par des lueurs entre les troncs noirs et nus. Une créature ailée – chauve-souris ou hibou ? – la frôle à toute allure ; elle se baisse pour esquiver, en haletant. Cette chose plonge à nouveau vers elle et, un bref instant, elle distingue son cruel bec crochu, ses yeux immenses et jaunes, qu'elle repousse avec frénésie. Encore quelques mètres et elle atteint la clairière herbeuse. Elle n'ose pas s'approcher trop près, mais elle reste au bord du cercle de pierres, plissant les yeux pour voir plus loin dans le boisé. Deux formes sombres, encapuchonnées, grimacent et gesticulent devant la dalle de pierre, des bras se lèvent au-dessus du corps d'un petit animal et on entend un cri, un seul, aussitôt interrompu. Elle étouffe une exclamation d'horreur.

Il y a une rafale de vent, plus violente encore. Elle est maintenant consciente d'une présence puissante et terrifiante qui plane près d'elle, pèse sur elle. Elle se retourne pour courir et s'écrase contre quelque chose de solide, quelque chose de chaud et de fort. Son cri est étouffé, elle se sent suffoquer et ses genoux flanchent. Elle sombre dans l'inconscience.

Les sens encore perdus, elle se réveille enfin de ce cauchemar presque effacé. Brusquement, elle s'assoit, les yeux fixes, dans la lumière du plein jour. Elle se souvient, maintenant. Elle est sur son lit, tout habillée, et la fenêtre est toujours ouverte ; une pluie incessante tambourine sur les vitres et trempe la banquette. Elle se tient immobile, pensive. Un moment passe, puis elle ramène ses genoux contre sa poitrine et examine ses chaussures. Elles sont sèches, exemptes de terre ou de feuilles. Elle fronce les sourcils, se rappelant sa somnolence d'hier soir, combien il lui était difficile de garder les yeux ouverts alors qu'elle était assise au bord de son lit, attendant minuit. Elle a un goût amer dans la bouche et souffre d'une douloureuse migraine. Cette visite dans le boisé, était-ce tout simplement un rêve ? Mais comment a-t-elle pu dormir si profondément et faire un songe d'une telle intensité ? Après tout, elle n'a pas bu le cordial préparé par tante Olwen... Dans un éclair de lumière, elle se souvient du vin au dîner. Son « délicieux goût fruité », avait-elle dit.

Cette pensée lui arrache malgré elle un petit gloussement. Qu'ont-elles bien pu glisser dans son verre qui provoque de telles hallucinations ? Il est clair qu'elles n'ont pas confiance en elle – pas encore. Elle réexamine son rêve, essayant de se rappeler cette sensation de menace et de terreur. A-t-elle entendu ce cri alors qu'elle se trouvait sur son lit, dans un état de stupeur, ou plutôt en rêve ? Il ne fait aucun doute que les deux vieilles tantes ont pu s'adonner à ce genre d'idioties superstitieuses dans le boisé – elle a passé toute la journée de la veille à guetter et en attendre un indice –, mais sûrement pas à un *sacrifice*. Elle se souvient du petit tumulus, des formes blanches luisant au-dessus de la dalle, et elle fronce les sourcils. « Certaines vieilles croyances et superstitions sont toujours bien vivantes. Il serait stupide de ne pas leur accorder l'importance qu'elles méritent. » Quelqu'un a dit ça, très récemment...

Georgy glisse hors du lit pour aller fermer la fenêtre. La chambre est très froide et elle se tient debout, immobile, se frottant les bras de haut en bas, plongée dans ses pensées. Elle commence à comprendre que la maison cache beaucoup plus de choses qu'il n'y paraissait au premier abord. Elle a admis que ces deux vieilles tantes un peu toquées sont déterminées à trouver avant de mourir un héritier pour leur maison bien-aimée et qu'elles sont prêtes à aller jusqu'au bout pour y parvenir. Elle est sûre qu'elles ont fermé les yeux sur ce qui s'est passé entre Clarissa et Evan, une fois établi que Thomas ne pourrait plus procréer, et elle sait que si elles l'ont acceptée aussi facilement, *elle*, c'est parce qu'elle leur servira à faire passer l'enfant pour celui de Thomas. Il est évident qu'elles ont à l'occasion drogué Clarissa pour que celle-ci reste raisonnable. Mais où exactement vient s'insérer, dans tout ça, la scène du boisé ? Il y a des forces sous-jacentes qu'elle n'arrive tout simplement pas à saisir et elle s'agace d'avoir été dupée hier, alors qu'elle aurait bien pu en apprendre davantage.

En regardant sa montre, elle a un choc. Il est midi passé. Elle ressent d'abord de la colère, furieuse d'avoir été mise hors de combat de manière aussi efficace. Néanmoins, elle ne peut réprimer ensuite un mouvement d'admiration. Les chères vieilles ont peut-être un grain, mais les mouches ne volent pas encore autour d'elles. Elles doivent prendre très au sérieux leurs singeries dans le boisé, en fait. Georgy, qui est déterminée à avoir un avenir ici, dans cette magnifique maison, se demande comment les convaincre qu'elle est de leur côté – quelles qu'en soient les conséquences.

Elle descend et les trouve en train de l'attendre. Elles la regardent sournoisement lorsqu'elle fait son apparition à la cuisine, où elles préparent le déjeuner, cependant elles ne font aucun effort pour engager la conversation en dehors des salutations habituelles.

— Je sais qu'il est presque l'heure de déjeuner, dit-elle, mais cela vous dérange-t-il si je fais un peu de café ? J'ai un affreux mal de tête.

Elles émettent des murmures de compréhension, lui font de la place, lui adressent deux ou trois paroles réconfortantes, déplacent une casserole de soupe, attrapent une tasse et une soucoupe. En les voyant là à cet instant, elle ne peut sérieusement croire qu'elles représentent une véritable menace – ou, du moins, pas plus que deux folles. Elle rit soudain.

« Pas plus que deux folles », se dit-elle. « Pas plus... »

Les tantes la regardent d'un air interrogateur. Elle secoue la tête.

— J'étais juste en train de me rappeler le rêve que j'ai fait la nuit dernière. Eh bien, ça ressemblait plutôt à un cauchemar, vraiment.

Il serait imprudent de leur laisser le champ libre, elle le sait. Alors elle leur sourit de manière provocante.

— Je ne sais pas ce que vous avez mis dans cette boisson que nous avons bue hier soir, mais ça m'a... emmenée assez loin.

Elles pointent un peu la langue, l'air de réfléchir, fines et avisées.

— Ah, mais oui, bien sûr, vous n'êtes pas habituée à ce genre de cordial maison... Ça peut avoir un effet plutôt étrange.

— Sans doute, mais je ne parlais pas de la boisson elle-même.

Elles l'examinent du coin de l'œil, avec toujours ce petit sourire aux lèvres, sans rien dire, et Georgy ne peut s'empêcher de rire. On dirait deux vilaines vieilles chattes.

— C'était assez méchant. Je vous en fais grâce, pour cette fois. Juste pour cette fois.

Elle prend son café et part à la recherche de Clarissa, laissant un petit silence derrière elle.

— Elle croit que c'était un rêve, dit tante Olwen après quelques instants.

— On le dirait bien, ajoute tante Gwyneth. Elle doit avoir la tête très dure.

— C'est aussi bien qu'Evan nous ait prévenues. Il craignait de lui avoir fait mal... Elle a l'air parfaitement remise.

— Nous devons être très prudentes, prévient tante Gwyneth. Sa présence dans le boisé était une intrusion. Pas bienvenue du tout.

— Elle n'est pas ce que nous espérions, mais elle est utile, murmure tante Olwen pensivement. Pour le moment, nous avons besoin d'elle.

— Et maintenant ? souffle tante Gwyneth. Je soupçonne qu'elle ne se laissera pas facilement faire.

Leurs regards se croisent, froids, impitoyables, calculateurs.

— Le déjeuner est-il prêt ? demande Clarissa, qui surgit dans leur dos. Je meurs de faim. Dites donc, on frissonne, ici ! D'habitude, la pièce est si agréable.

— Une bonne soupe brûlante pour commencer, annonce tante Olwen. Tout est prêt. Et il y a des petits pains chauds fraîchement sortis du four. Allez, oust ! Direction la salle à manger. Tenez, prenez ces assiettes.

— Georgy fait une tête horrible, dit Clarissa, perplexe. Avons-nous de l'aspirine ?

— Pauvre Georgy ! s'exclament les tantes. Peut-être a-t-elle bu une goutte de trop, hier soir. Qu'à cela ne tienne ! Un aspirine va la remettre sur pied.

Deux peut-être. Il y en a là. Après le déjeuner, elle n'a qu'à aller se reposer un moment au salon.

— Megan sera là jeudi, pour les petites vacances, ajoute gaiement Clarissa. Que va-t-elle faire ? Nous devrions y réfléchir.

— Je suppose qu'elle souhaitera rendre visite à son père, avance tante Olwen. Nous l'emmènerons là-bas.

— Je viendrai aussi, déclare Clarissa. Il va y avoir une longue période pendant laquelle je ne pourrai pas y aller, il faut donc que j'en profite tant que c'est possible. Oh, mon Dieu ! Ça va me paraître si dur de mentir à Thomas.

— Nous serons à tes côtés, lui disent les tantes pour l'encourager. Tant que nous sommes là, tu n'as pas trop de soucis à te faire, tu le sais.

— Franchement... commence Clarissa en entrant dans la salle à manger, où Georgy l'attend, coudes sur la table, mains sur les tempes. Elles sont tellement adorables, tu ne trouves pas ?

— Deux amours, vraiment, répond sèchement Georgy, en s'efforçant de ne pas bouger la tête.

— Voici l'aspirine, dit Clarissa, mais elle continue à songer aux tantes. On peut définitivement compter sur elles. Elles ont si bien pris cette histoire de bébé. Je croyais pourtant qu'elles allaient me jeter dehors. Où serais-je aujourd'hui, sans elles ?

La réponse à cette question est assez simple. Clarissa serait dans son appartement, à Fulham, en toute sécurité, sans mari paralysé, sans maison hantée, sans vieilles tantes folles et sans enfant illégitime – mais Georgy résiste à la tentation de le lui dire. Le déjeuner arrive juste à temps pour changer de sujet.

XIII

La liaison entre Georgy et Evan commence presque par hasard. L'arrivée imminente de Megan apporte un semblant de normalité : il faut lui préparer de bons petits plats, aérer sa chambre, faire son lit. Les tantes encouragent les filles à effectuer un saut en ville pour aller rendre visite à Thomas, pendant qu'elles s'occupent de tout ceci. Il est convenu que Georgy ne devrait pas voir Thomas pour le moment. « Il faudrait qu'on te farcisse de coussins », pouffe Clarissa – mais Georgy a une petite idée de la façon dont elle compte employer son temps libre pendant que Clarissa est à l'hôpital. Les tantes lui facilitent la tâche. Elles suggèrent que Georgy passe chez Evan, pour lui demander quand il pourra poursuivre les aménagements. Elles ne l'ont pas vu depuis plusieurs jours et elles n'aiment pas laisser des messages sur son répondeur. Georgy prend un air indifférent, mais promet de passer à son bureau. Clarissa et Georgy se mettent en route aussitôt après le petit-déjeuner. Dans la voiture, Clarissa pépie nerveusement.

— Crois-tu qu'il va remarquer quelque chose ? fait-elle pour la cinquantième fois.

— Non, assure Georgy, qui déteste occuper le siège passager et se demande quand quelqu'un pourrait avoir l'idée de prévenir l'assurance, afin qu'elle puisse prendre le volant. Heureusement que tu as toujours été potelée. Ça se voit à peine. Spécialement dans ce genre de chemise de nuit.

Clarissa se sent doublement offensée par une telle description à la fois de sa personne et de sa tenue.

— Au moins, j'ai des formes, moi, persifle-t-elle. Personne ne pourrait me prendre pour un garçon.

— C'est vrai, admet un peu trop facilement Georgy.

Tandis que Clarissa passe les vitesses avec humeur, Georgy se ressaisit : pas le moment de faire fuir la poule aux œufs d'or.

— Ça m'attriste de ne pas pouvoir revoir Thomas pour l'instant, dit-elle, insufflant à cette déclaration une sorte d'irritation nostalgique. Je me demande si je n'ai pas été un peu dure envers lui. Au début, tu le présentais comme un tel chou…

Clarissa reste silencieuse. C'est la technique de Georgy pour qu'elle ne sache plus sur quel pied danser. Clarissa venait tout juste de réussir à se convaincre que Thomas n'était qu'un homme mûr plutôt terne, qui a manqué d'égards envers elle. Georgy sous-entend désormais qu'elle pourrait avoir eu tort. Clarissa se sent tentée d'approuver cette dernière idée et de chanter les louanges de Thomas pour susciter l'envie de Georgy, mais elle s'y perd et ne dit plus rien du tout. Elles arrivent à l'endroit où tante Olwen a fait tomber le cycliste et Clarissa raconte l'histoire à Georgy, en ajoutant la fameuse blague sur les deux types de piétons :

morts ou vifs. Georgy rit à gorge déployée. Clarissa se sent spirituelle.

— J'ai toujours aimé cette blague, tempère Georgy. J'avais six ans quand je l'ai entendue pour la première fois… Bien sûr, ni l'une ni l'autre de ces chères vieilles ne devrait conduire. Elles ont largement dépassé leur date de péremption, je le crains.

— Oh, tout de même, dit Clarissa, plus inquiète de ce que sous-entend là Georgy que vexée par la première partie de sa tirade. Elles sont plutôt bien, pour leur âge.

— Hum, murmure Georgy, perplexe. Mais combien de temps encore vont-elles pouvoir faire tout ça ? Avec toi et Thomas, et ce bébé dont il faudra s'occuper, elles auront certainement du pain sur la planche.

— Dès que le bébé sera né, je vais être à nouveau d'attaque, proteste Clarissa, indignée d'être rangée parmi les faibles et les impotents. Si je me sens nauséeuse, c'est juste à cause de la grossesse. On va se débrouiller.

Georgy laisse échapper plusieurs petites grimaces qui suggèrent doute, pitié et résignation, ce que Clarissa saisit du coin de l'œil.

— Peut-être pourrais-tu faire venir Nan Ellis davantage, avance Georgy. Tu auras sans doute besoin d'elle lorsque les tantes auront claqué. La maison est si grande. Et puis, tu vas être vraiment occupée, avec Thomas et cet enfant. Les deux vieilles chouettes en font plus que tu ne le penses. Elles vont te manquer lorsqu'elles ne seront plus là.

— Oh ! Ne parle pas de décès, répond Clarissa avec un frisson. Je ne peux supporter d'y penser.

— Tu dois envisager l'avenir. Te préparer. Peut-être pourrais-tu avoir une gouvernante. Tu vas être un peu seule, une fois que ces chères vieilles... ne seront plus parmi nous. Tu auras besoin de quelqu'un qui te procure un peu de distraction. Quelqu'un de ton âge. Vois-tu ce que je veux dire ? Ah... c'est l'hôpital, là ? Tu ferais mieux de ne pas me laisser trop près, au cas où on nous verrait. Quelqu'un de trop curieux pourrait plus tard me reconnaître et se rappeler que je n'étais pas si enceinte que cela.

— Je vais te déposer plus près du centre-ville. Comme ça, je pourrai te montrer le bar à vins où on doit se retrouver. J'espère que tu ne vas pas trop t'ennuyer.

Georgy déambule dans High Street, d'excellente humeur. Vraiment, Clarissa est trop facile à manipuler, impossible de tirer beaucoup de satisfaction d'aussi petites victoires. Mais Georgy s'amuse d'avoir réussi à la déstabiliser et à semer le doute dans son esprit, à y faire germer une graine ou deux. Elle ne se précipite pas vers le bureau d'Evan ; elle fait une pause pour regarder les vitrines et se demande même si elle ne pourrait pas prendre un café quelque part. Elle décide de ne pas le faire. Evan va sûrement lui en offrir un. À supposer qu'il soit là.

Evan l'attendait, même s'il n'en montre aucun signe. Les tantes l'ont prévenu par téléphone qu'elle était en chemin. Il se lève paresseusement de son fauteuil et esquisse une petite révérence.

— À quoi dois-je le plaisir de vous voir ? susurre-t-il, en avançant une chaise. Aucun drame, j'espère ?

— Rien qui sorte de l'ordinaire.

Elle est consciente qu'il y a entre eux une certaine alchimie et cela la met d'encore meilleure humeur.

— Les tantes se font du souci. Elles ne vous ont pas vu depuis un moment et se demandent quand vous allez pouvoir venir accomplir votre tâche.

Elle a choisi une formulation légèrement insultante, sous-entendant qu'il n'est qu'un simple ouvrier, mais il sourit largement et se rassoit. Se souvenant de sa dernière visite aux tantes – et de sa dernière rencontre avec Georgy –, il éprouve un sentiment de puissance, sachant qu'elle n'a aucune idée de ce qui s'est passé dans le boisé.

— Je vous ai manqué, n'est-ce pas ?

— À elles, je ne sais pas, répond Georgy d'un ton indifférent, mais à moi, oui. Trois femmes, dont deux âgées et une enceinte, ce n'est pas très stimulant, comme compagnie.

Il rit, ravi de cette approche directe, n'oubliant toutefois pas la nécessité de garder une longueur d'avance sur elle.

— Mais comment va Clarissa ? demande-t-il avec une sincère sollicitude.

Georgy hausse les épaules.

— Elle est OK. La grossesse l'a rendue un peu ennuyeuse. Elle a toujours été nonchalante, mais là, au niveau moral, elle n'est plus très solide. Elle n'aime plus autant s'amuser. Enfin, je suppose que cela reviendra à la normale après la naissance du bébé.

— N'en soyez pas si sûre. Ma femme a changé du tout au tout après la naissance de nos enfants. Au début, on peut dire qu'elle était folle de moi, mais après la naissance des bébés, elle m'a pris en grippe. Elle fondait en larmes chaque fois qu'elle me voyait.

— Je suppose que les écailles lui sont tombées des yeux, poursuit Georgy. Dame Nature l'a habilement trompée, juste le temps d'assurer la perpétuation de l'espèce. Ensuite, elle vous a vu tel que vous êtes.

— C'est-à-dire ?

— Un « salaud, infidèle et menteur ».

Après ce rappel, Georgy le fixe et ajoute :

— Je pense que ça a dû être comme un choc, pour elle… Au fait, vous ne m'offrez pas une tasse de café ?

— …ou une bonne tape sur les fesses, plutôt.

— C'est drôle, ça. Vous savez tout faire, vous, hein ?

— Et je le fais à la perfection, juste au cas où vous vous poseriez la question. Venez, suivez-moi dans l'appartement et continuons sur ce ton pendant que je fais chauffer l'eau.

Clarissa ne s'amuse pas autant. Lorsqu'elle arrive dans le service où Thomas est hospitalisé, l'infirmière en chef surgit devant elle et l'entraîne vers son bureau.

— Nous avons de très bonnes nouvelles pour vous, annonce-t-elle à une Clarissa nerveuse. Votre mari a fait de nouveaux progrès ces tout derniers jours et nous voulons l'envoyer dans une clinique qui traite son genre de problème, à Londres. Il ne faut jurer de rien, mais nous avons bon espoir qu'il puisse retrouver une certaine mobilité.

— Voulez-vous dire, demande Clarissa, qu'il pourrait remarcher ?

— Il est très prématuré d'envisager cela, répond l'infirmière sur un ton de doux reproche. Je sais à quel point vous êtes déterminée, mais nous devons prendre les choses pas à pas.

Elle rit de son propre jeu de mots et tapote le bras de Clarissa.

— Il va être absent pendant quelques semaines, cependant je suis sûre que nous verrons une grande amélioration à son retour. Je suis assez confiante quant à la possibilité qu'il rentre à la maison d'ici Noël.

— *Noël* ?

Clarissa suffoque, horrifiée. Elle se ressaisit et adresse à l'infirmière un sourire hystérique.

— Pour Noël ! s'exclame-t-elle d'une voix chantante, prenant un air ravi assez convaincant. Oh, je peux à peine le croire !

— J'étais sûre que vous seriez aux anges. Nous savons ce que cela représente pour vous, de l'avoir à la maison, de pouvoir le soutenir, l'aider. Je ne peux vous dire à quel point nous nous sommes démenés. Nous sommes aux petits soins pour lui, ici, vous savez, et c'est grâce à vous, ma chère. Vous avez été admirable.

Clarissa dévisage l'infirmière, qui rayonne d'autosatisfaction, et elle se sent saisie de panique. Si seulement Georgy ou les tantes étaient là, elles pourraient faire face à cet événement totalement imprévu. L'infirmière prend ce silence pour une joie muette ; elle en est profondément touchée.

— J'espère vraiment, dit Clarissa, prise d'une soudaine inspiration, que nous aurons pu effectuer les aménagements à temps. Dans l'état actuel de la maison, il serait impossible que Thomas revienne, et l'artisan est si… si peu fiable.

— Je suis certaine que vous vous montrerez tous les deux à la hauteur de ces quelques petites complications, répond l'infirmière avec un peu de condescendance, prenant simplement Clarissa pour une épouse soucieuse du bien-être de son mari. Vous avez six semaines pour vous arranger avec votre artisan. On peut faire beaucoup en six semaines – surtout quelqu'un d'aussi volontaire que vous. Je suis contente de vous voir en si bonne forme. Vous n'auriez pas pris un ou deux kilos, dites-moi ? Ça vous va bien. Maintenant, venez, allons le voir. Il vous attend avec impatience, il veut vous raconter ses progrès. Le téléphone, ce n'est vraiment pas ce qu'il y a de mieux pour ça, n'est-ce pas ? Votre cher époux est tellement excité à l'idée de ce séjour à Londres. Je sais que je peux compter sur vous pour être positive.

— Le chien du pasteur a disparu, annonce Nan Ellis, soufflant et haletant tandis qu'elle fait le lit de Megan. Juste avant Halloween. Il a mis des avis de recherche partout, voilà ce qu'il a fait. Sale, vieux et puant !

— Tu ne devrais pas parler comme ça du révérend Pauley, dit tante Olwen d'un ton réprobateur, tout en bordant soigneusement les draps, faisant les coins comme à l'hôpital. Quoiqu'il ne soit plus aussi jeune qu'autrefois, certes.

Nan émet une sorte de klaxonnement bref, mi-choquée mi-amusée.

— Pas le pasteur ! Le chien. Toujours à renverser les poubelles. Aucune chienne en chaleur n'était tranquille tant qu'on n'avait pas enfermé ce chien à double tour dans une pièce sans fenêtre. Horrible cabot galeux.

— Je suis surprise qu'il lui manque, murmure tante Olwen. L'aurais-je déjà vu, ce chien, penses-tu ?

— Un welsh collie. Blanc avec un œil bleu. Fourbe comme tout. Aucune loyauté. Il se laissait entraîner par n'importe qui, du moment qu'on lui tendait un biscuit. 'L'aurait dû le faire abattre depuis des années. Il s'est attaqué à un petit garçon il y a quelques mois, mais comme c'était le chien du pasteur, ça a été étouffé.

— Peut-être, insinue tante Olwen, quelqu'un s'est-il fait justice de ses propres mains...

— Ça s'pourrait, admet Nan. Je ne l'en blâmerais pas.

— Justice sommaire, ajoute tante Olwen. On dit cela, me semble-t-il... Je pense que je vais aller chercher une couverture supplémentaire. Les nuits sont si froides.

— Mais qu'allons-nous faire ?

Clarissa s'agite.

— On ne *peut pas* le faire revenir à la maison pour Noël. Oh, mon Dieu !...

Georgy pique quelques fettucines de sa fourchette. La matinée a apporté une bonne dose de surprises et elle se sent plutôt excitée par ces développements. Evan s'est révélé un compagnon très stimulant ; elle a bénéficié, en sa compagnie, d'une ou deux heures aussi actives que vivifiantes. Maintenant, voilà qu'on apprend que Thomas sera à la maison pour Noël. Après un peu d'exercice physique, Georgy est prête à se dérouiller les méninges.

— Tu n'as pas l'air de t'en faire beaucoup, lui dit Clarissa avec humeur, finissant un savoureux morceau de pancake – la peur lui creuse toujours l'appétit – avant de s'en beurrer une autre tranche. Si Thomas rentre à la maison, toi et moi, nous n'aurons plus qu'à nous chercher un nouveau point de chute.

— Arrête de paniquer, répond Georgy d'un ton décontracté. On va trouver quelque chose.

Clarissa la regarde avec méfiance. Elle a l'impression que Georgy prend beaucoup trop calmement ces nouvelles. Et puis, elle a cet air rayonnant, voluptueux presque, du jamais vu...

— Pourquoi es-tu arrivée si tard ? interroge-t-elle abruptement. Où es-tu allée pendant que j'étais avec Thomas... ?

Une horrible pensée l'assaille.

— As-tu vu Evan ?

— Evan ? répète Georgy, désinvolte. Oh, Evan... Oui, je suis passé le voir. Il était plutôt occupé, mais il m'a assuré qu'il viendrait à la maison dès demain.

Mystifiée par l'indifférence de Georgy, Clarissa est trop alarmée par ce nouveau problème pour pousser plus loin son enquête.

— Ça te va bien, hein, dit-elle avec hargne, de me conseiller de ne « pas paniquer ». Pour toi, aucun souci ! Il te suffit de plier bagages, tu peux partir quand tu veux.

Georgy lui lance un regard scrutateur. Croit-elle réellement que ce soit le cas ? Elle se dit qu'elle est peut-être allée un peu trop loin. Peut-être s'est-elle montrée un peu trop confiante.

— Il n'est pas question que je t'abandonne dans cet état, lui assure-t-elle d'une voix caressante. Je suis ici pour m'occuper de toi, tu le sais. Laisse-moi me charger de ça. Je vais gérer le problème.

N'oublie pas que même s'il rentre, Thomas sera confiné dans ses quartiers. Il n'a absolument pas besoin de me voir et on peut t'inventer une grippe virulente ou quelque chose de ce genre. Clarissa, il n'est pas bon de regarder trop loin devant soi. Cette histoire, il faut la prendre au jour le jour. À nous deux, on va s'en sortir.

Clarissa, toujours prête à se laisser convaincre, a l'air un peu plus joyeuse. Georgy la regarde et pense à toutes les choses qu'Evan lui a dites tout à l'heure. Alors qu'il y aurait de quoi se faire des soucis, elle a été surprise et ravie, au contraire, par la profondeur de sa vision.

— Je suppose que tu as raison, admet Clarissa en finissant sa crêpe.

— Bien sûr que j'ai raison ! clame Georgy. Et maintenant, que dirais-tu de ce cake arrosé d'une bruine de citron ? Je suis certaine que tu voudras bien d'un peu d'aide.

XIV

Pendant qu'Evan vaque à ses travaux – rouvrir une porte de communication condamnée depuis une éternité, poser des rampes, convertir une ancienne arrière-cuisine en salle de bains avec douche spécialement conçue –, son cerveau est accaparé par des réflexions très personnelles. Certains de ses vieux rêves, semble-t-il, pourraient bien se concrétiser. Sa présence dans la maison de ses ancêtres lui procure une profonde satisfaction. Ses ambitions se renforcent, leurs dividendes se font plus désirables encore. Il passe en revue les quatre femmes qui vivent ici, tout en définissant et redéfinissant ses plans. Ses tantes d'abord, qu'il connaît depuis si longtemps – quand il était enfant et qu'on l'emmenait voir sa grand-mère, leur formidable mère. Certes, leur lien de parenté n'était pas officiel, mais sa mère, elle aussi une femme de caractère, a fini par lui dire la vérité. Tout petit déjà, la maison le fascinait, elle l'intimidait, l'enveloppait de ses promesses. Lorsque Thomas a hérité, les visites d'Evan se sont faites rares, mais il a toujours gardé le contact avec ses tantes. Même elles, cependant, n'ont pas idée de la force de ses ambitions.

Ses allées et venues dans la maison font qu'il ne peut manquer de remarquer la présence de Georgy. Le souvenir de la matinée qu'ils ont passée ensemble lui donne le sourire. Il l'a bien compris, Georgy est aussi impitoyable que lui. À eux deux, réalise-t-il, ils feraient une belle équipe. Evan est en position de force : il a la confiance des tantes, mais il entrevoit le moyen (ce qu'elles ignorent pour l'instant) de faire avancer sa propre cause, grâce à Georgy. Il y a maintenant plusieurs voies qui s'ouvrent à lui et il considère chacune d'elles avec beaucoup d'attention. Doté d'un étonnant, d'un indéfectible sens de la famille (la famille Mortimer), il est prêt à attendre. N'est-ce pas ce qu'il n'a cessé de faire, depuis toutes ces années ? Il envisage chaque option soigneusement, de fond en comble. Il est déterminé à assurer la bonne transmission du manoir, quels que soient les sacrifices nécessaires. Georgy doit être gardée en réserve ; sa convoitise pour cette maison est une arme supplémentaire dans l'arsenal d'Evan.

Quand il croise Clarissa, il se montre aimable. Sa honte s'est maintenant évaporée, laissant place à d'autres émotions plus acceptables : elle parvient à lui répondre, mais avec une certaine prudence. Il trouve cela stimulant et son intérêt pour elle renaît. Se souvenant de tout le plaisir qu'il a tiré de leurs rencontres, il fait jouer son charme. Il lui est agréable de voir avec quelle facilité elle y répond et comment une certaine jalousie se met à germer entre les deux jeunes femmes. Clarissa a le mérite d'être la mère de son enfant ; il lui doit donc une certaine considération, ce qui contrarie clairement Georgy – et l'inquiète. Georgy, toutefois, est mince, énergique, attirante, intelligente et disponible, ce que Clarissa envie clairement – et ça l'inquiète.

L'enfant est le catalyseur. Il occupe les pensées de chacun, ou presque. Evan se demande si ces femmes réalisent quelle arme elles tendent à Georgy en acceptant de faire d'elle le vecteur de cette naissance. Que Thomas l'accepte ou non, ce bébé restera avant tout l'enfant de Georgy. Pour autant qu'Evan le sache, Clarissa n'en pense rien du tout et les tantes ont une foi aveugle en la Déesse. Par atavisme, il voue un respect salutaire à ces choses, sans même les comprendre ; il ne croit pas qu'un pauvre petit être humain puisse tout saisir en ce vaste monde ; cependant, il admet qu'un certain cocktail génétique puisse se transmettre de génération en génération et il se demande quel genre d'enfant exactement Clarissa et lui ont fabriqué. Il songe à Thomas, s'interrogeant sur sa future réaction, et il soupèse les avantages comparés d'un Thomas mort et d'un Thomas vif.

Quant à Megan, il n'y songe pas du tout. Il la croit en sécurité, hors jeu, bien engagée sur la route du couvent. Pourtant, au moment où il la revoit pour la première fois – des années et des années se sont écoulées –, il a un choc. Elle lui tombe dessus au détour d'un couloir et il en éprouve un réel trouble. Elle se tient immobile, les yeux écarquillés, le regard vide, semblant scruter autre chose, juste derrière lui ; il sent les poils de sa nuque se hérisser. Comme si, instantanément, tous ses plans se trouvaient percés à jour.

— Megan ! dit-il haut et fort, déterminé à briser le charme qui les entoure. Tu dois être Megan. La dernière fois que je t'ai vue, tu étais encore une petite fille.

— Et vous, vous êtes Evan.

Un constat pour elle, l'impression que quelque chose devient soudain clair dans sa tête. Elle fronce les sourcils.

— Oui, répond-il rapidement.

Il devine maintenant que chez elle, le don de vision n'est ni très développé ni vraiment exploité. Sa formation religieuse aura contribué à ce qu'il reste en jachère, sans doute. Il a besoin de jeter le trouble en elle.

— Exactement. Je m'occupe des travaux pour que ton père puisse rentrer à la maison aussi vite que possible. C'est une bonne nouvelle, non, qu'il soit transféré dans cette clinique londonienne ?

— Une bonne nouvelle, répète-t-elle lentement, les sourcils toujours froncés. Oui. Oui, en effet…

— Viens donc, dit-il, la prenant par le bras. Viens voir ce que j'ai fait. C'est difficile, tu sais, dans une vieille maison comme celle-ci. Il y a tant d'escaliers, de recoins…

Il continue à parler et elle se laisse entraîner dans le long corridor, afin qu'il lui montre tout ce qu'il a fait pour améliorer le confort de son père. Quand, au bout d'un moment, il ne sait plus quoi dire, il se fait entre eux un silence énorme, abyssal.

— Nous sommes de la même famille, dit-elle poliment, semblant poursuivre une conversation antérieure.

— Oui, répond Evan.

Il soupire. Il a gaspillé sa salive.

— Je suis une sorte de cousin au énième degré.

— J'ai eu une drôle de sensation lorsque je vous ai vu, commence-t-elle alors, en secouant la tête.

Et elle ajoute, dans un souffle :

— J'ai vu une femme qui se tenait tout près, derrière vous. Une femme au regard brillant, féroce, qui n'a pas sa place ici. Pas encore. Elle ne compte pas au nombre des âmes muettes et pourtant j'ai eu l'impression de la connaître.

Evan sent un frisson parcourir ses avant-bras nus et sa langue se colle à son palais. Pour une raison ou une autre, cette tranquille assurance le perturbe davantage que toute l'horreur et la violence dont il a été témoin dans le boisé. Il déglutit, les yeux rivés sur les siens.

— Ah, mais vous voilà ! s'exclame joyeusement tante Olwen. J'étais en train de me dire qu'il serait peut-être temps de boire le café. En voudriez-vous ? Bon. Bon. Viens, Megan, ma chérie. Le tien est déjà prêt, dans le petit salon. Tu y retrouveras Clarissa, et si tu ne te dépêches pas, Georgy va avoir fini tout le sablé.

— Vous auriez dû me mettre en garde, dit Evan d'un ton sinistre, une fois Megan partie. Je croyais vous avoir entendue dire qu'il n'y avait rien à redouter d'elle.

Tante Olwen claque la langue, comme navrée, et lui donne sur l'épaule une petite tape d'encouragement :

— Elle a la Vision, tu sais. Mais rien de plus…

— Rien de plus ? gémit Evan, effrayé et furieux contre lui-même de se sentir ébranlé par cette rencontre. Elle est *dangereuse*.

— Absurde, coupe calmement tante Olwen. L'Église décourage ce genre de choses. De plus, Megan est à peine une débutante. Elle voit les esprits, bien sûr, comme nous tous.

— Comme nous tous, vraiment ? répond Evan, non sans une pointe de sarcasme. En êtes-vous sûre ?

— Et toi donc ? réplique tante Olwen – ce qui réduit un instant Evan au silence.

— Je les sens, marmonne-t-il enfin. Et parfois je vois... quelque chose. Une robe qui ondule. Un mouvement dans l'ombre.

— Tu manques encore d'entraînement, explique tante Olwen pour le rassurer. Ça va venir. Megan a grandi avec ce don en elle, vois-tu. Parfois, la côtoyer est un peu embarrassant, mais tu ne dois pas surestimer ses capacités.

— Alors tout va bien, conclut Evan, plutôt acerbe, se ressaisissant d'une certaine façon. Je me sens beaucoup mieux maintenant.

Tante Olwen rit de lui, secouant la tête d'un air réprobateur.

— Mon cher enfant, dit-elle, tu dois être quelque peu surmené. Je m'en vais immédiatement te chercher du café.

Evan la regarde s'en aller et prend une profonde inspiration, espérant ne pas avoir fait d'erreur. À l'avenir, il se montrera plus prudent.

— Que voulait-il dire par « dangereuse » ? soupire tante Gwyneth. En quoi Megan représenterait-elle un danger pour nous ?

— Elle pourrait voir trop de choses, marmonne tante Olwen.

— Son don est sous-développé. Elle n'a jamais voulu que nous l'utilisions quand elle était enfant. Et les nonnes ont fait en sorte que ce don reste en sommeil, même si parfois il reprend le dessus.

— Peut-être a-t-elle vu quelque chose qu'Evan aurait préféré garder secret. Quelque chose qu'il nous cache.

Leurs regards se croisent, sournois, calculateurs.

— L'enfant est forte et très active pour son jeune âge, observe tante Gwyneth. Elle remue et donne des coups de pied comme un bébé de six mois.

— Il est évident que la Déesse exerce sur elle Son influence, acquiesce tante Olwen. Nous ne devons pas douter d'Evan, n'est-ce pas ? C'est son enfant, après tout.

— Nous avons tous le même objectif.

Tante Gwyneth verse pensivement le café destiné à Evan.

— Mais il pourrait bien y avoir de multiples routes pour l'atteindre, souligne tante Olwen.

Le silence se fait. Elles se sentent mal à l'aise, mais incapables d'en discerner la cause.

— Que cherches-tu ? s'enquiert Clarissa, nerveuse. Pourquoi fixes-tu ce coin de la pièce ?

Megan se tourne vers Clarissa. Son petit visage est grave, troublé. Elle ne peut quand même pas dire à sa belle-mère que le jeune chevalier poignardé lors d'un duel sur la terrasse, et qui se tient maintenant près du manteau de la cheminée, ne se manifeste que lorsqu'un Mortimer est sur le point de mourir. Clarissa ferait probablement une crise d'hystérie si Megan devait lui faire partager cette fascinante vérité ; elle hésite donc un long moment, ce qui éveille l'attention de Georgy.

— Tu vois encore l'un de tes fantômes, n'est-ce pas ? lui demande-t-elle sans hostilité. Qui est-ce, cette fois ?

— Eh bien oui, dit Megan, surprise par l'intuition de Georgy. Pouvez-vous le voir, vous aussi ?

— Oh non, s'il te plaît, gémit désespérément Clarissa. Je t'en *prie*.

— Je pensais que tu aimais cette vieille atmosphère familiale, lâche avec désinvolture Georgy.

Elle est encore agacée par une petite scène dont elle a été témoin, peu auparavant, entre Clarissa et Evan, et elle voit là une opportunité de prendre sa revanche.

— Tu disais l'autre jour que tu trouvais ça réconfortant.

— C'était différent.

Clarissa a l'air fatiguée, ses traits sont tirés et il y a de l'énervement dans sa voix.

— Aujourd'hui, je n'ai pas la force d'affronter cela. Je sens que quelque chose d'horrible va se produire.

Cette fois, c'est Clarissa qui surprend Megan. Il est clair qu'elle a senti le climat qui règne autour du jeune chevalier, bien qu'elle ne puisse le voir. Megan émet un discret soupir. Clarissa est une Mortimer par mariage, elle n'est donc pas en sécurité. Pour elle-même, Megan n'est pas inquiète. Elle sait que la mort n'est rien, mais elle est consciente de toute cette agitation, ces affrontements entre les forces des ténèbres et celles de la lumière, entre le bien et le mal. D'un geste automatique, elle palpe sous sa chemise la croix d'argent qu'elle porte au bout d'une longue chaîne, et ses yeux se tournent à nouveau vers l'ombre pâle dans le coin de la pièce, près du manteau de la cheminée. Ses lèvres bougent en silence tandis qu'elle récite le *De profundis* : « Des profondeurs je crie vers toi, Seigneur... »

— Allons donc, lance Georgy à Clarissa avec un rire incrédule. « Rose Lee la Bohémienne te dira l'avenir si tu lui donnes une petite pièce. » Où est ta boule de cristal, ma chérie ?

— Oh, tais-toi ! répond Clarissa, mécontente. Tu peux être tellement insensible, parfois... Je crois que j'ai une sorte de sixième sens.

— Ah tiens, et depuis quand ? Dommage que tu n'en aies pas disposé au bon vieux temps. Tous ces *losers*, tous ces hommes mariés que tu as ramassés... Ça t'aurait été tellement utile.

— Et c'est toi qui dis ça ? Après ta petite débâcle en Amérique ? De toute façon, je pense que c'est lié au fait d'être enceinte... Oh !

Elle s'arrête trop tard, le souffle coupé, main sur la bouche, fixant Megan. Georgy elle-même en est si secouée qu'elle en oublie son accès de mauvaise humeur. Megan, cependant, ne semble pas avoir pris conscience de ce que Clarissa vient de laisser échapper et celle-ci échange un regard avec Georgy. C'est comme si, se rappelant leurs intérêts communs, les deux jeunes femmes redevenaient soudain amies.

— Chut ! murmure Georgy – mais déjà, elle grimace de soulagement et se met à pouffer.

Clarissa rit avec elle, ravie de ce retour d'amitié et un petit peu moins déprimée.

— Allez, dit Georgy, consciente d'avoir été trop franche, encore une fois. Finis le sablé.

Elle se penche vers sa meilleure meilleure amie et lui glisse :

— N'oublie pas que tu manges pour deux.

Elles s'effondrent de rire, en silence, dans le dos d'une Megan qui ne se doute de rien.

Tout va pour le mieux. Ou pas si bien ?

Plus tard, beaucoup plus tard. Clarissa se tient près de la porte qui mène à la cour de gravier, sur le côté de la maison. Un mauvais pressentiment pèse toujours sur elle et elle n'est pas surprise de constater que le soleil a disparu derrière des nuages sombres et menaçants. Ce temps sinistre, orageux, s'accorde à son humeur. Les oiseaux se sont tus ; une brise froide se lève tout à coup, agitant les branches nues des arbres. Elle remarque que le linge est toujours suspendu à la corde, ce qui la surprend ; il aurait dû être rentré depuis longtemps. Elle sait qu'elle doit le décrocher – le panier se trouve juste en dessous – avant que la pluie ne commence à tomber. Pourtant, elle éprouve une réticence à sortir. Elle reste plantée là, se demandant où peuvent bien être les tantes. Il y a comme un sentiment d'abandon, non seulement dehors, dans le jardin, mais aussi derrière elle, à l'intérieur de la maison, et son pressentiment s'accroît. Puis Clarissa se ressaisit et sort dans la cour ; il serait ridicule de laisser la pluie tremper le linge juste à cause d'une petite crise nerveuse.

En faisant tomber les vêtements dans le panier, elle est surprise par leur variété. Ces solides sous-vêtements doivent appartenir aux tantes, mais à qui sont ces chemises de soie si fragiles, aux larges manches, avec leur parement de dentelle ? Son trouble grandit à mesure qu'elles glissent de ses mains vers le panier. C'est à Georgy, bien sûr, mais... Un bruit derrière elle la fait sursauter. La porte oscille sous l'effet du vent, maintenant plus fort, et les feuilles du laurier bruissent, comme si quelqu'un était caché dans les buissons. Quelle est cette grande ombre sur le mur ? Clarissa détache rapidement les dernières pièces de vêtement de la corde à linge, en tremblant, pressée de rentrer, mais en se retournant, elle remarque une petite chaise, à gauche, laissée là par quelqu'un qui a dû s'asseoir au soleil, un peu plus tôt. Qui donc voudrait prendre le frais en plein mois de novembre ? Evan peut-être, pour fumer une cigarette en profitant du soleil matinal ?

Elle regarde fixement cette chaise ; elle n'a aucune envie de s'écarter d'un mètre de plus de la maison, mais il ne faudrait pas laisser le coussin se tremper. Elle lance un coup d'œil aux branches de laurier, refoule sa peur, désirant ardemment que l'une des tantes sorte de la maison. Elle déglutit nerveusement, se précipite vers la chaise et, à l'instant où elle se penche pour ramasser le coussin, elle devine un mouvement dans son dos, vers la maison. Elle sait qu'elle n'aurait pas dû laisser la porte sans surveillance et que, maintenant, ce qui était dans le buisson est passé à l'intérieur.

Clarissa serre le coussin contre sa poitrine et tente d'en rire. Complètement ridicule. Tout cela, c'est à cause de son état et des histoires de fantômes de Megan. Elle va revenir dans la maison et il n'y aura rien du tout ; rien n'aura changé. Une fois le seuil franchi, elle fait une pause, scrutant le long couloir ténébreux qui s'ouvre face à elle. Le vent lui arrache la porte de la main, la claque derrière elle, et elle fait volte-face en haletant. Tout est sombre, maintenant. Elle se tient immobile, avec la certitude absolue qu'il y a quelqu'un d'autre dans le couloir. Elle croit voir une forme obscure dans la pénombre et la terreur monte en elle. L'ombre se rapproche – un personnage encapuchonné, grand et menaçant.

Elle tente de pivoter, de fuir, de retourner dans le parc, mais ses jambes sont lourdes et ses pieds glissent pesamment sur le pavement d'ardoise. Elle jette un regard derrière elle, dans le corridor, sent une force immense, terrifiante, et distingue deux yeux féroces. Elle voudrait crier, mais la peur lui serre la gorge et aucun son n'en sort. L'enfant se débat dans son ventre, comme s'il voulait glisser vers cet être qui flotte maintenant au-dessus d'elle. Elle ferme les yeux, s'évanouissant de terreur.

Elle entend un bruit horrible, un grognement, des gémissements, puis on lui saisit les mains et elle veut se rejeter en arrière, loin de son assaillant. Quelqu'un se penche sur elle, la forçant à rester étendue ; elle ouvre les yeux, découvre que c'est Megan, et réalise que ce cri rauque et ces grognements sont sortis de sa propre bouche. L'enfant sursaute à nouveau, luttant et se débattant en elle alors que Megan se tient au-dessus d'elle, avec sa croix d'argent sortie de la chemise.

— Réveille-toi, implore Megan en la secouant. Réveille-toi, Clarissa. Tu n'as rien à craindre. C'était un rêve.

Clarissa pousse un cri de douleur lorsque le bébé s'agite de nouveau. Elle se met à sangloter. Elle sent la chaleur des mains de Megan posées sur elle et voit ses yeux clairs plongés dans les siens. Elle joint les phalanges et pleure maintenant de soulagement.

— C'était horrible, sanglote-t-elle. Oh, horrible. Quelqu'un a essayé de me tuer. Et le bébé a voulu me faire mourir. Je l'ai senti. Oh…

Elle éclate de nouveau en larmes et Megan l'attire dans ses bras, la serrant fort. Entre elles deux, le bébé se débat encore, désespérément mais faiblement, jusqu'à s'apaiser enfin.

XV

Clarissa ne se remet pas immédiatement de son cauchemar. Elle traîne au lit, privée d'énergie, avec une sensation de faiblesse, de lourdeur. Megan retourne à l'école, le cœur troublé. Elle se remémore les paroles de Clarissa à propos de ce bébé ; sur le coup, elle a cru qu'elles faisaient partie de son rêve, mais depuis, elle les rumine. Elle repense au moment où elle s'est agenouillée près de Clarissa et se rappelle combien sa belle-mère lui a paru lourde, difficile à manier, quelle peine elle a eue à la serrer dans ses bras. Trop inquiète pour Clarissa, elle n'y a guère prêté attention, mais elle y réfléchit, maintenant ; elle s'interroge sur ses paroles, pense à la forme du corps de Clarissa. Est-il possible que sa belle-mère soit réellement enceinte ? Si c'est le cas, pourquoi ne le lui a-t-elle pas dit ? Il ne doit rien y avoir de plus merveilleux que d'être enceinte, non ? Cependant, même son père est resté muet là-dessus. Peut-être Clarissa ne lui a-t-elle pas encore appris. Ou peut-être ne l'a-t-on pas estimé suffisamment rétabli pour apprendre une telle nouvelle. Il n'y aurait cependant rien de meilleur, se dit Megan, pour lui donner courage.

Même en prenant en compte tous ces éléments, elle reste partagée : elle ne peut pas vraiment se résoudre à croire en ce bébé ; elle ne le « voit » pas s'inscrire dans leur avenir. Elle ne fait d'ailleurs aucune tentative pour corriger cette impression. Parfois, ses visions se manifestent, qu'elle le veuille ou non ; comme cette « présence » au moment où elle était avec Evan. Megan sait cependant qu'un tel pouvoir peut être dangereux et, dès qu'elle le peut, elle s'en détourne résolument. Néanmoins, à l'occasion, il s'est avéré utile ; l'après-midi, par exemple, où elle a « vu » Clarissa dans le boisé. Elle décide de chasser de son esprit les événements de ces vacances. S'il y a un bébé, on le lui dira le moment voulu. En même temps, elle ne peut oublier l'apparition du Chevalier. Il était là juste avant que sa mère ne meure et Megan se demande qui, cette fois, doit disparaître. Elle téléphone pour prendre des nouvelles ; on lui répond qu'à la maison, tout le monde est en pleine forme – sauf Clarissa, qui se sent toujours un peu patraque. Et Thomas, à Londres, fait de beaux progrès.

Megan finit par se dire que l'apparition pourrait aussi bien annoncer le décès d'un parent éloigné et, choisissant de s'en remettre entièrement à une Autorité supérieure, elle se concentre sur ses cours.

Georgy ne sait pas bien comment prendre cette histoire de cauchemar et elle commence à s'impatienter que Clarissa en fasse toute une histoire. N'a-t-elle pas vécu elle aussi quelque chose de ce genre, au moment d'Halloween ? Elle va trouver Evan pour lui rapporter les détails de ce rêve que

Clarissa a imprudemment confié à sa meilleure meilleure amie.

— Honnêtement, dit Georgy d'un ton moqueur. Elle est folle ou quoi ? J'ai adoré l'histoire de mes petites culottes sexy à côté des gaines Thermolactyl des tantes ! Tu ne crois pas qu'un psychiatre aurait de quoi s'occuper, avec elle ?

Elle note qu'Evan ne répond pas avec tout l'entrain prévu et elle se met à l'observer plus attentivement. Il est sur la réserve, comme si intérieurement il avait fermé les volets, tout en continuant extérieurement à jouer le rôle qu'elle attend de lui. Elle plisse les yeux, pensive, en le regardant travailler ; il vernit des boiseries neuves. Se pourrait-il qu'il ait décidé de l'exclure de ses plans ? Cela la met en colère et, en même temps, elle a peur.

— Il faut qu'on se voie, lui dit-elle brusquement. J'ai besoin de te parler.

— Tu peux le faire ici, répond-il, l'air maussade – et les craintes de Georgy augmentent.

— Aucun souci, pour toi, du côté de Clarissa ? lui demande-t-elle d'un ton dégagé.

— Je te parie qu'elle n'a rien du tout. C'est juste une nouvelle excuse pour traîner encore un peu plus au lit. Des cauchemars ! (Il renifle avec mépris.) Elle cherche tout simplement le moindre prétexte pour se rendre intéressante.

Evan se reprend, conscient que Georgy a bien jaugé son humeur : il est toujours aussi déstabilisé par sa rencontre avec Megan. Il ne tient guère à ce qu'elle suspecte quelque chose et décide de faire diversion.

— Elle n'a d'ailleurs pas besoin de tout ça pour se rendre intéressante, lance-t-il, provocateur. Elle est assez bien faite comme cela.

Georgy hausse les sourcils.

— Vraiment ? Ce n'est pas ce que tu déclarais il y a quelques semaines. Tu disais trouver les grosses blondes ennuyeuses.

Elle fait une pause, se rappelant les compliments d'Evan sur sa minceur, sa vitalité de brune.

Evan rit doucement en lui-même, sachant exactement à quoi elle pense.

— Les femmes, dit-il, croient n'importe quoi du moment que ça les flatte.

Georgy a soudain une irrésistible envie de lui vider le pot de vernis dans le cou, mais elle fait un effort pour se contrôler.

— C'est ce que certains hommes s'imaginent, réplique-t-elle avec mépris. Quand serez-vous capables de comprendre que les femmes sont bien plus manipulatrices ? Elles font preuve de beaucoup plus de subtilité en ce domaine.

À cet instant, Evan réalise qu'au fond, il n'aime pas tellement Georgy. Elle est certes amusante, stimulante, pleine d'énergie, mais il se rend tout à coup compte qu'il va très vite se lasser d'elle. Agaçant. Cela signifie qu'il va lui falloir revoir certains de ses plans, réfléchir de façon plus sérieuse. Il sent néanmoins qu'il doit conserver toute sa résolution. Et il va lui falloir se montrer rusé… Il ravale son irritation et sa brusque antipathie pour Georgy, se forçant à sourire.

— Il ne me viendrait jamais à l'idée d'en douter, concède-t-il, l'air contrit. J'ai tout de même partagé la vie d'une femme pendant vingt ans, il ne faut pas l'oublier. Les femmes sucent la ruse et la fourberie avec le lait de leur mère. Les hommes sont des amateurs, à côté.

— Il ne semble pourtant pas que ton épouse ait été particulièrement intelligente, rétorque Georgy, incapable de retenir cette pique, même si elle se contredit. Tu l'as bien menée en bateau, non ?

— Peut-être, répond Evan, qui est debout maintenant et s'étire le dos. Mais c'est elle qui m'a abandonné, pour un amant sûr et sans risques. Et moi, je me retrouve seul, avec une moitié de maison et des économies qui vont bientôt fuir vers son compte en banque.

— Bon Dieu !

Georgy est sous le choc, elle en oublie sa contrariété.

— Elle t'a donc réellement quitté ?

— Eh oui, soupire Evan.

En réalité, cela fait plusieurs semaines qu'elle est partie, mais il a décidé de ne pas dévoiler tout son jeu à Georgy.

— Disparue, oui ! Elle s'est installée dans cette belle grande maison du nord du pays de Galles et c'est moi qui dois payer, juste à cause d'une ou deux aventures.

— Un peu fort, non ? convient Georgy, qui est à nouveau de son côté, comme il le souhaitait. Si cet homme a été son amant pendant toutes ces années, pourquoi te quitterait-elle sans dommages ? Tu ne dois pas la laisser s'en tirer comme ça.

— Il faut que je pense à mon garçon et à ma fille, explique Evan. Il ne serait pas bon que Hywel et Angharad pensent du mal de leur mère. Dieu sait que c'est déjà assez difficile pour eux d'avoir un père...

— « Salaud, infidèle et menteur », complète Georgy, Evan semblant à court de mots. Mais devrait-elle pouvoir partir avec son amant et la moitié de tes biens, uniquement pour que Machin et Bidule ne risquent pas de découvrir la vérité ? Ce ne sont plus des enfants, tout de même. Je trouve ça inique.

— C'est vrai, dit Evan, se souriant à lui-même. Voilà ce que je voulais dire, tu sais, à propos de la fourberie des femmes. Je croyais la tromper et, pendant tout ce temps, c'était elle qui me dupait. Avec beaucoup plus de succès.

Georgy enrage silencieusement pendant quelques instants. Si Evan et elle ont un avenir ensemble, elle en veut à cette femme inconnue de s'en aller avec la moitié de ce qui aurait pu devenir son bien à elle, Georgy. Devinant exactement ses pensées, Evan se pince les lèvres pour se retenir de sourire. Il se demande pourquoi, juste au moment où il vient de se rendre compte qu'inclure Georgy dans ses plans n'était pas viable, il lui faut se déclarer libre. Il n'en a cure. Il a découvert qu'ici, dans la maison de ses ancêtres, les événements s'enchaînaient de leur propre gré, et il se contente de suivre le courant.

Malheureusement, Georgy a l'habitude de plier gens et situations à sa volonté ; elle n'a aucune intention de se croiser les bras. Ce genre d'attitude peut convenir à une idiote comme Clarissa, qui n'a pas de sang dans les veines. Très peu pour elle : Georgy entend continuer à se battre. Maintenant qu'elle sait Evan libre, elle réfléchit. Elle se remémore les plans qu'il a esquissés devant elle et soupire d'impatience. Tout dépend du bébé. Tant qu'il n'est pas né et que l'on ne connaît pas la réaction de Thomas, rien ne peut être décidé.

— Je déteste attendre ! laisse-t-elle échapper. Toute cette inaction m'ennuie.

— Ça va devenir beaucoup plus excitant dès que Thomas sera rentré, dit Evan. Vous maintenir toutes les deux hors de sa vue, Clarissa et toi, jusqu'à ce que le bébé soit né, va demander un boulot d'enfer. Nous ne sommes pas encore sortis de l'auberge. Et je ne vois toujours pas très bien comment on va s'en tirer.

— C'est de la folie de laisser Thomas revenir à la maison, déclare Georgy avec humeur.

Puis elle le regarde d'un air entendu.

— Mais ce ne sera peut-être pas pour très longtemps, hein ? Un petit accident de fauteuil roulant... Ne pourrait-on le présenter comme ça ?

Il rit avec elle, mais il est soulagé d'entendre ensuite les voix des tantes à l'entrée du couloir. Georgy s'esquive discrètement par la porte la plus éloignée.

Clarissa, assise près du feu dans le salon, ne parvient pas à se débarrasser du sentiment de prescience qui l'accompagne depuis le jour de son cauchemar. Elle se le remémore parfaitement et, quand elle parcourt les sombres couloirs ou franchit l'un des paliers, sa nervosité demeure intacte ; en outre, elle ne peut supporter de rester longtemps seule ici, dans le petit salon. Elle redoute l'arrivée de la nuit et insiste pour avoir une veilleuse près de son lit. En fait, sa seule consolation est que le bébé se montre beaucoup moins violent, moins agressif. Cela fait même plusieurs jours qu'elle n'a pas senti son épuisante présence. Le choc qu'elle a subi l'a sans doute calmé.

Morne et déprimée, Clarissa fixe les flammes. Elle sent bien que les séquelles de cet épisode mériteraient une visite chez le médecin, mais elle a peur d'y aller. Le médecin de famille est un ami de Thomas et, bien qu'on l'ait rarement vu au manoir, que ce soit à titre professionnel ou privé, elle ne doute pas que s'il l'examine, elle pourra dire adieu à son secret vis-à-vis de Thomas. Et à l'hôpital, elle est connue. Il doit sans doute y avoir des cliniques où elle puisse se faire examiner en toute discrétion, mais les tantes condamneraient immédiatement toute suggestion de ce genre. Elles ont à sa disposition un tonique qui la calme et lui rend un peu de son énergie. Elle doit se reposer et s'accommoder de la situation. Tout ira bien.

Clarissa tire son châle plus étroitement sur ses épaules et pense à Megan. Elle est tout à fait certaine d'avoir laissé échapper des paroles indiscrètes sous l'effet de la terreur, ce terrible soir, mais Megan n'a rien dit. Peut-être a-t-elle pensé que Clarissa délirait, tout simplement ; que cela faisait partie du cauchemar. Elle se souvient de la manière dont l'enfant a tressailli en elle, de ses coups de pied, comme s'il allait la déchirer, déterminé à s'échapper de l'utérus. Elle a eu la sensation qu'il s'agissait d'une sorte de duel entre l'enfant et elle, et que seul l'un d'entre eux survivrait. Clarissa se dit qu'elle va peut-être mourir en couches ; ce doit être ça, le pressentiment qui la glace et la rend lourde d'appréhension.

Des larmes glissent sur ses joues et elle a un violent sursaut lorsque quelqu'un se penche au-dessus du dos du canapé pour lui toucher l'épaule. Elle hurle à pleine gorge et Evan lui presse fermement le bras, d'une poigne forte et chaude.

— Je ne voulais pas te faire peur, dit-il doucement. Ma pauvre petite qui pleure toute seule... Qu'est-ce qui ne va pas ?

Ces mots gentils n'ont pour effet que de rendre ses larmes encore plus abondantes. Evan fait le tour du canapé pour venir s'asseoir à côté d'elle, lui prenant la main, essuyant ses larmes avec son mouchoir. Elle se souvient à quel point ils ont été heureux ensemble, pendant ce doux moment, trop court, et pleure plus fort. Oh, pourquoi faut-il que sa vie soit si compliquée, si effrayante ?

— Viens donc, viens là, murmure-t-il, tranquillisé par le fait que les tantes occupent Georgy à la cuisine.

Ce sont elles qui lui ont suggéré d'aller jeter un œil à Clarissa avant de repartir. Il est, après tout, le père de l'enfant, et il a cette manière de s'y prendre avec les femmes qui, pour le moment, pourrait aider Clarissa à se ressaisir.

— Ma pauvre chérie, lui murmure-t-il, tout en glissant le bras dans son dos, afin de la serrer contre lui. Je suis là, tu sais, si tu as besoin de moi.

— Oh, Evan, dit Clarissa, et elle pleure comme un veau au souvenir de leur amour avant que n'arrive ce misérable bébé. Je suis si malheureuse...

— Là, maintenant, ça va aller, dit-il, passant la main dans ses cheveux emmêlés. Il ne faut pas que tu t'en fasses. Nous allons en finir avec tout ça et, ensuite, tu choisiras.

— Choisir ?

Elle fait une pause au milieu de ses larmes, intriguée par ce mot.

— Choisir quoi ?

— Choisir entre Thomas et moi, répond-il sans se démonter. Ce sera simplement comme tu voudras.

Il y a un long silence. Le regard d'Evan se perd dans la pièce, avec l'écho de ses paroles, et il se demande ce qui a bien pu lui faire dire cela. Clarissa a les yeux fixés sur lui. Elle est bouche bée.

— Mais, dit-elle naïvement, je pensais que tu préférais Georgy.

Evan rit. Il se surprend à ne pas prendre tout ceci très au sérieux, en dépit des circonstances.

— Ne dis pas n'importe quoi ! répond-il vigoureusement. C'est toi qui m'as plaqué, dès que tu as su, pour le bébé. Je ne t'étais plus d'aucune utilité. Tu t'es montrée froide et distante. Tout comme ma femme auparavant, dès que j'ai eu rempli mon office. Pas étonnant que je me sois tourné vers d'autres femmes, en quête d'un peu d'attention et d'amour... Et maintenant, elle est partie avec son amant, me laissant seul.

Evan s'interrompt. Est-il devenu complètement fou ? Alors qu'il n'a jamais été du genre à s'engager, voilà qu'il vient pratiquement de faire deux demandes en mariage en un après-midi. Le Débauché de la famille, celui qui a été abattu par un rival alors qu'il dormait dans son lit, à l'étage, deux cents ans auparavant, secoue la tête en passant près d'eux dans le salon, observant la scène avec intérêt et amusement. Tante Olwen, qui arrive pour voir comment vont les choses, le chasse d'un discret *pschtt* et sourit aux deux tourtereaux assis dans le canapé.

— Voilà qui est mieux, dit-elle d'un ton approbateur. C'est tout à fait ce qu'il faut.

Clarissa ouvre des yeux ronds, surprise que tante Olwen ne soit pas choquée de la voir blottie contre Evan. Puis elle se souvient que ces chères tantes ont toujours été délicieusement larges d'esprit et elle a un petit fou rire.

— Je dois y aller, explique Evan, tandis que tante Olwen se dirige vers le chariot à boissons.

Il rapproche ses lèvres de l'oreille de Clarissa :

— C'est un secret, n'oublie pas. Ce que je viens de te dire. Juste entre toi et moi, hein ?

— Oui, soupire Clarissa avec ravissement. Oh, tu dois vraiment y aller ?

— Je reviendrai demain, promet-il à haute voix. Portez-vous bien.

— Nous allons nous charger de ça pour Clarissa, dit tante Olwen en s'affairant à lui préparer un *drink*. Allez, on ne pleurniche plus, maintenant, n'est-ce pas ?

— Non, promet Clarissa, qui sourit bêtement en regardant Evan s'éloigner. Plus de pleurnicheries.

XVI

La tension augmente au fil des jours ; chacun des hôtes du manoir observe et attend. Seules les tantes n'ont aucun secret l'une pour l'autre. Elles veulent ce qu'il y a de mieux pour la maison et le boisé, mais elles sont encore à se demander qui fera la transition entre elles et l'enfant. Evan, commencent-elles à croire, est sans doute la réponse que leur envoie la Déesse, mais elles ne comprennent pas très bien comment l'utiliser. Clarissa et lui pourraient faire d'autres d'enfants, et la lignée serait assurée ; mais qu'adviendrait-il alors de Thomas ? Elles ont besoin de quelqu'un ici, dans la maison. Comment cependant faire venir Evan *in situ,* avec le retour de Thomas ? C'est évidemment impensable. Néanmoins, ayant été formées à l'obéissance, elles attendent, s'interrogeant sur le moment où la solution leur sera révélée. Comme Evan, elles ont plus ou moins exclu Georgy de leurs plans. Il semble qu'elle leur a été envoyée uniquement comme un moyen de faire entrer le bébé dans la famille et qu'après cela, elle devra revenir à sa propre vie.

Elles sont soulagées de constater que Clarissa paraît plus joyeuse depuis qu'Evan s'intéresse de nouveau à elle, et ne voient pas pourquoi ils ne devraient pas continuer à être amants après que le bébé sera né. Thomas ne pourra jamais plus répondre à ses besoins physiques, de sorte qu'il leur semble parfaitement raisonnable qu'Evan y supplée. Il ne faut plus de bébés, toutefois. Thomas ne pourra jamais faire bonne contenance si les preuves de l'infidélité de sa femme se multiplient, les tantes le savent bien. Non, Evan et Clarissa doivent se montrer raisonnables, discrets, et tout ira pour le mieux. Ce qui ne résout pas le vrai problème, cependant. Qui va les enterrer dans le boisé et continuer à servir la Déesse pendant que l'enfant grandira ?

Georgy, peu habituée à se contenir, se remet à se tracasser, à enrager. Elle est rassurée de savoir qu'Evan est libre, mais, comme les tantes, elle passe un temps considérable à ruminer de quelle façon elle pourrait réaliser ses plans. Au départ, Evan lui avait décrit plusieurs combinaisons possibles. Il a toujours été entendu que Georgy devait se rendre indispensable à Clarissa – bien que sur ce point, à une ou deux reprises, elle ait été plutôt imprudente –, de sorte que, retour de Thomas ou pas, la présence de Georgy reste nécessaire. Cependant, c'est de toutes les solutions celle qu'elle aime le moins. Elle préfère d'autres idées, plus ambitieuses : celle qui prévoit qu'Evan et elle deviendront maître et maîtresse de la maison, Thomas et Clarissa ayant été astucieusement éliminés – il faudra garder le bébé, toutefois.

Se débarrasser de Thomas sonnait comme une opération relativement simple lorsqu'Evan l'a évoqué, et elle a même admis que Clarissa, avec l'aide d'un cordial préparé par les tantes, etc., puisse ne pas s'attarder trop longtemps après lui. Georgy est certaine que si l'on se fixe un objectif avec force, tout peut être accompli. Néanmoins, rien ne doit être fait à la hâte ; il ne faut éveiller aucun soupçon.

Certaines variantes sont possibles. La première consiste à se débarrasser de Clarissa et, pour Georgy, à exploiter les faiblesses de Thomas afin de devenir sa femme, au bout du compte. Cela laisse Evan à l'arrière-plan, mais avec un Thomas aussi diminué, ce ne devrait pas être un problème. Georgy voit bien avec quelle facilité elle pourrait bannir Clarissa de la maison. Elle n'aurait qu'à dire à Thomas la vérité sur le bébé pour qu'elle fasse ses bagages. Mais, dans ce scénario, on voit mal comment le bébé ne s'en irait pas lui aussi et elle ne doute pas que les tantes auraient beaucoup à y redire.

Seconde variante : Thomas serait victime d'un terrible accident qui, dans l'état où il est, l'achèverait. Clarissa s'appuierait alors sur Georgy, pour ses conseils et sa compagnie, et Evan pourrait être progressivement intégré au trio, jusqu'à ce que Clarissa devienne totalement dépendante d'elle comme de lui…

Georgy soupire d'impatience. Elle en veut plus, et plus rapidement que ça. Evan se montre évasif lorsqu'elle tente une mise au point, expliquant qu'il préfère attendre la naissance du bébé et le retour de Thomas à la maison avant de prendre une décision définitive. Georgy sait que cela se tient, mais elle commence à trouver difficile de jouer la comédie. Ça l'est plus encore maintenant que Clarissa semble renaître et qu'elle a pris ce petit air cochon et cachottier parfaitement irritant. Mais Clarissa se sent toujours aussi faible, fatiguée, et sa tendance à l'immobilité laisse à Georgy tout loisir d'aller déranger Evan dans son travail sans crainte d'être interrompue.

Ce matin, lorsqu'elle lui tombe dessus, il n'est pas seul ; il est accompagné d'une jeune fille qui, devant l'irruption inattendue de Georgy, se détourne et fait mine de fouiller dans son sac. Elle semble bouleversée et Georgy la regarde avec curiosité, devinant qu'il s'agit de la fille d'Evan, celle qui a ce prénom imprononçable.

Evan marmonne quelques mots en guise de présentations, mais Angharad, quand elle se retourne, porte des lunettes noires. Elle répond à peine aux salutations de Georgy, puis elle s'enfuit, sortant par la porte-fenêtre qui donne sur la terrasse latérale.

— Eh bien, dit Georgy, surprise et intriguée. Des Ray-Ban ? Mais pourquoi, elle a un problème ?

— Elle pleurait, répond Evan, qui semble à cran. À cause de nouveaux ennuis du côté de sa mère. Son cher amant ne veut pas d'Angharad dans leur petit nid douillet et il y a eu une engueulade. Ma fille aime sa mère, mais j'ai bien peur qu'elle lui préfère Hywel ; Angharad est toujours passée après son frère. Elle sait que je lui garde une place auprès de moi, quoi qu'il arrive, mais la maison est en vente et il nous faut chercher tous les deux quelque chose de plus petit. Elle le prend un peu mal, ma pauvre Angharad, qui a perdu sa mère et sa maison en l'espace de quelques semaines.

Georgy reste silencieuse. Il n'y a aucune place dans ses plans pour cette fille, envers qui elle éprouve aussitôt une certaine hostilité. Elle ne blâme pas la femme d'Evan et son petit ami de ne pas vouloir d'Angharad dans leur nouvelle vie, et elle ne voit pas pourquoi elle-même devrait s'en encombrer.

— Ne faut-il pas s'attendre à ce qu'elle ait bientôt envie d'avoir son propre chez-soi ? dit-elle d'un ton dégagé. Les filles aiment être indépendantes. Est-ce qu'elle a un petit copain ?

Evan secoue la tête, en sifflant entre ses dents.

— Non, elle n'est pas comme ça, pas Angharad.

— Toutes les filles sont comme ça. Ne fais pas l'idiot.

— Elle est très timide. Très casanière. Et elle cuisine à merveille. Ça va être un plaisir de l'avoir auprès de moi.

— Et que va-t-on faire… plus tard ?

— Plus tard ?

Evan la regarde, perplexe, avant de laisser échapper un petit rire.

— Ah… plus tard ? On s'en occupera le moment venu. Il ne sert à rien de brûler les étapes.

— Peut-être, répond Georgy, mais je ne vois pas trop comment elle va s'intégrer dans nos plans. Nous n'avions pas parlé d'elle, jusqu'ici, si je me souviens bien.

— Rien de tout ceci n'avait encore éclaté, fait observer Evan non sans raison. Mais elle est ma fille, après tout. Elle est sous ma responsabilité.

— Dommage que ta femme n'en pense pas de même, marmonne Georgy.

Evan lui lance un long regard, calmement.

— Elle est mon enfant. Je l'aime.

Georgy en est réduite au silence, mais son impatience s'accroît encore, et elle décide d'aller voir Clarissa, qu'elle a l'intention d'embêter un peu. Evan la contemple pensivement. Voilà encore un délicat virage bien négocié, mais il reste sur le fil du rasoir.

Clarissa refuse de mordre à l'appât que lui tend Georgy. Elle se sent la femme élue et cela la conforte. Elle ne peut pas perdre. C'est elle qui choisira. Paresseusement assise devant le feu, elle songe à l'avenir, tout en bricolant un bout de tricot. Elle sait que, lorsque le moment viendra, il lui paraîtra presque impossible de se résoudre à prendre une décision aussi capitale. Néanmoins, elle ne peut s'empêcher de ressasser toutes les options avec un certain plaisir. C'est un énorme soulagement de savoir que, même si Thomas découvrait la vérité, elle ne se retrouverait pas toute seule au monde – cependant, la perspective de devoir quitter le manoir la remplit de tristesse. C'est de cette maison dont elle est tombée amoureuse, c'est elle qu'elle a épousée, et elle ne peut supporter l'idée de la perdre. D'un autre côté, il y a Evan... Si seulement elle pouvait avoir la maison *et* Evan, sans parler du bébé d'Evan, son panier serait bien garni, jusqu'à ras bord. Elle se rappelle les paroles de Georgy à propos de Thomas, qui ne pourrait survivre très longtemps à un accident grave, et se demande si c'est vrai.

Elle sourit à Georgy lorsque celle-ci entre nonchalamment dans la pièce, pour venir se pelotonner dans le fauteuil qui lui fait face. Georgy la contemple, en s'interrogeant : est-il possible qu'Evan la trompe avec Clarissa ? Que faire, alors ? Si Clarissa décidait de s'en aller avec Evan avant la naissance du bébé ou le retour de Thomas, elle n'aurait plus aucun rôle à jouer ici. Son intuition lui dit que Clarissa cache quelque chose et elle décide de l'inciter à parler d'Evan, juste au cas où.

— Comment vas-tu, attaque-t-elle, se carrant bien confortablement entre les bras du large fauteuil. Et comment va Gengis ?

— J'aimerais que tu ne l'appelles pas comme ça, s'il te plaît, répond Clarissa, légèrement déstabilisée. Et puis, de toute façon, les tantes affirment que c'est une fille.

— OK, dit Georgy avec un haussement d'épaules. C'est juste parce que tu n'arrêtes pas de raconter que c'est un vrai cogneur – ou une vraie cogneuse. De quoi as-tu envie ? D'un garçon ou d'une fille ?

Clarissa hésite. Elle se voit d'abord comme le jalon féminin d'une longue dynastie ; elle serait la mère de beaux et grands enfants mâles. Les Mortimer n'étaient-ils pas une puissante famille ? Des guerriers, les seigneurs des Marches du royaume d'Angleterre ? Mais elle est partagée : elle aimerait aussi une petite fille, qu'elle pourrait habiller de jolies robes à volants et qui deviendrait une grande copine, plus tard. Elles iraient faire les boutiques ensemble et sa merveilleuse fille lui confierait tous ses secrets, même les plus intimes, et elle ramènerait à la maison de charmants jeunes hommes avec qui Clarissa flirterait. « Oh, honnêtement ? lui diraient-ils. Vous ne pouvez pas être la *mère* de Charlotte (ou de Sarah, ou de Sophie) ! Incroyable. On dirait plutôt deux sœurs… »

— Tu n'arrives pas à te décider, hein ? lance Georgy d'un ton enjoué, brisant sa délicieuse rêverie.

— Ce serait amusant d'avoir une fille, répond Clarissa évasivement. Elle serait comme une amie pour moi, au contraire d'un garçon, je pense. C'est plaisant, une fille, non ? On pourrait être très proches.

— Comme toi et ta maman ? persifle Clarissa, l'air de rien.

Elle sait bien que Clarissa et sa mère s'entendaient comme chien et chat.

Clarissa prend un air contrarié et Georgy sourit largement, à l'abri du coussin qu'elle serre contre elle.

— Moi, je préférerais un garçon, dit-elle. À tous les coups. Il ferait venir à la maison ses copains d'école. Des beaux mecs tout frais. Et puis, les garçons sont beaucoup moins compliqués. Regarde-moi ce pauvre Evan, qui est dans tous ses états à cause de sa satanée fille.

— Evan ?

Clarissa se redresse, abandonnant son tricot.

— Qu'y a-t-il avec sa fille ? Il ne m'a rien dit.

Notant son inflexion aiguë, Georgy se retient de lui répondre : « Et pourquoi l'aurait-il fait ? » Elle hausse les sourcils.

— Oh, mais tu ne l'as pas vue ? demande-t-elle, surprise. Elle est toujours en train de geindre à propos de quelque chose. Une affreuse petite créature, si tu veux mon avis. Tu sais que la femme d'Evan l'a quitté, n'est-ce pas ? Eh bien, apparemment, son nouvel ami ne veut pas de cette petite « Angoissante », ou quelque chose comme ça, qui sème tellement la pagaille qu'elle est bien obligée d'aller vivre avec son papa. Heureusement qu'Evan est un père aussi dévoué, n'est-ce pas ? Encore qu'il ne semble pas l'être autant vis-à-vis de *ton* enfant...

Clarissa est trop inquiète au sujet d'Angharad pour relever ce sarcasme.

— Oh, la pauvre petite ! Comme ce doit être blessant ! Mais sa mère a son mot à dire, non ?

— Sa mère ne veut pas non plus d'elle. Personnellement, je peux imaginer ce qu'elle ressent. Il serait vraiment trop embarrassant d'avoir comme témoin de ses ébats une fille de vingt ans et quelque. En particulier si c'est la fille du mari dont on ne veut plus, la petite fille à son papa adoré. Imagine l'ambiance. Brrr !

Georgy frissonne avec beaucoup de talent et lance un regard de défi à Clarissa :

— Ne me dis pas que ça ne te ferait rien, à toi !

— Mais je ne m'en fais absolument pas à propos de Megan ! s'écrie Clarissa. Pourquoi le devrais-je ? Thomas est son père, après tout. Il aurait été trop cruel de refuser de la prendre à la maison après le décès de sa mère. Je trouve que ç'aurait été une honte.

Georgy reste un moment coite. Elle avait complètement oublié Megan.

— C'est différent, pour toi, dit-elle en reprenant le dessus. Pour commencer, Megan est en pension la plupart du temps ; ensuite, elle était ici chez elle bien avant que tu ne le sois. Pas tout à fait la même chose, non ?

— Je suppose que tu as raison, répond lentement Clarissa. Mais ça ne m'empêche pas de me désoler pour cette fille. Il me semble qu'Evan m'avait présenté son fils comme le favori de sa mère. Bien sûr, il est plus grand, lui. Ça fait longtemps qu'il ne vit plus à la maison. Pauvre… comment dis-tu, déjà ?

Georgy hausse les épaules.

— Je n'arrive pas à le prononcer. Un de ces prénoms gallois extravagants. Mais tu ne l'as donc jamais vue ?

— Non, dit Clarissa, presque indignée, blessée qu'Evan l'ait tenue à l'écart de sa fille. Je demanderai à Evan de me la présenter, la prochaine fois qu'il l'amènera.

— Oh, il ne le fera pas, coupe Georgy. C'est une petite fleur timide. Elle n'osera pas te regarder en face, elle va s'enfuir et se réfugier dans sa voiture si elle t'entend approcher. Elle vient se jeter dans les bras de son père à la moindre alarme. Pathétique, vraiment.

— Voilà ce que donne le manque d'amour, répond Clarissa d'un ton pompeux. Pauvre enfant…

— Mais Evan, lui, l'adore. Il m'a dit qu'il la faisait passer avant tout le reste. « Si tu veux m'aimer, tu dois aimer ma fille. » La femme avec qui il se remariera, s'il se remarie, devra accepter sa petite Galloise.

Clarissa paraît réfléchir, le regard plongé dans les flammes. Elle essaie de faire coller l'idée de cette fille avec son rêve de vie de couple.

— Elle ne va plus à l'école, alors ?

— Je ne sais pas. Elle conduit. Elle a une petite voiture. J'imagine que c'est son cher papa qui la lui a offerte.

Clarissa sourit à sa meilleure meilleure amie.

— Tu n'as pas à te contrarier à son propos. J'ai le sentiment que cette fille ne sera jamais un problème pour *toi*.

Il y a une certaine suffisance dans le ton de sa voix, une légère emphase sur le mot *toi* qui fait grincer Georgy des dents. Elle reste à court de réponse.

— Une fille, reprend Clarissa avec assurance, en se renfonçant dans son fauteuil pour se remettre à tricoter, chose plus facile depuis que le bébé est moins turbulent. Voilà, c'est décidé, j'adorerais avoir une petite fille.

XVII

Les travaux d'aménagement des nouveaux appartements de Thomas ne sont que trop vite achevés. Evan n'a plus la moindre occasion de venir au manoir. Il lui est difficile, étant donné que deux jeunes femmes y vivent, de passer simplement en tant qu'ami, ou même comme parent, cela n'a jamais été dans leurs habitudes. Il semble donc qu'Evan doive se montrer plus distant. Il manque à chacune des quatre femmes, mais pas de la même façon. N'ayant plus le prétexte de rendre visite à Thomas, Georgy essaie d'imaginer de bonnes raisons d'aller en ville et insiste auprès des tantes pour que la voiture soit également assurée à son nom. Elle souligne que ce serait judicieux, notamment en cas d'urgence, et qu'elle pourrait emmener Clarissa en balade. Mais on lui met des bâtons dans les roues (« Le temps est beaucoup trop froid pour sortir en voiture ! »), ou bien on fait preuve d'une certaine procrastination (« Ah, vraiment, il faudrait qu'on s'en occupe. Demain, peut-être… »). Et rien n'avance.

Clarissa a pu passer plusieurs moments en privé avec Evan avant qu'il n'ait fini son travail, moments intimes et tendres. Cela lui a permis de se relaxer.

Elle attend sereinement. Evan lui manque, mais Clarissa sait que s'il manque aussi à Georgy, celle-ci n'est cependant pas en mesure d'aller le voir, étant donné l'attitude des tantes au sujet de la voiture. Evan a laissé entendre que Georgy était devenue un peu gênante, qu'elle le harcelait, etc., si bien que Clarissa se sent à nouveau submergée d'amour pour lui. Elle est ravie de constater que le charme de Georgy n'opère plus. Pauvre Georgy, on dirait qu'elle ne sait vraiment pas y faire, avec les hommes ! Elle n'a tout simplement pas ce qu'il faut. Clarissa soupire d'aise, réfléchissant toujours à la manière dont elle pourrait avoir à la fois Evan, le bébé et la maison, tout ça en un seul et même lot. Il y aurait ici largement assez de place pour accueillir Megan et Angharad – un si joli nom ! – et tout le monde pourrait mettre la main à la pâte, d'autant plus que dans un an ou deux, Megan entrera pour de bon au couvent. Devinant que Georgy a informé Evan de ce qu'elle pensait de sa fille, Clarissa a pris soin de lui assurer qu'avec *elle*, si jamais ils vivaient ensemble, il y aurait toujours une place pour Angharad, dont elle a découvert qu'elle suivait une formation pour devenir infirmière. Elle est maintenant interne, mais elle aime rentrer à la maison quand elle n'est pas de garde, et lorsque sa formation sera terminée, elle aura besoin d'un toit. Evan est profondément touché par l'attitude altruiste de Clarissa et l'embrasse avec gratitude. Clarissa se sent gonflée de générosité et dégouline de tendresse – tout spécialement pour cette pauvre vieille Georgy.

Evan manque aussi aux tantes. C'était amusant d'avoir sur place un parent qui comprenait leurs petites manies et était prêt à les aider à atteindre leur but. Elles se sont persuadées qu'il y avait chez lui beaucoup de leur chère maman et elles espèrent qu'il aura fait passer ses gènes à l'enfant de Clarissa. Elles n'ont pour le moment toujours aucune idée de la direction dans laquelle la Déesse les entraîne, mais elles ont l'intention de faire le maximum pour Elle, lors de la célébration du solstice d'hiver. Elles s'amusent de voir avec quelle facilité le christianisme s'est approprié cette antique fête païenne ; en même temps, cela sert leurs objectifs. Elles se demandent si Clarissa peut avoir la moindre idée de cette survivance de l'antique fête hivernale du feu que constitue la tradition galloise de la bûche de Noël (un authentique rondin à placer dans l'âtre le soir de Noël). Clarissa insiste pour qu'on aille le chercher dans les bois, afin qu'il soit prêt.

Même Georgy se sent apaisée par ces préparatifs, surtout quand on fait appel à Evan pour aider à rentrer bûches et sapins, ainsi que pour d'autres tâches pénibles, et quelques sauts en ville contribuent à dissiper son ennui, malgré la présence des tantes à ses côtés.

C'est durant ces jours tranquilles, au moment où toute la maisonnée est occupée à cuisiner, nettoyer et préparer l'arrivée de Thomas, que les tantes prennent conscience d'une présence nouvelle. Pas un fantôme cette fois, une présence réelle, de chair et de sang, une présence puissante dont la proximité les remplit d'espoir et de joie. Elles l'ont déjà sentie une ou deux fois ces derniers mois, mais jusqu'alors ce n'était qu'une sensation fugitive : un faible bruit de pas, une profonde inspiration, le petit mouvement d'une jupe qui disparaît au coin d'un couloir. Désormais, elles voient son ombre au bout de l'allée, sur les pelouses ou entre les murs de la maison elle-même, et leur cœur bat plus vite, sous l'effet d'un plaisir anticipé. Leur attente paraît cette fois toucher à sa fin. Mais le dénouement promet d'être beaucoup plus spectaculaire qu'aucune d'elles ne pourrait l'imaginer.

Le bouleversement longtemps anticipé se produit enfin, à la longue. Thomas rentre à la maison. Les tantes insistent pour aller le chercher plutôt que de le faire transporter en ambulance par les services hospitaliers ; elles n'acceptent pas de transiger là-dessus. Finalement, l'hôpital estimant avoir déjà fait le maximum pour Thomas, il est remis à sa famille sans autre forme de procès. Seule l'infirmière en chef continue à apporter son aide et son soutien ; elle donne des instructions minutieuses pour le confort et le bien-être du convalescent. Thomas a progressé aussi bien qu'on l'espérait, mais il n'est pas envisageable de lui consacrer plus d'argent ou de temps, il faut qu'il rentre chez lui. Les tantes expliquent que la pauvre Clarissa ne va pas bien, qu'elle est exténuée, sous-entendant que c'est en partie dû à ses visites à l'hôpital et à tout le souci qu'elle s'est fait pour son mari. Ce que croient assez volontiers à la fois Thomas et l'infirmière. Mais la nervosité est palpable au moment où l'on aide Thomas à descendre de la voiture pour prendre place dans son fauteuil roulant, que l'on pousse vers la maison.

Dès l'instant où Clarissa le voit, elle réalise que tous ses beaux espoirs, tous ses beaux rêves n'étaient que des châteaux en Espagne. Elle a vécu dans une bulle, hors du temps. Elle se rend compte qu'il sera impossible de le duper. Elle perçoit quelle force il a en lui, même cloué dans un fauteuil roulant. La douleur et la frustration ont fait leur travail ; il est beaucoup plus mince et pourtant une énergie nouvelle semble émaner de lui ; sa mâchoire est forte, sa bouche serrée avec détermination en une ligne mince comme une feuille d'ardoise, ses yeux... C'est dans ses yeux que Clarissa voit le plus grand changement. Leur gris semble scintiller, briller, telle une mer froide frappée par une vive lumière. Elle a l'impression que ce regard féroce lui transperce le crâne, fouillant ses secrets, détectant ses mensonges, sondant ses faiblesses. Après une première étreinte maladroite, lorsqu'elle recule pour le contempler, elle se sent terrifiée. Comment ont-elles pu imaginer un seul instant le mystifier ?

La sentant paniquer, les tantes s'efforcent de la protéger. Elles aussi s'aperçoivent que Thomas a changé, ou plutôt que cette tragédie a renforcé d'autres aspects de son caractère, et elles se réjouissent qu'on ait décidé de maintenir Georgy hors de sa vue pour le moment, jusqu'à ce qu'il ait eu le temps de s'installer. En regardant Thomas, Clarissa se souvient de leurs rires lorsqu'elles se sont essayées à rembourrer les vêtements de Georgy pour la faire paraître enceinte. Elle a l'impression que cet épisode appartient à une autre vie, qu'il est déjà vieux de plusieurs années. Elle déglutit nerveusement en répondant aux questions de Thomas – des questions tout à fait inoffensives, c'est sa culpabilité qui leur prête ces reflets sinistres –, puis elle lui montre ses nouveaux quartiers. Pendant des mois, c'est comme si la maison lui avait appartenu, elle se sentait le droit de prévoir ce qu'elle en ferait. Elle voit maintenant combien ses espoirs étaient futiles. Tout infirme qu'il est, Thomas rentre chez lui, tel un seigneur reprenant possession de son fief. Sa place est ici.

— Tu as pris du poids, lui dit-il en l'étudiant. Tu ne t'es pas beaucoup languie de moi, apparemment.

— Oh, mais si, vraiment, gémit-elle, rouge d'embarras et de frayeur. Bien sûr que tu m'as manqué. C'est juste que… j'ai été un peu malade.

Elle jette un regard désespéré aux tantes, qui saisissent la perche.

— Tout le souci qu'elle se faisait pour toi l'a épuisée, dit Olwen d'un ton enjoué, alors nous l'avons forcée à se reposer.

— Trop de sablé, dit Thomas, qui a décidé de se montrer gai et content de rentrer, même si la perspective de rester confiné dans deux pièces (vastes pièces, certes) le déprime terriblement. Bon, nous allons bientôt changer tout ça, continue-t-il. Attends de m'avoir trimballé partout à travers la propriété en fauteuil roulant. Tu vas devenir mince comme un fil.

Tout le monde rit – un peu trop vite et un peu trop vivement – à sa petite plaisanterie, mais Clarissa ne s'y trompe pas. Elle avait oublié le vrai Thomas, en chair et en os, son véritable mari, le propriétaire de la maison. Dans ses projets d'avenir, il n'apparaissait que comme un personnage de carton-pâte, une poupée qu'elle imaginait pouvoir manipuler selon ses désirs et ceux des autres conspiratrices. Avec quelle facilité elle était prête à les écouter lorsqu'elles lui promettaient que tout irait bien ! Comme il allait être facile de le duper !

Aujourd'hui, elle se retrouve seule, impuissante, et elle a peur.

Thomas a appris à être aussi autonome que possible et il parvient à accomplir un grand nombre de gestes sans aucune aide. Face à lui, Clarissa se sent nerveuse, intimidée, alors même que ses longues visites à l'hôpital l'ont précisément renseignée sur la gravité de ses séquelles. Quand il apprend qu'elle a l'intention de dormir à l'étage, il est visiblement déçu. Clarissa ne sait pas ce qu'il peut bien avoir en tête : après tout, il n'a jamais été particulièrement porté sur la chose, et maintenant qu'il ne peut plus… Elle rechigne à imaginer ce qu'il attend d'elle. Une fois de plus, les tantes viennent à son secours.

— Elle souffre d'une petite infection, murmure tante Gwyneth. Elle ne voudrait pas te la transmettre… Tout sera bientôt rentré dans l'ordre. En attendant, elle a besoin de beaucoup de sommeil.

Cela implique que Clarissa ne fasse que temporairement chambre à part, et Thomas, bien qu'évidemment contrarié, ne conteste pas. Il est trop heureux d'être de retour à la maison pour gâcher ce premier soir. Mais il est évident qu'il a l'intention d'être maître chez lui.

Les tantes le surveillent de près. Elles-mêmes se sentent moins confiantes en leur capacité à réussir l'énorme coup prévu. Le Thomas d'après l'accident, désespéré, replié sur lui-même, a totalement disparu. Son séjour dans cette clinique londonienne lui a donné un nouvel élan et il est déterminé à se battre. Les tantes en viennent à se demander comment elles vont bien pouvoir mettre en œuvre leurs plans, sachant que Clarissa n'est qu'un maillon faible. Sans oublier les ambitions de

Georgy. Cependant, elles ne montrent pas leur anxiété et Thomas ne perçoit rien de ce qui se cache sous les apparences.

Clarissa se retire assez tôt, laissant Thomas à la garde de ses tantes. Elle va voir Georgy, qui a emporté un plateau pour dîner ; elle est montée dans sa chambre. Oubliant toutes leurs différences, toutes leurs jalousies mesquines, Clarissa éclate en sanglots devant sa meilleure meilleure amie. Elle raconte l'évolution de Thomas à une Georgy surprise et fascinée, et lui fait part de ses craintes pour l'avenir. Mais Georgy reste calme, elle intègre tout cela, s'y ajustant rapidement. Elle tente de calmer Clarissa, ne voulant pas trop en dire tant qu'elle n'a pu prendre elle-même la température. Le nouveau Thomas, féroce et dominateur, l'intéresse. Il ne ressemble pas du tout à cet homme mûr plutôt terne, assez « chou », que Clarissa lui avait précédemment décrit. Elle a envie d'être seule pour pouvoir méditer tout cela. Elle compatit chaleureusement, s'efforce de consoler Clarissa et, pour finir, elle l'expédie au lit.

Seule dans sa chambre, effrayée, ne se sentant pas bien, Clarissa revit son cauchemar. Elle se rappelle le poids atroce de cette terreur contre laquelle elle ne pouvait lutter, la panique d'être poursuivie. Peut-être était-ce Thomas, cette ombre qui l'attendait, qui l'a épiée et qui l'a menacée ? À la pensée qu'il puisse découvrir la vérité, elle tremble et se met à pleurer. Il n'y a plus aucun espoir. Elle a oublié qu'elle pouvait encore se réfugier dans les bras d'Evan ; une fois parti, son influence sur elle a décliné. Maintenant que Thomas est de retour, elle se sent impuissante, sans force, incapable de penser ou d'agir de façon autonome. Elle ne peut que gémir. Enfin, elle s'endort, épuisée, et une fois de plus elle se met à rêver. Ce soir, les images sont moins précises, mais tout aussi effrayantes. Elle est perdue, elle court le long d'interminables corridors, poursuivie par des chimères sans nom. Quand elle se réveille, elle a mal au dos et ressent d'étranges douleurs dans le ventre. Elle se tourne et se retourne, transpirant de peur. La sensation du bébé qui tentait de s'échapper de son utérus, prêt à la déchirer et la tuer, lui revient ; alors, tout à coup, elle se souvient de son pressentiment. Une nouvelle terreur s'empare d'elle. Elle a un élancement de douleur, plus fort encore, et elle se met à crier.

C'est Georgy qui vient, cette fois. Devant la gravité de la situation, elle court chercher les tantes. Rien ne peut soulager Clarissa, semble-t-il. Elle est entrée en travail bien avant le terme, mais le bébé ne naîtra pas. Les tantes n'arrivent pas à la calmer, leurs potions ne la soulagent pas et, tandis qu'elles la supplient de se taire, Clarissa se souvient de ce qu'elles lui ont dit : elle ne pourra bénéficier d'aucune assistance médicale, sous peine de trahir son secret. Elle commence alors à hurler pour de bon, convaincue qu'elle va mourir. Elle se fiche que l'on découvre ou non l'existence du bébé. Ses cris finissent par réveiller Thomas lui-même et, au bout du compte, sur son insistance, on appelle le médecin.

Quand l'aube point, le silence est retombé sur la maison. Clarissa, sous sédatifs, dort dans son grand lit. Le bébé a enfin été expulsé de son ventre, puis enveloppé dans un linge et emporté. Il est mort, apparemment depuis plusieurs semaines, sans que l'on sache clairement pourquoi. Le médecin – le vieux camarade de Thomas – s'est laissé confondre par les deux vieilles dames ; elles ont réussi à le convaincre qu'elles ne s'étaient rendu compte ni l'une ni l'autre de la grossesse de Clarissa. Il est trop fatigué, trop secoué, trop préoccupé par ce qu'il est sur le point d'annoncer à Thomas pour faire le tri dans leurs déclarations. Après tout, les Mortimer ont toujours été une drôle d'engeance, une race à part. Il ne lui vient pas à l'idée de comparer l'âge du fœtus, ou sa taille, avec la date de l'accident de Thomas. Il se contente de présumer que l'enfant est de lui. Pauvre Thomas, qui en plus a une épouse sujette aux fausses couches ! Il n'est peut-être pas en état d'entendre une aussi triste nouvelle. Le médecin explique avec douceur que l'enfant est mort dans l'utérus, il y a quelque temps déjà ; mais depuis quand, ça, il ne saurait le dire avec certitude. Au moins, affirme-t-il, rassurant, Clarissa va s'en remettre. Il sait qu'il ne peut consoler Thomas par la perspective d'avoir un autre enfant.

Il n'y a aucune raison pour Thomas de ne pas croire qu'il est le père de l'enfant. Ce bébé-là non plus n'a pas survécu, voilà tout. Cela ne fait pas un très joli cadeau de bienvenue, mais au moins ce rebondissement détourne-t-il de ses propres frustrations Thomas, désormais avant tout préoccupé par le rétablissement de Clarissa. On peut maintenant lui présenter Georgy comme une simple amie de Clarissa, invitée pour Noël. Quant à Evan, à qui l'on apprend la nouvelle par un coup de fil, il entreprend de consolider ses propres plans.

À la veille du solstice d'hiver, un minuscule cercueil, soigneusement lesté de pierres, est enterré dans le petit cimetière sur la colline. Beaucoup plus tard, le corps du bébé est inhumé auprès de ses ancêtres, dans le boisé. Il fait un temps glacial, c'est une nuit sans lune, les pierres levées sont d'une blancheur fantomatique. Une étincelante couche de givre enveloppe les branches. Le sol crisse et craque sous les pieds des silhouettes encapuchonnées qui s'inclinent devant la dalle de granit, sur laquelle est posée une petite boîte destinée à rejoindre la terre sombre et froide. Les lampes vacillent, créant des ombres étranges qui dansent dans la lumière jaune.

Pour celle qui observe, cachée entre les arbres, c'est comme si l'esprit de l'enfant s'était déjà éparpillé dans le boisé. Accueilli par ses ancêtres, il représente une force supplémentaire, une présence menaçante de plus, une puissance nouvelle, vitale. Mais un peu plus loin, au-delà du boisé, elle détecte bien autre chose. Une puissance très différente, une force opposée, faite de lumière et de pureté, une force qui une fois déjà les a presque défaits. Elle en appelle alors à toute son énergie pour repousser cette présence indésirable, implorant de l'aide. L'air glacé résonne de voix surnaturelles, les esprits resserrent leur cercle autour d'elle et un frisson mortel, se levant comme une brume, s'enroule autour des menhirs et entre dans le boisé.

Elle incline la tête, couvrant son visage avant l'apparition de la Déesse, et quand elle ose enfin regarder, la boîte a disparu.

XVIII

Depuis plusieurs semaines, Clarissa est malade ; une sorte de petite dépression, après toute cette souffrance, toute cette horreur. Heureusement, elle garde le lit, rideaux tirés, dégoûtée de manger et refusant la compagnie, car elle ne ressent aucun regret pour le bébé et ne pourrait faire semblant de le pleurer. Même maintenant, elle a l'impression qu'il y a eu un combat entre l'enfant et elle. Seul l'un d'eux devait s'en sortir. Parfois elle a pu se convaincre qu'elle portait un bébé normal, mais elle se dit que c'était une illusion et se sent soulagée d'être débarrassée de l'incube qui habitait son ventre.

Le jour de l'enterrement, elle est trop malade pour suivre le cortège. Cette nuit-là, elle se réveille à nouveau d'un affreux cauchemar, dans lequel elle rêve qu'elle est emprisonnée sous terre, au-dessous des menhirs. Elle a la bouche pleine de sable et de boue, elle sent un poids écrasant broyer ses os ; elle gémit et se débat si fort que Megan s'en inquiète et vient voir, comme elle l'avait déjà fait. Elle prend Clarissa dans ses bras.

Clarissa se sent envahie par un flux apaisant. Il lui vient assez vaguement l'idée que c'est Megan

– ou plutôt la foi de Megan – qui a tué le bébé. Elle se rappelle comment, ce terrible soir, la croix d'argent de la jeune fille s'est trouvée vivement pressée contre son ventre. L'agitation du bébé s'est alors lentement évanouie et, ensuite, il n'a plus bougé. En voyant les yeux calmes de Megan plongés dans les siens, elle ressent une profonde gratitude. Grâce à elle, tout cela est fini.

— J'étais possédée par un démon, dit-elle d'une voix somnolente.

— Chut, souffle Megan.

— Il tremblait de rage à l'intérieur de mon corps, poursuit Clarissa, qui se redresse un peu, prise d'une soudaine envie de s'exprimer. Il cherchait qui il allait dévorer ! ajoute-t-elle, avec des inflexions bibliques.

Megan reste silencieuse, songeant au boisé et aux menhirs. Elle sait que les forces du mal sont déjà bien assez présentes comme cela sans qu'on ait besoin de les convoquer en leur prêtant une apparence fantaisiste. Elle sent le sang de ses ancêtres battre dans ses veines ; elle a maintenant compris le motif de l'apparition du Chevalier, sans toutefois réaliser qu'Evan était le père du bébé.

— Tu n'as rien à craindre, dit-elle calmement.

Elle devine la présence du Petit qui plane tout près d'elle et fait le vœu que quelqu'un puisse veiller sur la maison lorsqu'elle entrera au couvent. En attendant que Clarissa retombe dans le sommeil, elle fixe la veilleuse à l'éclat vacillant. Au bout de quelques instants, une vision du boisé s'offre à elle : dans la petite flamme blanche, elle voit les silhouettes encapuchonnées se déplacer autour de l'autel et, peu à peu, elle prend conscience de la présence d'un troisième personnage, qui cherche délibérément à bloquer sa vision. Les deux forces antagonistes se dressent l'une contre l'autre, comme elles l'ont fait le soir du songe de Clarissa, mais cette fois c'est Megan qui cède devant les puissances alliées contre elle. Elle fait un effort de concentration car la scène commence à s'estomper. Bientôt, ce qu'elle fixe n'est plus que la flamme dansante d'une simple veilleuse posée près du lit de Clarissa.

Son inexpérience et son innocence ne peuvent rivaliser avec une telle force. Anxieuse, déconcertée, Megan recouche doucement Clarissa, avant de baisser la tête en une prière silencieuse.

Les tantes se réjouissent de l'excuse que leur fournit la maladie de Clarissa ; les jours filent ainsi sans questions ni récriminations. Sachant qu'à la moindre pression Clarissa s'effondrerait très rapidement, elles continuent à se montrer évasives vis-à-vis de Thomas, jusqu'à ce que le danger soit passé. En ce qui les concerne, elles ont du mal à comprendre pourquoi l'enfant est mort. Les voies de la Déesse sont vraiment étranges. Elles s'efforcent de trouver une explication aux événements de l'année écoulée.

— Mais que fait donc Georgy ici ? s'interroge tante Olwen. Sa présence n'est plus nécessaire. Il semble même désormais qu'elle ne l'a jamais été. Alors pourquoi donc nous l'a-t-on envoyée ?

— Il pourrait s'agir d'une coïncidence, suggère tante Gwyneth. Nous pourrions avoir mal compris Ses plans. Tout de même, fallait-il que l'enfant meure... ?

Elles restent silencieuses, ruminant leurs pensées. Rien ne paraît faire sens. Thomas paralysé.

Clarissa sans enfant. D'où sortira le nouveau gardien du manoir ? Mais simultanément, elles ont pris conscience qu'il y avait quelque part, à portée de main, une présence nouvelle, essentielle. Leurs regards se croisent, interrogateurs, prudents. Elles déambulent calmement dans la maison, sur le qui-vive, en position d'attente. Elles répondent aux demandes de Thomas, apportent leur soutien à Clarissa, reconduisent Megan en pension. Elles font leur travail, mais en gardant l'oreille tendue, l'œil en alerte, guettant avec avidité une confirmation de l'atmosphère nouvelle qui s'infiltre dans la maison.

Si Clarissa se remet lentement, elle reste déprimée. Elle refuse de se laisser consoler ou réconforter. Evan n'envoie aucun signe ; Clarissa, en plein découragement, ne fait aucun effort pour communiquer avec lui. Lors des rares excursions de sa femme au rez-de-chaussée, Thomas constate que c'est à lui de faire l'effort de lui remonter le moral, ce qui est légèrement irritant en la circonstance. Georgy s'empresse de lui montrer sa solidarité. Elle passe beaucoup de temps avec lui pendant que les tantes sont occupées, et il trouve sa compagnie à la fois stimulante et apaisante. Elle comprend parfaitement ce qu'il ressent, et en témoigne avec franchise et discrétion, ce qui s'accorde bien à l'humeur de Thomas. Même si son accident l'a endurci, il est contrarié d'être délogé par Clarissa de sa position d'invalide.

— Rentrer chez soi pour se retrouver face à ça, ce n'est vraiment pas de chance, compatit Georgy alors qu'ils déjeunent ensemble.

Clarissa prend son repas au lit et les tantes sont allées en ville faire des courses. Georgy n'a pas tenté de les accompagner pour aller voir Evan ; elle a d'autres chats à fouetter.

— Oh, je peux le supporter, se contente de dire Thomas.

Quand il est avec Georgy, ses vieux travers ont tendance à refaire surface et il commence à s'apitoyer sur lui-même. Pas question pour lui d'être déloyal envers son épouse, toutefois.

— Pauvre Clarissa ! Quelle saloperie, ce qui lui est arrivé ! Surtout maintenant que...

Il hésite. Il n'est pas encore en termes assez familiers avec Georgy pour évoquer son impuissance. Georgy baisse les yeux avec tact et murmure poliment, indiquant qu'elle est consciente du problème.

— Clarissa est d'une nature plutôt tendue, dit-elle pensivement. Tous ces cauchemars, etc. Et Megan l'a bien effrayée, avec ses histoires de fantômes.

Georgy laisse échapper un rire léger, le rire de quelqu'un qui ne croit pas en ces sornettes :

— Quelles bêtises !

— Une maison aussi ancienne que celle-ci, avec son passé, est sujette à certaines résonances, explique Thomas d'un ton neutre, et certaines personnes y sont plus sensibles que d'autres...

— Oh, exactement ! dit aussitôt Georgy, soucieuse de ne pas paraître peu charitable. C'est absolument vrai. On est tout à fait fondé à l'être, ici. Cette maison a un formidable passé. Rien à voir avec ces histoires de petits fantômes en drap blanc, n'est-ce pas ? Quel fantastique héritage ! Je vous envie, vraiment.

Thomas la regarde, impressionné par cette attitude compréhensive, raisonnable, de bon goût.

— Tant de légendes nous ont été transmises, dit-il en déposant son couteau et sa fourchette côte à côte dans son assiette. Tant d'histoires que Megan a entendues dès sa plus tendre enfance. Sans doute s'imaginait-elle que cela intéresserait Clarissa.

— Oh, mais ce n'est pas la faute de Megan, répond Georgy – et elle fait une pause, se demandant jusqu'où elle peut aller. Megan, reprend-elle, a un vrai sens de l'Histoire. Elle ne fait pas de cauchemars.

— Bien sûr, puisque c'est sa maison, reconnaît Thomas, tout en souriant à Georgy, qui le débarrasse de son assiette avant de tirer à sa portée le chariot à pouding.

Elle est assez intelligente pour ne jamais trop s'affairer autour de lui ni lui dénier toute autonomie.

— Elle y est habituée. Ainsi que mes tantes. Ce doit être plus difficile lorsque c'est nouveau pour vous. Même moi, j'ai mes petites superstitions.

— N'en avons-nous pas tous ? demande Georgy. Laissez-moi vous aider à attraper la crème.

— J'ai cru comprendre que vous aviez rencontré Clarissa sur les bancs de l'école, dit Thomas en piochant dans sa tarte aux pommes.

— Je la connais depuis toujours, répond Georgy. Elle a été si adorable avec moi après mon... Enfin, vous savez.

— Eh bien, hésite Thomas. Je ne sais pas trop, non... Mais je ne voudrais vraiment pas être indiscret.

— Merci, dit Georgy en lui lançant un regard plein de gratitude – elle n'a pas encore tout à fait décidé ce qu'elle pourrait bien lui raconter et ne tient pas à ce que Clarissa mette les pieds dans le plat plus tard. Vous êtes si gentil. Et je vous suis tellement reconnaissante de me permettre de séjourner ici, dans cette merveilleuse demeure. Il y règne une atmosphère si apaisante... Je me demandais si nous ne pourrions pas aller faire une promenade après le déjeuner ? Il fait assez doux et vous me feriez visiter les lieux. Clarissa n'est pas très portée sur les grands espaces ; je suis à peine sortie de la maison.

— J'en serai ravi, répond Thomas, à qui la vie en plein air manque terriblement. Si ça ne vous embête pas d'avoir à pousser le fauteuil.

— Allons, ne dites pas de bêtises, dit Georgy en riant. Ça va être amusant. Voulez-vous que je fasse du café ?

Clarissa est postée à sa fenêtre.

Elle décide qu'elle se sent assez bien pour descendre et il lui vient une idée noble, exaltante : elle veut passer un moment auprès de Thomas. Le pauvre chéri doit tellement s'ennuyer. Elle se sent plus en confiance, sachant que la question du bébé ne sera pas abordée. Les tantes le lui ont assuré. Dans la confusion, Thomas a admis que l'enfant était le sien, et malgré sa déception, bien naturelle, il n'y a plus à revenir là-dessus. Si elles ont été surprises que Clarissa ait tranquillement accepté ce drame, elles n'en ont pas fait mention. Quant à Thomas, avec ce qui s'est passé pour cette pauvre Claerwen, il a déjà eu l'expérience d'un tel coup du sort. La vie doit reprendre son cours là où il s'est arrêté, même si rien ne pourra jamais être tout à fait comme avant.

Clarissa est plutôt choquée de se rendre compte que près d'un mois a passé. Elle a été malade, mais elle a commencé à se sentir plus forte et à se demander quoi faire d'elle-même. Repoussant son plateau, elle se lève du lit et prend la résolution de consacrer son temps à Thomas. Il lui est presque impossible de songer à Evan. Ici, dans cette maison, il lui semble si loin, si irréel. Quoi qu'il en soit, il n'a fait aucune tentative pour communiquer avec elle, ne lui a pas même griffonné une ligne ou envoyé quelques fleurs lorsqu'elle a perdu le bébé. Des larmes d'auto-apitoiement mouillent ses yeux. Après tout, c'était aussi son enfant...

Se ressaisissant, elle se rend compte qu'il pourrait être fort délicat pour Evan de chercher à reprendre contact avec elle, maintenant que Thomas est de retour. Les tantes auraient pu servir d'intermédiaires, mais elle soupçonne qu'à la vue du vrai Thomas, en chair et en os, leurs rêves se sont effondrés comme les siens. Elles ont vécu toutes les quatre dans un monde virtuel. Elle s'habille lentement, errant entre la penderie et la commode.

C'est à ce moment-là, alors qu'elle fait une pause pour regarder par la fenêtre, qu'elle aperçoit Thomas dans son fauteuil roulant, sur la pelouse, poussé par Georgy. Ils avancent à petits pas ; l'herbe est de toute évidence mouillée, ils ont du mal à progresser. Georgy se courbe sous l'effort, mais elle rit, et Thomas, la tête renversée en arrière, arbore une expression de gaieté rayonnante. On dirait presque qu'ils sont en train de s'embrasser...

Pendant une fraction de seconde, elle se sent bêtement prête à tambouriner au carreau et à crier : « Non, mais qu'est-ce que vous faites ? Ça suffit comme ça ! » Son bon sens lui revient et elle recule, les regardant disparaître hors de sa vue, l'esprit confus, troublé. On peut raisonnablement imaginer que Thomas et Georgy ont dû souvent se retrouver ensemble ces dernières semaines, par la force des choses. Naturellement, ils sont devenus amis. Et pourquoi pas ?

Revenant au centre de la pièce, Clarissa trouve nombre de raisons de s'y opposer. Elle a certes compris qu'elle n'aimait pas vraiment Thomas, mais il est quand même son mari, pas celui de Georgy. Ce n'est pas qu'elle ait très envie d'aller jouer les nurses dehors, l'hiver, en plein après-midi, par ce froid, mais elle n'aime pas voir un esprit de joyeuse camaraderie se développer entre Thomas et sa meilleure meilleure amie. Cette scène avait l'air si familiale... On pourrait croire que Georgy a toujours vécu ici, qu'elle dispose d'autant de droits ou de privilèges qu'elle-même, Clarissa, épouse légitime et châtelaine des lieux. Georgy aura songé à son propre avenir et décidé de prendre les devants. Clarissa enfile son cardigan d'un air boudeur, espérant que les tantes seront là pour la réconforter et lui remonter le moral. Quoique, maintenant qu'elle y pense, elles ne sont plus aux petits soins pour elle ; rien à voir avec la période où elle portait ce bébé. Elles l'ont soignée à merveille, aucun doute là-dessus – gentilles, patientes, soucieuses de son bien-être –, mais l'attention particulière qu'elles lui portaient, comme si elle était leur fille chérie, bien-aimée, a disparu ces derniers temps.

Clarissa attache pensivement ses chaussures. Peut-être est-ce tout simplement parce qu'avec le retour de Thomas à la maison, elles n'en ont plus tout à fait le loisir ? Les chères vieilles doivent être débordées. Elle songe avec nostalgie à leurs joyeux moments au salon : café et sablé, thé et petites gourmandises, délicieux cocktails avant le dîner... Se redressant, debout bien droite, elle lisse ses cheveux en arrière et tente de se ressaisir. Il lui faut se remettre dans le circuit et les choses reprendront sans doute leur cours, comme avant... Alors qu'elle essaie de s'en convaincre, elle entend la voiture tourner au coin de l'allée et son cœur fait un bond. Voilà les tantes qui rentrent juste à temps pour le thé. Elle se dépêche de descendre pour les accueillir.

Le thé se déroule dans la bonne humeur, mais pas comme Clarissa s'en souvenait. Pour commencer, elle a la surprise de constater que Thomas n'est pas cantonné à ses deux pièces. Il a soigneusement étudié le rez-de-chaussée et il a tout de suite vu quels autres aménagements étaient possibles. Il ne comprend pas pourquoi personne n'y a pensé. Les tantes s'efforcent de donner le change en avançant une foule de raisons pratiques, qui lui paraissent des balivernes. Lorsque Clarissa ose un commentaire sur les travaux, dont elle se dit ravie, il secoue la tête avec dégoût.

— Votre artisan, là, il devrait consulter ! J'aurais bien aimé lui dire deux mots, d'ailleurs, mais tante Gwyneth m'a appris qu'il avait déménagé.

— Effectivement, confirme tante Olwen d'un ton égal en versant le thé.

Elle envoie un coup d'œil d'avertissement à Clarissa qui la regarde, les yeux écarquillés, perdue. Imperceptiblement, tante Olwen hoche la tête, les lèvres pincées.

— Il est allé s'installer à Malvern, dit-elle avec un parfait mélange d'irritation et de résignation.

Apparemment, sa fille a trouvé un emploi d'infirmière de ce côté-là et ils ont emménagé ensemble. La mère est partie avec un autre homme ou quelque chose comme ça. Une triste histoire, vraiment.

— Eh bien, il n'a pas fait preuve de beaucoup d'imagination, explique Thomas, en acceptant du thé. Il a bien réalisé ce qui avait été décidé, ça, je dois le dire, mais il aurait pu en faire beaucoup, beaucoup plus.

— Il nous a jeté tout un tas de raisons techniques à la figure. N'est-ce pas, les filles ? lance gaiement tante Olwen. Ces règles, ces interdictions, à propos de l'entrée, qui est classée et Dieu sait quoi... Il avait de bonnes recommandations, pourtant.

— Oh, ce qu'il a fait n'est pas trop mal fait, concède généreusement Thomas, mais je ne tiens pas dans ces deux pièces.

— Ça non, mon cher enfant, reconnaît tante Olwen avec un large sourire.

L'air morne, Clarissa soulève sa tasse en se demandant si un essaim d'ancêtres ne risque pas de surgir. Ils doivent être ravis d'avoir retrouvé l'héritier de la dynastie. Elle se surprend à regretter l'absence de Megan. Malgré ses airs étranges, quelque chose chez elle lui donne un sentiment de sécurité. En buvant son thé, elle se rend compte qu'elle n'est plus l'objet de toutes les attentions : Thomas l'a remplacée. Assis dans le canapé, son fauteuil rangé hors de la vue, avec Georgy à ses côtés et les tantes qui font le service, il a l'air d'un roi entouré de ses courtisans. Clarissa éprouve soudain un poignant sentiment d'abandon – et de crainte. Georgy lui décoche un sourire, mais Clarissa lit sur son visage une sorte de triomphe, et son cœur se serre encore plus. Elle se sent abandonnée.

Les tantes la regardent, les yeux brillants. Elles savent. Elles ont reçu un message qui leur a désigné une toute nouvelle perspective. Doucement, elles doivent avancer doucement. Mais elles se sentent excitées, impatientes d'ouvrir la voie, de progresser avec soin et d'aller jusqu'au bout. Georgy se penche pour remplir la tasse de Thomas et il lui adresse un sourire presque complice. Clarissa, au bord des larmes, se mord la lèvre de colère, et les tantes échangent un bref regard. Il y a encore beaucoup à faire.

XIX

Conquérir le cœur de Thomas est beaucoup plus difficile que Georgy ne l'imaginait. Il peut bien avoir été pris au dépourvu une fois, après la mort de Claerwen, envoûté par la gaieté légère de Clarissa, mais il n'est pas près d'être trompé à nouveau. Il est certes très agréable d'avoir auprès de soi une jeune femme – et les bonnes manières exigent de sa part une réponse chevaleresque –, mais il ne se fera pas avoir une seconde fois. Son petit flirt avec la mort a renforcé chez lui le besoin d'être à la maison, avec les siens. Il est plus sensible à l'atmosphère du manoir et il se remémore les légendes qui entourent les chênaies et les bosquets, toujours liées au destin de sa famille. Confiné, avec autant de temps à sa disposition, il a souvent d'étranges pensées, des désirs indécis.

Il est triste que Megan doive entrer au couvent cet été, mais il a promis, et elle est inébranlable dans sa vocation. Sachant que Claerwen l'aurait voulu ainsi, il se sent encore plus enclin qu'auparavant à honorer les traditions familiales. Néanmoins, il regrette le départ des siens. Il se sent plus proche de ses tantes que jamais, mais il est conscient qu'elles ne vivront pas éternellement. À son grand désarroi, Clarissa se comporte envers lui comme une étrangère et il ne peut pas comprendre pourquoi elle ne semble aucunement bouleversée par la mort du bébé. Sa naissance les aurait sûrement rapprochés ? Il aurait pu voir grandir son enfant, qui aurait été une consolation après la perte de Megan, et serait devenu l'héritier du manoir, son successeur. À qui la maison va-t-elle passer quand lui-même mourra ?

Quant à Georgy, il apprécie sa compagnie, elle le fait rire, mais il n'y a rien de plus que cela. Il sent Clarissa hostile à l'amitié qui a grandi entre Georgy et lui, mais il a tendance à ne pas prendre ses bouderies au sérieux. Maintenant qu'elle va mieux, elle se rendra compte d'elle-même qu'il a simplement joué son rôle d'hôte pour cette invitée spéciale. Elle est après tout la meilleure amie de sa femme… Et il ne soupçonne pas non plus Georgy de vouloir causer le moindre trouble. Il est peut-être plus coriace, plus porté à l'introspection, mais en ce qui concerne la gent féminine, son attitude reste assez simpliste.

Georgy, cependant, n'a pas l'intention d'abandonner. La bataille est plus difficile qu'elle l'espérait, mais elle est certaine de progresser. Elle a écarté toute pensée d'Evan pour le moment. Il est clair que sa fille importe davantage pour lui que Clarissa ou elle-même ; par conséquent, il ne vaut pas la peine de se soucier de lui, surtout maintenant que Georgy dispose de Thomas, là, devant elle. Bien qu'il existe des inconvénients évidents à être mariée à un infirme, ils seraient compensés par d'autres considérations. La maison reste le principal attrait. Georgy s'est laissé étourdir par la réponse de Thomas à ses avances. Elle est convaincue que si Clarissa était hors de son chemin, il se tournerait vers elle comme compagne. La perspective de ne jamais avoir d'enfants ne la dérange pas, elle n'est pas du tout maternelle, mais elle a soif du statut que la position d'épouse de Thomas lui conférerait. Comme Clarissa avant elle, elle s'imagine remplir la maison d'amis, s'exhiber à son avantage, savourer l'admiration et l'envie. Quelle idiote sa meilleure meilleure amie a été de risquer de perdre tout cela pour une simple aventure avec Evan ! Convaincue que Thomas s'attache progressivement à elle, elle décide d'aller travailler un peu Clarissa.

— Alors, comment te sens-tu ? lui demande-t-elle avec sollicitude en la rejoignant dans le salon, entre le thé et le dîner. Il fait frisquet, non ?

Elle attise le feu et ajoute une bûche ou deux. À nouveau, Clarissa se sent irritée, comme quelqu'un dont la position est usurpée, et elle s'arme de courage pour dire à Georgy son fait.

— Je suppose que tu as eu l'occasion de songer un peu à l'avenir pendant que j'étais malade, commence-t-elle joyeusement. C'était bon de t'avoir ici, mais je parie que tu meurs d'impatience de retrouver ta propre vie. Vas-tu retourner en Amérique ?

C'est maintenant que Georgy se rend compte de sa bêtise. Elle a été trop confiante, trop téméraire. Elle pourrait bien avoir tout gâché. Elle aurait dû être plus prudente vis-à-vis des sentiments de Clarissa, au lieu d'augmenter sa frustration en la faisant marcher à la moindre occasion. Elle aurait dû rester dans les bonnes grâces de Clarissa jusqu'à ce qu'elle soit absolument sûre de Thomas, et ensuite lui asséner le coup suprême. Au point où on en est, sa position n'est plus assez solide pour risquer un nouvel affrontement. Elle réfléchit à toute allure.

— Je pourrais, oui, dit-elle nonchalamment. Je n'ai pas encore entièrement décidé. Naturellement, je voulais te savoir de nouveau sur pied avant de disparaître. Tous nos plans ont bien sûr changé, mais je ne savais pas si tu avais encore besoin de moi ou non. Je ne voudrais pas te laisser dans le pétrin.

Clarissa est légèrement prise à contre-pied par cette approche. Georgy semble indifférente à l'idée de savoir si elle va rester ou non, pas du tout comme si elle avait des visées sur Thomas. Et puis elle vient de lui donner le sentiment d'être une ingrate. Après tout, Georgy était prête à entrer dans le mensonge au sujet du bébé juste pour éviter un mauvais pas à sa meilleure amie. Elle a été, se dit Clarissa avec un sentiment de culpabilité, admirable.

— Je me rends bien compte que c'est assez différent, poursuit Georgy, maintenant que Thomas est de retour et que tu vas mieux. Je suppose que tu ne veux plus m'avoir dans tes jambes. C'est parfaitement compréhensible, mais laisse-moi au moins le loisir de m'organiser. Je me suis un peu coupée de tout pendant que j'étais ici. J'ignorais combien de temps encore on aurait besoin de moi dans cette maison.

— Pour l'amour du ciel ! s'écrie Clarissa, qui se sent absolument minable. Rien ne presse. Honnêtement. Je pensais juste que tu devais en avoir assez de ne rien faire, à part pousser Thomas dans son fauteuil roulant.

— Eh bien, je me sens assez désolée pour ce pauvre vieux (dans sa bouche, on dirait que Thomas a cent ans), et c'était bien le moins que je puisse faire. Essayer de l'égayer un peu. Bien sûr, je ne sais pas à quoi il ressemblait avant son accident, mais je m'attendais à un homme plus jeune d'apparence. Il fait beaucoup plus que son âge, non ? A-t-il toujours été comme ça ?

Clarissa hésite, prise de court. Elle essaie de se rappeler à quoi Thomas ressemblait avant. Mais fait-il vraiment si âgé ? Elle se sent vaguement sur la défensive.

— Je ne sais pas trop, dit Clarissa, tout en se rendant compte à quel point ses paroles sont stupides. Je n'ai jamais vraiment remarqué.

Georgy hausse les sourcils.

— Comme c'est chou... Ça doit être ça, l'amour. Il est vraiment aimable, ne te méprends pas sur mes paroles, mais il ressemble plus à un père qu'à un mari. Toutes ces rides sur son visage... Bien sûr, c'est sans doute à cause de la douleur et tout ça. Et ses cheveux grisonnants ! Quel âge a-t-il ?

— Bientôt quarante-trois ans, répond Clarissa en se raidissant. En fait, il est plus jeune qu'Evan.

— On ne le dirait pas ! s'étonne Georgy. Il paraît beaucoup plus âgé, non ? Bien sûr, les gens au teint plus clair vieillissent mieux. Regarde-toi, ma vieille, tu as de la chance, tu parais beaucoup plus jeune que moi.

— Tu dis des bêtises, bredouille Clarissa, complètement confuse mais flattée. Bien sûr que non...

— Oh, je peux vivre avec ça ! dit Georgy d'un ton enjoué. J'ai l'habitude, je suis la fille quelconque. Mais il faut que je te le dise, je comprends bien que tu aies eu ce petit moment de passion avec Evan. Il est plutôt bel homme, non ? Quel dommage qu'il ait déménagé ! Tout ça à cause de sa sinistre fille, avec son nom bizarre, là... Une honte. Tu aurais pu te payer un peu de bon temps à l'occasion.

— Franchement, dit Clarissa, oubliant qu'elle-même a eu cette idée. Comme si je voulais...

— Et pourquoi pas ? Tu as bien le droit à un peu de plaisir. Tu ne peux pas t'enterrer ici pour le restant de ta vie avec un infirme et deux vieilles filles.

— *Tccchhh*, murmure Clarissa, en regardant vers la porte avec un petit rire nerveux. Franchement, Georgy. Tu es terrible, parfois.

— Non, pas du tout ! réplique Georgy, indignée. Je pense à toi, c'est tout. On s'est bien amusées, non ? Quelques belles rigolades. Mais que vas-tu faire quand je serai partie ?

Clarissa tente de se rappeler comment c'était avant que Georgy ne débarque. Bien sûr, elle bénéficiait d'un traitement de faveur, en tant que nouvelle épouse, puis comme femme enceinte, mais qu'en sera-t-il désormais ? Les soirées seront à nouveau longues et ternes, aucun ami ne passera dire bonjour, elle n'aura plus la moindre chance d'avoir un bébé... La déprime commence à lui tomber dessus et ses larmes menacent de couler.

En la regardant, Georgy se dit que Clarissa n'aura jamais assez d'énergie pour prendre des décisions, pour contrôler sa propre vie. Son impatience grandit, mais elle la refrène. Clarissa ne prendra jamais de plein gré son envol. Pourquoi le devrait-elle, d'ailleurs ? L'ennui est préférable à bien d'autres vocations – travailler, par exemple – et Clarissa a toujours été paresseuse. Georgy hausse mentalement les épaules. Si Clarissa ne décolle pas de son propre gré, alors il faut l'aider. Elle décide de faire une nouvelle tentative.

— As-tu pensé à essayer de recontacter Evan ?

Choquée, Clarissa la regarde avec surprise.

— Mais comment ça ? Il ne m'a jamais donné aucun signe. Pas une seule fois. Rien du tout. On aurait pu s'attendre à ce qu'il m'envoie un petit mot après… par la suite. N'est-ce pas ce que tu aurais fait ?

Georgy ne semble pas disposée à débattre de cette intéressante question.

— Eh bien, ç'aurait été un peu difficile, avec Thomas de retour. Et tout ça devait être un peu blessant pour lui, tu ne crois pas ?

— Ah bon ?

Clarissa a l'air abrutie.

— Pourquoi ?

Georgy inspire profondément par le nez et sourit à sa meilleure amie.

— Eh bien, on avait prévu de passer l'enfant d'Evan à Thomas sans même lui demander la permission… Ça le mettait plutôt en rogne, si tu veux savoir. Il avait probablement le cœur brisé de savoir que c'est… Enfin, tu vois.

Clarissa fait des yeux ronds.

— Je n'avais jamais pensé à ça, articule-t-elle lentement.

— Et puis sa femme qui part avec cet homme, poursuit Georgy sans pitié. Il n'a d'ailleurs fait aucun effort pour la retenir. Sais-tu ce que je pense ?

— Non, dit Clarissa comme on pouvait s'y attendre. Quoi ?

— Je pense, dit Georgy d'un ton grave, qu'il espérait que tu laisserais tomber Thomas et que tu partirais avec lui.

Clarissa en reste coite. Elle se souvient soudain de s'être trouvée sur ce même siège, dans les bras d'Evan ; il lui disait qu'elle pourrait choisir entre

Thomas et lui-même. Elle se rappelle combien elle l'aimait à ce moment-là, et la façon dont il l'avait comparée à sa femme, qui l'avait rejeté elle aussi une fois tombée enceinte...

Georgy l'observe attentivement, en essayant de deviner ses pensées, soupçonnant un secret.

— Oh, se lamente Clarissa. Oh, là, là... Mais qu'est-ce que je dois faire, alors ?

Georgy sourit pour elle-même. Les choses s'annoncent mieux.

— Tu pourrais tenter d'entrer en contact avec lui, dit-elle nonchalamment. Essaye les renseignements téléphoniques. Peut-être les tantes savent-elles. Il pourrait avoir laissé une adresse de réexpédition. Je pense qu'il est parti dans un accès de dépit. Tu t'es servie de lui - enfin, comme nous toutes, d'une manière ou d'une autre. Dès qu'il a eu fini son travail ici, Thomas est arrivé et on l'a complètement oublié.

Clarissa est horrifiée. Ses sentiments pour Evan reviennent au galop. Elle se rappelle combien il était tendre... Mais procéder à un tel revirement... A-t-elle vraiment envie de tout plaquer pour un homme divorcé qui a très peu d'argent et vit avec une adulte, sa fille bien-aimée ?

La voyant vaciller, Georgy intervient.

— Songes-y, dit-elle rapidement, résolue à lui rappeler le nom d'Evan à la moindre occasion, tout en se demandant ce qui s'est passé entre eux, à la fin. Bon, que dirais-tu de boire un verre ?

— Oui, bien sûr, répond Clarissa mécaniquement. Pourquoi pas ? Oh, on devrait aller voir si Thomas n'a pas envie de quelque chose, lui aussi.

Georgy a un petit sourire. Elle note que Clarissa n'insiste pas particulièrement pour aller elle-même offrir de l'aide à Thomas jusqu'au salon. Alors qu'au début de leur conversation, elle avait des inflexions beaucoup plus possessives. Comme d'habitude, Georgy a réussi à déstabiliser son amie et elle est ravie du résultat. Elle a regagné le terrain perdu que sa négligence lui avait coûté. Néanmoins, elle n'a aucune intention de faire deux fois la même erreur.

— Comme tu veux, dit-elle d'un ton léger, en faisant cliqueter le plateau à boissons. J'y vais, si tu préfères. Ou je peux préparer les *drinks*.

— Oh, vas-y, dit Clarissa, choisissant l'option la moins pénible. Je suis encore un peu fatiguée et il y a tant de marches à négocier. Je commence à préparer les boissons.

— OK, chantonne Georgy. Peu importe. Ce ne devrait pas être long.

Clarissa sort les verres, ignorant le Débauché qui se prélasse près d'elle. Il a toujours aimé la compagnie des jolies femmes et paraît inexplicablement attiré par Clarissa. Tante Olwen, qui surgit pour vérifier comment ça se passe, le fusille du regard, mais il est aussi impénitent dans l'au-delà qu'il l'a été durant sa vie et il se contente de se décaler un peu vers la cheminée.

— Ça va mieux ? demande tante Olwen, qui a écouté toute la conversation derrière la porte. Oui ? Bien.

Ses yeux sont brillants et froids. Clarissa éprouve une sensation étrange, se sentant jaugée.

— Mieux, marmonne-t-elle, en pleine confusion après ce que lui a dit Georgy, ne sachant ce qu'elle veut et comment l'obtenir.

— Laisse-moi m'en charger, dit tante Olwen, en prenant la bouteille de gin des doigts sans force de Clarissa. Tu as encore besoin de te reposer.

Assieds-toi près du feu, je vais t'apporter une boisson délicieuse. Tu aimerais ? Tu veux ? Tu es une bonne fille.

Des mots familiers, réconfortants, pourtant il y a quelque chose qui manque. Inquiète, Clarissa se retire et s'assoit sur le canapé. Elle entend approcher le fauteuil roulant de Thomas. Quand Georgy et lui surgissent, elle les observe avec attention, mais voit maintenant que ses craintes étaient tout à fait imaginaires. Georgy avance le fauteuil pour que Thomas puisse se glisser seul sur le canapé, à côté de sa femme. Il est clair qu'il n'y a rien d'autre entre eux qu'une sorte de camaraderie. Clarissa s'en rend compte : ses émotions lui ont joué des tours. Elle souhaiterait désormais presque, au contraire, qu'il y ait eu quelque chose entre Georgy et Thomas, pour qu'elle puisse se sentir un peu moins coupable de ses rapports avec Evan. En regardant Thomas, il lui paraît effectivement vieux. Son expression, même au repos, est fixe et sinistre ; du gris apparaît sur ses tempes. Elle se dit que cela lui donne un air distingué, mais elle se surprend alors à songer à Evan, à ses longues jambes et à ses lumineux cheveux blonds.

Plutôt déconfite, elle adresse un rapide sourire à Thomas, attirant l'attention de Georgy. Sa meilleure amie lève son verre et lui envoie un minuscule clin d'œil d'encouragement. Soulagée, Clarissa hoche la tête en réponse. Que ferait-elle si Georgy s'en allait ? Impossible. Il faut la supplier de rester un peu plus longtemps et compter sur son bon caractère et sur sa générosité pour l'aider à se sortir de ce nouveau dilemme terrible.

XX

Les tantes, tout en observant avec intérêt la relation entre Georgy et Thomas, notant aussi le mécontentement croissant de Clarissa, sont de plus en plus conscientes de la présence d'une nouvelle invitée. Elle est encore là ce matin, debout, à l'extrémité de l'allée, à moitié cachée sous les chênes, camouflée par les ombres. Elle contemple la maison avec un mélange d'impatience et d'envie. Une ardente ambition émane de sa silhouette immobile, tendue, concentrée. La camionnette du laitier surgit sur le chemin en brinquebalant ; elle se détourne vite pour se fondre dans l'obscurité des bois.

Gwyneth et Olwen l'ont vue toutes les deux. Sa troublante présence a alerté les deux vieilles femmes, les protectrices actuelles de la maison. De leurs chambres au premier étage, debout derrière les fenêtres à meneaux, se dissimulant de peur d'être vues, elles l'observent. Leurs pensées sont tendues vers elle, comme des sondes invisibles ; elles analysent, elles questionnent. Elles la voient disparaître parmi les arbres et sourient doucement pour elles-mêmes.

Clarissa ne la voit pas du tout. Elle ne distingue que l'ombre rafraîchissante, la lumière du soleil à travers les branches nues, les ombres mouvantes dans l'allée. Toutes ses pensées sont tournées vers elle-même. Son visage garde une expression fixe et triste ; elle croise les bras sous sa poitrine, les coudes dans les paumes.

— C'est injuste, marmonne-t-elle. C'est tout simplement injuste.

On entend la note claire et régulière d'un carillon, apportée à travers champs par la brise jusque dans les vallons. C'est l'heure de la tierce au couvent sur la colline. Gwyneth et Olwen ont un mouvement inquiet, fronçant les sourcils à cet appel à la prière noble et pur, tandis que Clarissa soupire, se détournant de la fenêtre. Il est maintenant trop tard pour reparler à Thomas de l'obsession de Megan. Pâques est passé et elle va très vite entrer au couvent comme postulante, pendant qu'elle-même sera laissée à son sort dans cette antique maison, à des kilomètres de toute civilisation, avec pour seule compagnie un invalide et deux vieilles filles.

— C'est injuste ! gémit encore Clarissa.

Olwen et Gwyneth, qui se sont arrêtées devant la porte de sa chambre pour écouter, échangent un hochement de tête d'un air entendu en reconnaissant la note de frustration dans sa voix.

Elles ne font désormais plus aucun effort pour l'aider ou la réconforter. Clarissa doit repartir de son plein gré. Il faut qu'elle ait vraiment l'envie de s'en aller et pas la moindre intention de revenir. Elles sont prêtes à patienter jusqu'à ce que Clarissa n'ait plus qu'un seul désir : fuir d'ici. Lentement, très lentement, elles lui ont retiré leur affection, de sorte qu'elle se sente isolée. Néanmoins, ça ne suffira pas à la faire bouger. Ses tentatives pour retrouver Evan ont été pathétiques. Elle ne connaît pas son adresse et ne peut donc retrouver sa trace par téléphone. Quant à son bureau, il est fermé, et son appartement est vide. Même Georgy, qui aimerait que Clarissa s'en aille, ne voit pas comment elle pourrait le localiser. Elle lui a suggéré d'aller faire un tour à Malvern, au cas où elle aurait la chance de tomber par hasard sur lui en ville, mais c'est un trop grand effort pour Clarissa. Et puis, que penserait-il d'elle, s'il la voyait lancée sur sa piste de façon aussi éhontée ? Elle a sa fierté.

« Plus pour très longtemps », se dit Georgy, l'air sombre, en la surveillant d'un œil froid. Elle commence à penser qu'il va lui falloir recourir à son arme suprême. Elle espérait éviter ça, mais il est clair que Clarissa ne lui laissera pas d'alternative. Son opinion s'est renforcée après une conversation avec Thomas.

— Je m'attends à ce que vous nous quittiez bientôt, lui dit-il gaiement un matin, au petit-déjeuner. N'aviez-vous pas évoqué la nécessité de vous rendre quelque part, juste après Pâques ?

Georgy s'en souvient très bien, trop bien même. Elle avait dit cela dans l'espoir de provoquer chez Thomas une réaction. Eh bien, la voilà. C'est Clarissa qui vient prendre sa défense. Jusqu'à ce qu'elle ait arrêté sa décision – c'est-à-dire, avec elle, jusqu'à ce que quelqu'un d'autre l'ait fait pour elle et l'ait mise à exécution –, elle a besoin d'avoir Georgy sous la main.

— Oh, tu ne vas quand même pas nous quitter si tôt ! s'empresse-t-elle de protester. Le printemps et le début de l'été sont tellement merveilleux, ici. Avec les petits agneaux qui naissent, et tout ça... Elle doit rester, non ?

Clarissa regarde autour de la table, guettant l'approbation de ses tantes, toutes disposées à accepter. Elles sentent que Georgy est sur le point de faire le sale boulot à leur place. Thomas, à qui la question paraît un peu égale, sourit poliment. Si Georgy peut remettre à plus tard ses engagements, et si sa femme souhaite qu'elle reste, pourquoi discuter ? Georgy est déçue de la tiédeur de sa réaction. Si elle arrivait à faire disparaître Clarissa, qui se tourne de plus en plus vers lui depuis la subtile défection des tantes, elle pourrait se rendre indispensable à Thomas.

— Je dois admettre que j'ai été particulièrement gâtée, ici, dit-elle en détachant ses mots, sachant que pour décrocher le cœur de Thomas, il faut faire l'éloge de sa maison et de ses terres. Il me sera très difficile de retrouver quelque chose qui soit à la hauteur.

Thomas lui sourit chaudement et sa détermination se renforce. Sur le coup, elle décide alors de ne plus attendre davantage. Elle va abattre sa carte maîtresse, en mettant tout son avenir en jeu.

— Qui serait partant pour une promenade ? demande-t-elle avec entrain, repoussant sa chaise.

Elle sait que Clarissa préfère rester dans la maison à s'empiffrer tant qu'il ne fait pas encore assez chaud, comme en ce matin d'avril, avec ce temps venteux et instable. En revanche, Thomas adore prendre l'air, dès que l'occasion se présente.

— Ça me plairait beaucoup, répond-il. Qu'en dis-tu, ma chérie ?

« Chérie » ! Serrant les dents, Georgy essaie de lancer un regard encourageant à Clarissa. Muette, les mains crispées, le sourire fixe, elle prie pour que son amie refuse. Un tout petit silence s'installe. Les tantes observent Georgy de leurs yeux gris, l'air de jauger la situation, les sens en éveil, et c'est comme si un courant d'air froid venait troubler l'atmosphère chaleureuse de la pièce.

— Eh bien... hésite Clarissa.

Elle n'a aucune envie de frissonner dans le vent, mais il lui semble malvenu de refuser devant tout le monde.

— J'espérais, intervient tante Olwen d'une voix douce, pouvoir compter sur l'aide de Clarissa, ce matin. Il y a une telle pile de repassage à faire et personne ne réussit cela aussi bien qu'elle. Mais je ne voudrais pas vous gâcher le plaisir.

— Je dois faire ce repassage, bien sûr, s'empresse d'accepter Clarissa, ravie de pouvoir esquiver.

Elle aime le va-et-vient apaisant du fer, l'odeur du linge chaud, le crissement des draps pliés. La buanderie est confortable, avec son grand sèche-linge qui prend un mur entier, et il y a une petite radio portable pour se distraire tout en travaillant.

— Ça ne te dérange pas, chéri ? ajoute-t-elle.

— Je comprends que cette tâche soit prioritaire, concède Thomas, pas affligé le moins du monde. Donc, alors... ?

Et il lance un regard interrogateur à Georgy, qui hausse les épaules avec humour.

— Vous allez devoir vous contenter de moi, j'en ai bien peur, lui dit-elle.

— Habillez-vous chaudement, conseille tante Gwyneth. Le vent est frisquet. Ne vous laissez pas tromper par ce soleil.

Georgy fait une pause à la « folie », une petite structure en bois avec un drôle de toit soutenu par trois pans de mur, dont l'intérieur est garni d'une longue banquette. Ouverte d'un côté, plein sud, elle se trouve sur un monticule herbeux qui surplombe le lac. Georgy pousse la chaise roulante à l'intérieur, la fait pivoter pour que Thomas puisse profiter de la vue, et se met à traficoter dans le sac qui oscille à la poignée du fauteuil.

— Du café, dit Thomas en humant voluptueusement. Voilà une fille intelligente ! Les tantes ont raison, il ne fait pas trop chaud. Surtout quand on ne peut bouger.

— Pauvre Thomas, répond Georgy d'une voix légère. Un sale coup du sort, vraiment. Tenez, réchauffez-vous les mains là-dessus.

— Servi dans de la porcelaine tendre, en plus ! s'émerveille Thomas en admirant la tasse. Pas un truc en plastique.

— Uniquement ce qu'il y a meilleur, dit Georgy sur le même ton enjoué. Et quelle vue !

Thomas est silencieux, immobile. Il embrasse ses terres du regard. Son expression devient distante et morne. Assis sur le banc, très légèrement en retrait du fauteuil, Georgy l'observe de profil. Elle attend d'être certaine que ses pensées sont bien sombres, bien amères, puis elle prend la parole :

— Je voulais vous dire quelque chose avant de quitter cet endroit, commence-t-elle tranquillement. Pardonnez-moi de le mentionner, ça ne se fait sans doute pas, n'est-ce pas, c'est affreux de ma part... Mais je trouve que vous êtes absolument fantastique. La façon dont vous avez pris les malheurs qui vous ont frappé, c'est époustouflant. Je suis remplie d'admiration pour vous et je pense que Clarissa est l'épouse la plus chanceuse au monde. Vu la manière dont elle s'est comportée...

Elle fait une pause, comme si elle était à court de mots, en regardant Thomas du coin de l'œil. Elle voit une crispation sur son visage, il hausse à la fois le menton et les sourcils, perplexe.

— « Vu la manière dont elle s'est comportée » ? articule-t-il.

— Je sais, elle est ma plus vieille amie, continue très vite Georgy, avec une sorte d'indignation fébrile, mais il fallait tout simplement que je le dise. J'ai honte pour elle. Quand je pense à tout ce que vous lui avez donné, et à tout ce que vous traversez... Je me sens parfois prise d'une rage muette. Aucun homme n'aurait pu se montrer plus généreux. Surtout...

Elle s'arrête de nouveau, reniflant comme si elle était au bord des larmes, et touche brièvement l'épaule raide de Thomas.

— Désolée. Il fallait que ça sorte. Je sais que ce n'est pas à moi de dire ça et je vais probablement vous inspirer une certaine répugnance, désormais. Je sais aussi que j'ai l'air déloyale, mais je ne pouvais plus me retenir, c'est trop, d'une certaine façon. Pardonnez-moi. Je suppose que vous voulez rentrer, maintenant ?

Il y a un long, un très long silence. Georgy a une étrange sensation, comme si on la surveillait, et elle se tortille pour scruter les alentours, priant que Clarissa n'ait pas changé d'avis et ne les ait pas suivis. Les pelouses sont désertes. Quand son regard se pose à nouveau sur Thomas, elle a un choc. Ses yeux gris sont froids, sa bouche sinistre. Il semble tout à fait changé. Elle a un moment de peur.

— Que voulez-vous dire ? lui demande-t-il. « Vu la manière dont elle s'est comportée » ?

Georgy déglutit, croisant les doigts sous ses cuisses, et elle envoie valser toute prudence.

— Eh bien, vous savez ! À propos du bébé, dit-elle avec une sorte d'impatience. Vous tromper alors que vous étiez cloué sur un lit d'hôpital... Honnêtement. Comment a-t-elle pu ? C'est d'une déloyauté impitoyable. Et puis, prétendre que ce bébé était le vôtre ! Quand elle me l'a dit, je n'arrivais pas à y croire. Elle avait complètement perdu la tête au moment où je suis arrivée. C'est d'ailleurs pour cette raison qu'elle m'a appelée. J'ai tout laissé tomber, bien sûr. Mon nouveau travail en Amérique. Mon nouveau copain. (Elle hausse les épaules.) Mais c'est sans importance. Les amis servent à ça, n'est-ce pas ? Je ne suis pas surprise qu'elle ait perdu l'enfant. Lorsqu'elle a appris que vous deviez rentrer plus tôt que prévu, elle est devenue folle de panique.

Thomas la regarde fixement. Elle a le cœur battant. Elle est terrifiée. Quelque chose en lui fait vraiment très peur. Elle avale nerveusement sa salive.

— Et si elle n'avait pas perdu le bébé ? interroge-t-il doucement.

— Écoutez, dit Georgy en se tordant les mains, je ne sais pas si je dois vous dire tout cela. Vous promettez que vous n'allez pas me laisser tomber ?

Il hoche la tête sans sourire. Elle s'empresse d'ajouter :

— Eh bien, nous devions faire passer ce bébé pour le mien.

Avec beaucoup de prudence, disculpant les tantes de toute connaissance des faits et de toute responsabilité – elle va avoir besoin d'elles –, Georgy passe la corde au cou de Clarissa. Thomas reste de marbre ; il ne dit rien avant qu'elle n'ait fini.

— Je vois, finit-il par lâcher quand Georgy commence à trébucher sur les mots et qu'elle s'arrête. Ramenez-moi à la maison, je vous prie, dit-il alors en lui rendant sa tasse.

— Oh, s'il vous plaît ! gémit Georgy.

Elle est prête à fondre en larmes, bien réelles cette fois. Que va-t-elle faire si Thomas trahit son indiscrétion ? Elle se sent effrayée, excitée et très émue, tout cela en même temps.

— Je viens de faire quelque chose de terrible, n'est-ce pas ? Je pensais que vous étiez au courant. Clarissa a accepté de vous dire la vérité quand elle a perdu l'enfant et elle a décidé de rester avec vous, malgré tout... Oh, mon Dieu ! Que faire ? Et j'ai participé à cette tromperie...

— Vous avez agi par amitié, concède Thomas d'une voix calme. Vous pouvez compter sur moi, je vous le promets.

— Mais, comment... ? Enfin, qu'allez-vous lui dire ?

L'anxiété de Georgy n'est pas feinte. Elle veut vraiment savoir comment Thomas va faire pour confronter sa femme à la vérité, sans pour autant mettre la meilleure meilleure amie de Clarissa dans une situation très embarrassante.

— Je dirai que le médecin a eu des doutes, explique Thomas d'un ton détaché. Je vais lui présenter ses soupçons et voir ce qu'elle répond.

Georgy le regarde avec une admiration silencieuse. La fourberie de Thomas vaut presque la sienne ; elle se dit qu'il va lui falloir être très prudente, à l'avenir.

— Mais pourquoi maintenant ? demande-t-elle, craignant qu'il se cache une faille dans cet excellent plan, voulant détecter toute faiblesse. Enfin, près de quatre mois ont passé… Peut-on vraiment prétendre que le médecin a eu des soupçons ?

— Ça s'est passé de façon très déroutante, dit Thomas en réfléchissant tout haut. Il est venu hier pour un check-up. Totalement fortuit. Je dirai que le sujet est ressorti à cette occasion.

Il rumine pendant un moment encore et Georgy, transportée par ce brusque coup de génie de la part de Thomas, se ressaisit. Elle était presque sur le point de lui donner quelques conseils pour effrayer Clarissa.

— Je suppose que vous allez maintenant me demander de partir ? glisse-t-elle d'une petite voix, en rangeant les tasses et le café.

— Pas tout de suite.

Mais il est préoccupé et ses paroles ne suffisent pas à la rassurer. Au moins, il ne semble pas la blâmer ni la mépriser. Avec un gros soulagement intérieur, Georgy se met à pousser le fauteuil sur le long chemin du retour.

Les tantes l'attendent, impatientes, attentives, rusées.

— Où est Clarissa ? interroge Thomas, presque avec désinvolture.

Par-dessus sa tête, elles échangent un long regard éloquent avec Georgy qui, à son grand étonnement, les sent à ses côtés. Elles lui sourient ; son moral remonte aussitôt et elle doit se détourner pour cacher la joie qui lui envahit le visage. Elle n'a plus rien à craindre. Il ne fait aucun doute que face à Thomas, dans l'humeur où il est, Clarissa va tout avouer.

XXI

Effectivement, Clarissa avoue tout. Déjà confuse, en pleine détresse, ne sachant que faire, elle se décompose d'un seul coup. C'est un sale moment, il y a de hauts cris et les lamentations de Clarissa résonnent à travers toute la maison. Heureusement, son aveu s'accompagne de tant de hurlements et de pleurs que rien n'est très clair, sauf le fait principal, accablant. Elle est coupable. Avant qu'elle n'ait eu le temps de confesser quoi que ce soit de dommageable pour les autres, les tantes l'escamotent. Elle est emmenée, sanglotant et protestant de façon presque hystérique. Les tantes sont de nouveau pleines d'attention pour elle, comme au bon vieux temps, et elle se laisse déshabiller et mettre au lit. Fort heureusement, elles lui ont préparé un cocktail apaisant, qu'elles laissent à portée de main. Petit à petit, ses sanglots se calment, jusqu'à ce qu'enfin elle tombe dans un profond sommeil artificiel.

Georgy prend soin de rester invisible et Thomas n'apparaît pas au déjeuner. Il reste dans sa chambre, silencieux, mortifié, plein de rage. C'est comme s'il avait perdu sa virilité une seconde fois. Tante Olwen vient lui apporter un grand bol de soupe revigorante et un sandwich au poulet, mais il n'y touche pas. En le regardant, tante Olwen voit pour la première fois à quel point il ressemble à leur chère maman. C'est troublant – et des plus encourageant. Elle sait qu'on va vers un moment crucial dans l'histoire de la maison et, apparemment, il a l'air prêt à l'accepter.

— J'arrive à peine à y croire, marmonne-t-il.

Elle a un gloussement de sympathie, s'affairant autour de lui, rangeant la chambre pour la rendre aussi confortable et chaleureuse que possible.

— Elle nous a tous trompés, dit-il amèrement.

Tante Olwen lâche alors un soupire désolé, les lèvres pincées, secouant la tête devant tant de turpitude : ainsi est la nature humaine !

— Que faire, maintenant ?

Elle devine que la question est de pure forme, mais décide de tenter une pointe de conseil, pour donner une orientation positive à ses pensées.

— J'ai le sentiment qu'elle ne restera pas longtemps avec nous, mon cher enfant, dit-elle doucement. Elle ne s'est jamais intégrée, vois-tu. Nous avons tous fait de notre mieux pour qu'elle se sente chez elle, comme quelqu'un de la famille, mais elle n'a pas sa place ici. Nous avons tous été conquis par son caractère, certes, et elle est charmante à bien des égards, mais... (Tante Olwen laisse quelques instants en suspens ce « mais » de regret.) Pardonne-moi de dire cela de ton épouse.

Il lui presse la main de façon éloquente, avec gratitude. Il a été un imbécile, c'est évident, et comme d'habitude, ce sont ses chères vieilles tantes qui le tirent d'affaire, en prenant son erreur à leur charge, considérant cela comme un problème qui touche toute la famille.

— Bien sûr, ajoute tante Olwen, feignant un doute, si tu veux encore d'elle...

— Non, déclare Thomas avec force. Non. Mais que faire ? Je ne peux tout de même pas la jeter dehors.

Déçue de le voir conserver ainsi une part de sotte faiblesse malgré le renforcement de son caractère, elle se montre patiente. Elle a tout prévu.

— Je pense qu'elle s'en ira d'elle-même, glisse-t-elle en lui tapotant le bras. Fais-moi confiance. Ce sera mieux comme ça. C'était une regrettable erreur. Parfaitement naturelle, d'ailleurs. Tu pleurais cette pauvre chère Claerwen et, je le comprends bien, ce genre de choses est fréquent lorsque les défenses d'un homme sont au plus bas. Les femmes sont des créatures rusées, intelligentes...

Thomas ne nie pas – pourquoi le nier, d'ailleurs, puisqu'il en est entouré ? Il se contente d'acquiescer, l'air misérable.

Tante Olwen redoute un accès d'auto-apitoiement et elle prend un ton plus vif.

— Je pense que tu devrais rester dans ta chambre pour une journée ou deux, le temps que tout soit réglé. Clarissa doit partir. Et Georgy aussi, ajoute-t-elle très vite.

Elle fait une pause, mais Thomas ne proteste pas. Elle hoche la tête, satisfaite. Georgy a fait son œuvre, elle n'a plus aucune utilité ici, mais il ne faut pas éveiller ses soupçons, pour l'instant. D'abord régler le problème Clarissa...

— Tout ira bien, mon cher enfant, dit encore tante Olwen. Maintenant, mange ta soupe.

— Merci, répond-il d'un air maussade. Merci, tante. Je me sens un tel idiot... C'est affreux.

— Allons, pas de bêtises, coupe-t-elle avec vigueur. Ces filles ne sont pas notre genre. La maison a... Nous avons besoin de vivre ici entre gens de la même sorte. Bon, je serai de retour dans dix minutes et je ne veux plus rien voir dans ton bol ni dans ton assiette.

Thomas soupire lourdement. Il prend une gorgée qui se révèle savoureuse et, à sa grande surprise, il finit sa soupe jusqu'à la dernière goutte. Quand il a terminé son sandwich, c'est à peine s'il arrive à garder les yeux ouverts. « Le contrecoup, sans doute, se dit-il en bâillant. C'était à prévoir. »

Il est soudain frappé par la facilité avec laquelle il a admis les révélations de Georgy. Là-bas, du côté de la folie, une sorte de sixième sens a fait se cristalliser ses idées, l'aidant à réfléchir avec une clarté assez effrayante. Comme si quelqu'un planait par là...

Pénétrant dans la pièce à pas de loup quelques minutes plus tard, tante Olwen le trouve assoupi. Il ronfle. Elle le couvre doucement d'un plaid, ramasse bol et assiette et ressort tranquillement, sur la pointe des pieds.

Pendant quelques jours, le silence règne sur la maison. Curieusement, Thomas et Clarissa dorment beaucoup, l'un comme l'autre. Et quand ils se réveillent, ils se sentent la tête lourde, léthargiques, incapables d'affronter les difficultés qui les attendent. Le troisième matin, cependant, Clarissa se lève avec une impression sinistre, sans que plus rien ne reste de ce brouillard apaisant. Elle se remémore tout. Effrayée, elle serre les bras dans une étreinte vide. Avant qu'elle ne puisse se lever et aller trouver Georgy – sa meilleure meilleure amie va sûrement pouvoir l'aider, non ? –, tante Gwyneth apparaît, lui apportant sur un plateau un délicieux petit-déjeuner.

— Nous avons réfléchi, dit-elle à Clarissa d'une voix tendre, en lui arrangeant un châle sur les épaules. Nous pensons que tu aurais bien besoin d'un peu de changement. Il faut du temps à chacun pour s'adapter. Nous nous sommes dit que tu pourrais avoir envie d'aller faire un tour en ville. Tante Olwen a quelques courses à faire ; vous pourriez déjeuner dans ce petit café, là. Il vaut mieux que tu te fasses discrète en ce moment, n'est-ce pas ?

— Oh oui, s'écrie Clarissa avec gratitude. Oh, chère tante...

— Allons, allons. Pas de larmes. Moins on en dit, plus vite les choses s'arrangent. Tu manges ton petit-déjeuner et tu t'habilles. Nous partons dès que tu es prête.

— Est-ce que Georgy vient ? demande Clarissa avec avidité, en saisissant sa tasse.

Elle a hâte de faire un brin de causette avec sa meilleure amie. Elles ont tant à se raconter. Et beaucoup de choses à débrouiller. Comment pourrait-elle s'en sortir, sans les conseils de Georgy ?

— Non ! Je ne crois pas, souffle tante Gwyneth. La pauvre Georgy ne va pas trop bien. Une migraine épouvantable. Elle fait la grasse matinée.

Elle dort, en effet – d'un sommeil très lourd.

— Vous aurez tout le temps de discuter plus tard. Un changement de décor va te faire du bien. Allez, ne sois pas trop longue.

En mangeant son œuf, Clarissa se dit que l'attitude de tante Gwyneth est presque redevenue ce qu'elle était avant le retour de Thomas. À la pensée de Thomas et de sa rage glacée, de ses yeux terrifiants, si féroces et si froids, de ses mots cruels, elle sent sa terreur remonter, mais elle la contient du mieux qu'elle peut. Elle ne doit pas y penser, pas ce matin. Pas jusqu'à ce qu'elle ait vu Georgy…

C'est un beau matin de printemps, bien que le vent soit encore froid. Tante Gwyneth borde tendrement Clarissa dans le siège passager, pendant que tante Olwen s'installe côté conducteur, puis démarre. Durant le trajet, c'est à peine si elles échangent un mot. Clarissa regarde défiler cette campagne qui commence à lui être familière, se remémorant d'autres excursions, plus joyeuses. Sur les pentes des collines gambadent les agneaux, veillés par leurs mères, les haies verdissent légèrement, d'un vert neuf, vif, et le ciel est d'un bleu pur et tendre. Clarissa ravale ses larmes, songeant à la manière dont elle a gâché les choses. Elle aimerait bien un mot gentil, une note amicale… Le style de conduite de tante Olwen, ce matin, est encore plus erratique que d'habitude, et Clarissa a peur de la distraire en piquant une crise de larmes ou en lui demandant conseil. Elle se rappelle sa plaisanterie sur « les morts et les vifs », très loin du sentiment de désespoir qu'elle éprouve en ce moment.

Lorsqu'elles arrivent au café où elles comptent faire halte avant de se lancer dans leurs achats, tante Olwen pousse un petit cri de mécontentement : elle a oublié la liste des courses dans la voiture. Clarissa s'offre pour aller la chercher, mais tante Olwen refuse et l'envoie chercher une table libre, pendant qu'elle-même retourne à la voiture. En passant du plein soleil à la pénombre du café, Clarissa cligne des yeux. Elle balaie la pièce du regard, en quête d'une table disponible, lorsqu'un homme se lève tout à coup de son siège, près de la fenêtre. Clarissa pousse un cri étouffé. C'est Evan.

Il la prend rapidement par le bras pour la soustraire aux regards trop curieux et la fait asseoir. Elle le fixe avec de grands yeux effarés. Elle avait oublié qu'il était si beau, si blond, si rassurant...

— Evan, murmure-t-elle en tremblant, tandis qu'il lui glisse un bras autour des épaules, puis presse ses lèvres contre ses cheveux – raides, ternes et malodorants après plusieurs jours au lit, mais ça n'a pas l'air de le dégoûter.

Il lui chuchote à l'oreille :

— Cariad... C'est si merveilleux de te revoir. Tu m'as tellement manqué.

« Cariad » ? Elle se recule un peu, sans se dégager de son étreinte, le regarde avec étonnement. Il lui sourit.

— Pourquoi as-tu disparu ? gémit-elle sur un ton pitoyable, à voix basse afin de ne pas éveiller l'attention des autres clients. Tu ne m'as même pas écrit...

— Mais, Cariad, dit-il encore – il ne l'a jamais appelée comme ça auparavant, toutefois ça ne lui déplaît pas –, toi non plus, tu ne m'as jamais écrit ! Pas une ligne, pas un coup de fil. J'étais tellement triste à propos du bébé... Je n'ai pas reçu un mot de toi. Les tantes m'ont dit que tu étais malade. Je me suis senti si désespéré. Tellement exclu. Les semaines ont passé, j'ai eu l'impression que tu avais décidé d'opter pour ton mari. Et comment te recontacter, avec Thomas ? J'aurais pu te causer de terribles ennuis. J'ai pensé que je t'avais fait assez de mal comme ça.

Face à une telle démonstration de fidélité et d'amour sincère, les larmes de Clarissa débordent, glissant sur ses joues.

— Oh, Evan, chuchote-t-elle en lui baisant la main, encore et encore. Il s'est passé la chose la plus horrible... Tu ne devineras jamais.

— Quoi ? lui demande-t-il avec un regard mâle. Tu es bouleversée, qui t'a mise dans cet état ?

Ses lèvres tremblent à la pensée de la dureté avec laquelle on l'a traitée, et pendant quelques instants, c'est à peine si elle peut parler. Il lui donne de petites tapes tendres. La serveuse s'approche, la mine soucieuse ; Evan hoche la tête, l'air concerné, mais son geste indique qu'il attend son café.

— Thomas a tout découvert, lui avoue Clarissa, qui a fini par retrouver la parole.

Elle lève vers lui un regard tragique.

— Le médecin s'est douté que quelque chose n'allait pas très bien quand j'ai... quand j'ai... enfin, tu sais, quand j'ai fait cette fausse couche. Il en a reparlé à Thomas il y a quelques jours et Thomas a exigé la vérité. Non, vraiment, Evan, il a été terrifiant.

Fort heureusement, le café arrive juste à ce moment-là : Evan n'a pas besoin de se fendre d'une noble promesse de vengeance. Tandis que Clarissa, d'un geste tremblant, remplit les tasses, Evan voit tante Olwen passer la tête à l'entrée. Il lève une main dans le dos de Clarissa et agite les doigts pour signaler que tout se passe pour le mieux. Tante Olwen entre en trombe et vient se poster à côté d'eux.

— Eh bien, dit-elle en donnant tous les signes d'étonnement imaginables, Evan ! Alors ça, c'est une surprise !

— Agréable, j'espère, répond-il en se levant poliment pour lui avancer une chaise. J'avais quelques affaires à régler en ville, j'ai eu l'idée de prendre un café ici, en souvenir du bon vieux temps.

— Quelle coïncidence étonnante, hein ? s'exclame Clarissa, qui fixe tante Olwen avec un regard joyeux, malgré ses yeux mouillés de larmes.

— Stupéfiant, convient platement tante Olwen en lui adressant un large sourire. Exactement ce que le docteur a recommandé pour toi au premier coup d'œil.

Clarissa lui rend son sourire. Serrant fermement la main d'Evan dans la sienne, elle se rappelle avec quelle jovialité ces chères vieilles tantes ont toujours pris ses petites incartades.

— Il me semble, reprend Evan d'un ton ferme, qu'il est temps pour toi de faire un choix, Clarissa. Tu ne peux pas me laisser comme ça, suspendu à ta décision, sans un mot. Veux-tu rester avec Thomas ou me suivre ? J'ai une adorable petite maison à Malvern. Chaude et confortable, pas ce à quoi tu as été habituée, je sais, mais je pense que tu serais heureuse là-bas.

Il y a un silence. Clarissa songe aux longs couloirs ténébreux, aux paliers sinistres ; au fait qu'elle se retrouvera seule après le départ de Georgy et l'entrée de Megan au couvent ; aux morts et aux vifs qui hantent ces pièces sombres. Elle se remémore l'expression de Thomas et frissonne ; elle sait, aussi, que même les chères vieilles tantes peuvent devenir distantes et inamicales. Elle connaîtra la solitude, privée de l'espoir d'avoir des enfants. Sans l'influence néfaste des revenants, sans toute cette peur, elle pourrait sans doute concevoir des bébés normaux, non ?

Evan et tante Olwen y comptent bien. Les futurs gardiens et protecteurs du manoir apparaîtront en temps voulu ; ils grandiront dans l'amour et l'harmonie, et ils découvriront un jour leur héritage, au moment approprié. Cette fois, il n'y aura pas de faux départs, pas de terreurs, pas de méprises – et pas d'interférences.

— Alors, demande Evan d'une voix douce et tendre, tu choisis qui ?

Evan sait qu'elle se tâte : comment va-t-on arranger ça, qui va se charger de l'annoncer à Thomas ? À la pensée d'un tête-à-tête avec lui, elle se sent faible, effrayée.

— Voyez-vous, intervient tante Olwen d'une voix pensive, je pense que vous devriez prendre le large maintenant, ensemble. Tout de suite. N'ayez pas d'hésitation. Ne regardez pas en arrière. J'ai le sentiment que vous êtes faits l'un pour l'autre. Et Thomas ne vous pardonnera jamais, ni à l'un ni à l'autre, vous savez. Il découvrira bientôt de toute façon qui était ton amant, Clarissa, s'il ne le sait pas déjà, et le divorce s'annonce une affaire douloureuse. Thomas peut se montrer assez implacable.

Clarissa frémit à nouveau. Ça, elle veut bien le croire.

— Mais comment peut-on... ? demande-t-elle encore, mourant d'envie de se retrouver libre aussi facilement, sans avoir à donner des explications. Oh, si seulement on pouvait !

— Vous le pouvez, coupe tante Olwen. Ce sera pour le mieux. Plus de scènes, plus de récriminations. Agir de façon rapide et décidée, voilà ce qu'il y a de mieux, souvent. On te fera suivre tes affaires.

— Mais... et Georgy ? Que va-t-elle penser si je ne rentre pas à la maison ? Comment vais-je lui expliquer ?

— Je crois que tu devrais oublier Georgy pour le moment, dit tante Olwen. Elle est dangereuse.

— Dangereuse ? répète Clarissa, incrédule. Que voulez-vous dire ? Comment Georgy peut-elle être dangereuse ?

— Ma pauvre fille, répond tante Olwen en lui tapotant la main. Si confiante. Si loyale. Ça me fait de la peine de te l'apprendre, mais c'est Georgy qui a tout raconté à Thomas, pas le docteur. Elle aimerait épouser Thomas. Elle t'a trahie.

— Georgy le lui a dit ? souffle Clarissa. Oh, je n'y crois pas !

— C'est pourtant la vérité. Elle ne réussira pas à le séduire, cependant. Elle ne l'intéresse pas et nous ne le permettrions pas, je te l'assure. Mais il ne faut plus que tu lui fasses confiance. Si j'étais toi, je ne l'inviterais pas dans mon nouveau petit nid.

Clarissa secoue la tête, étourdie par ce choc. Elle se souvient de ses soupçons en voyant Georgy tenter d'entrer dans les bonnes grâces de Thomas. Elle serre plus fermement encore la main d'Evan, laissant défiler ses pensées.

— Oublie tout ça, lui conseille-t-il. Refuse d'y songer. Viens avec moi, dans ma petite maison à Malvern. Nous serons heureux, tous les deux.

— Et Angharad, que va-t-elle dire ? interroge Clarissa avec anxiété. Supposons qu'elle ne m'apprécie pas...

Evan et tante Olwen échangent un regard.

— Angharad ne vivra pas avec nous, explique Evan.

— Ah ? dit tante Olwen, saisissant la balle au bond. Elle a donc pris ce poste dont nous avions parlé ?

— Elle va bientôt le faire. Très bientôt. Il y a juste encore une ou deux choses à régler.

— Un poste ? demande Clarissa. De quoi s'agit-il, d'un poste d'infirmière ?

— Angharad s'est très bien débrouillée, répond Evan en souriant pour lui-même. On lui a offert une place d'infirmière à domicile. C'est un très bon poste qui va lui permettre de mettre à profit ses multiples compétences. Infirmière, cuisinière, gouvernante... Des tas et des tas de choses. Elle ne sera pas trop loin, nous pourrons donc la voir de temps à autre.

— Je n'aimerais pas du tout qu'elle se sente dépitée, ajoute Clarissa. Mais si tu penses qu'elle comprendra...

— Angharad est déjà au courant de tout, assure Evan en souriant toujours. Nous avons sa bénédiction.

— Excellent, se réjouit tante Olwen, soulagée. Alors... ?

Ils fixent l'un et l'autre Clarissa, bien conscients que c'est maintenant ou jamais. Il faut l'obliger à choisir, ce qu'elle n'aura pas le courage de faire seule. Clarissa prend une profonde inspiration et se décide.

— Je pars avec toi, Evan.

— Il ne faut pas changer d'avis ensuite, prévient tante Olwen. Ne pas revenir en courant vers Thomas. Il ne supportera jamais une nouvelle humiliation. Je vais m'occuper de tout, n'aie crainte, et Gwyneth et moi passerons te rendre visite, mais je dois avoir ta parole que tu ne reviendras pas là-dessus.

— Pas de retour en arrière, confirme Clarissa, en souriant à Evan – même si elle est encore sous le choc, à propos de Georgy. C'est définitif. Je le sens, tout simplement.

Tante Olwen et Evan échangent un nouveau coup d'œil.

— Définitif, répètent-ils, en se souriant d'un air triomphant.

XXII

Georgy, quand elle apprend la nouvelle, se réjouit de ce coup de chance. Que Clarissa disparaisse ainsi du tableau, d'elle-même, c'est un soulagement énorme. En même temps, elle ne peut s'empêcher d'être un tout petit peu irritée que Clarissa ait pu se rétablir aussi facilement sur ses pieds. Tante Olwen lui a dit la vérité – Clarissa est tombée sur Evan par hasard et elle s'est enfuie avec lui –, mais en lui faisant clairement comprendre qu'elle ne souhaitait pas que Thomas apprenne le nom de son amant.

Quelque chose, dans la façon dont tante Olwen lui transmet cette instruction, rend Georgy légèrement nerveuse. Il est évident que son avenir dans cette maison dépend maintenant beaucoup des chères vieilles tantes et elle se hâte de donner sa parole. Elle se réjouit que Thomas ne lui ait jamais demandé de détails sur ce point et de ne pas avoir eu l'envie de les lui donner. Elle peut assurer aux tantes qu'elle n'abordera jamais plus le sujet. Il y a bien une réticence chez tante Olwen à lui indiquer l'endroit où se trouve Clarissa, mais Georgy met cela sur le compte d'une prudence quelque peu excessive. Elle ne doute pas d'entendre bientôt parler à nouveau de sa meilleure meilleure amie et elle se met bien volontiers à empaqueter les affaires de Clarissa, avant que les tantes ne les emportent pour les lui faire envoyer. Georgy ne cherche pas à leur soutirer des informations ; elle a besoin de se faire bien voir d'elles. Pour l'instant, elle doit d'abord agir sur Thomas.

Lorsque les tantes lui révèlent toute l'histoire, Thomas réagit de façon assez similaire. Il ressent un énorme soulagement en comprenant qu'il n'y aura plus d'éclats, de scènes déplaisantes, mais il est agacé que Clarissa ait pu s'en tirer si facilement, sans autre forme de punition. Les tantes, néanmoins, le persuadent qu'il a beaucoup de chance et elles l'encouragent en l'entendant déclarer qu'il va demander le divorce dès que cela pourra être fait. Elles soupçonnent – assez justement – qu'il ne va pas se précipiter pour discuter tout de suite de cette affaire avec quelqu'un, et elles ne souhaitent pas non plus le voir libre trop vite. Elles sont cependant assez intelligentes pour comprendre que toute tentative pour le freiner ne ferait que renforcer sa détermination. Qu'il laisse éclater sa fureur contre l'infidélité de Clarissa et menace de la traîner devant les tribunaux, c'est un excellent exutoire, et elles s'en réjouissent. Trop occupées pour l'heure à imaginer comment elles vont pouvoir déloger Georgy, elles n'ont pas le temps de se tracasser à propos de Thomas.

Georgy n'a aucune intention de se laisser déloger, mais elle est consternée par le manque de réaction de Thomas, malgré la chaude compassion qu'elle lui a témoignée et ses ruses de femme. Naturellement, elle n'espère pas susciter un quelconque désir sexuel, sachant que ce cher vieux

Thomas n'a jamais été très porté sur les aspects physiques de la vie conjugale, mais elle comptait tout de même sur davantage de réaction de sa part, à ce stade. Elle commence à se dire que Clarissa n'a été pour lui qu'une nouveauté plaisante ; que s'il s'est senti attiré par elle, elle le devait à sa grande différence avec tout ce qu'il avait connu ; et qu'elle n'a eu aucun mal à l'emballer. Elle se souvient des paroles de Clarissa, qui se plaignait de son indifférence sexuelle, de son désintérêt pour toute vie sociale, de son côté terne d'homme mûr, et elle se dit qu'elle a du pain sur la planche. De surcroît, les tantes ne font aucun effort pour l'encourager ou pour l'aider. Elles se sont repliées sur elles-mêmes, ces chères vieilles ne se montrent plus aussi joviales, plus aussi intimes avec elle. Au contraire, elles semblent vigilantes, froides, inaccessibles. Georgy commence à s'impatienter ; elle fait les cent pas dans sa chambre, réfléchissant aux moyens de s'insinuer dans les bonnes grâces de Thomas et celles des tantes avant qu'il ne soit trop tard.

C'est Thomas lui-même qui se charge de faire mûrir la situation. Il ne songe pas du tout à Georgy comme à une possible épouse, mais il réalise à quel point elle lui est utile, comme nurse et comme compagne. Il est parfaitement conscient que les tantes n'ont plus la force de pousser son fauteuil dans les allées du manoir ; de le conduire ici ou là, de hisser la chaise roulante dans la voiture et de l'en descendre ; de le distraire, de partager un verre et une discussion avec lui jusque tard dans la nuit, quand il ne peut trouver le sommeil. Georgy est mince et nerveuse ; elle est forte, les problèmes physiques de Thomas ne lui posent pas de difficultés.

Il lui vient à l'esprit que, même s'il aimerait avoir la maison pour « lui seul » – et là-dedans, il inclut les tantes –, il doit accepter le fait qu'il a besoin d'assistance, d'une manière ou d'une autre. Après tout, cette pauvre Georgy a été abandonnée au bord de la route par Clarissa, après avoir quitté son travail et son petit ami pour lui venir en aide, et il lui faut maintenant refaire sa vie.

Un matin, au petit-déjeuner, devant son *kedgeree* – un pilaf de poisson aux œufs durs –, Thomas lâche sa bombe.

— Je m'attends maintenant à ce que vous partiez, commence-t-il, mais je dois admettre que je me demande ce que je vais bien faire sans vous.

Il y a un moment de silence absolu. Ni les tantes ni Georgy ne bronchent, foudroyées par cette confession totalement inattendue.

Thomas laboure son *kedgeree* avec sa fourchette, sans se rendre compte du choc qu'il vient de provoquer.

— Vous n'avez sans doute pas très envie de devenir la gouvernante d'un infirme, dit-il, ponctuant d'un rire léger cette idée pour en souligner la bêtise. Mais si vous postuliez, je vous offrirais certainement le poste.

En réalité, il n'est qu'à moitié sérieux. Il n'y a pas réellement bien réfléchi et, de toute façon, il ne s'attend pas à ce que Georgy accepte. Pourquoi une fille aussi brillante voudrait-elle s'enterrer à la campagne avec deux vieilles femmes et un invalide ? Il a sous-estimé Georgy, cependant, qui voit là une opportunité et la saisit. Recevoir une telle offre, devant les tantes, est un coup de chance incroyable.

— Et je serais ravie d'accepter, répond-elle hardiment, en décochant à Thomas un sourire tendre.

Comme vous le savez, j'ai en quelque sorte brûlé mes vaisseaux quand je suis venue retrouver Clarissa. Je ne sais plus du tout où aller ni que faire, maintenant. Je n'ai pas d'amis, pas de famille... Il n'y a personne pour qui je compte vraiment... C'est-à-dire, à part Clarissa. Ou du moins je le pensais jusqu'à ce qu'elle s'en aille sans même me dire un mot. Et puis, en mettant tout cela de côté, il faut reconnaître que je me suis prise d'une grande affection pour vous trois. C'est comme si vous étiez ma vraie famille, maintenant. Vous me manqueriez terriblement si je devais m'en aller.

Elle émet un petit rire modeste, voulant se moquer d'elle-même, de toutes ces sottises sentimentales, mais elle surveille les tantes du coin de l'œil, guettant leur réaction. Elles ont l'air si assommées que Georgy a envie d'éclater de rire. « Je les ai eues ! » songe-t-elle avec une joie féroce.

— Eh bien, reprend Thomas, plutôt pris au dépourvu par cette prompte réponse et qui se met à rire bêtement. Eh bien...

Il dévisage les tantes, comprenant qu'il vient probablement de leur couper l'herbe sous le pied. L'expression apparue sur leurs chers vieux visages manque un peu de chaleur.

— C'est adorable de la part de Georgy de se montrer si généreuse, commence tante Gwyneth, mais...

— Ah, non ! explose Georgy comme une enfant – elle commence à s'amuser vraiment, car elle sait que Thomas ne peut se rétracter sans perdre complètement la face. Pas du tout généreuse, pas du tout, non ! Rester me ferait très plaisir, surtout si je peux être utile...

— Mais..., continue tante Gwyneth, qui ne se démonte pas. Je me demande sérieusement si nous n'aurions pas besoin de quelqu'un de plus qualifié. Quelqu'un qui soit habitué à soulever un patient, par exemple. Lui...

— Pour l'amour du ciel, coupe Thomas, irrité, mécontent de cette allusion à ses fonctions intimes. Je ne suis pas complètement impotent, ma chère tante. Je peux faire la plupart des choses seul...

— Absolument, glisse Georgy, d'une voix calme et forte, et Thomas lui adresse un coup d'œil plein de gratitude.

— Bon, dit tante Olwen, se rendant bien compte qu'elles sont en train de braquer Thomas et que cela ne les mènerait à rien. C'est une proposition très intéressante, certainement. Je ne savais pas, Thomas, que tu souhaitais une présence permanente auprès de toi pour te distraire.

Sa remarque est intelligente, elle donne à Thomas l'impression d'être un petit garçon incapable de se passer de sa nounou. Georgy est trop rapide pour elles, cependant. Elle voit où tante Olwen veut en venir et se précipite sur la brèche.

— Thomas n'a pas besoin d'une infirmière, dit-elle avec assurance. Il s'en sort terriblement bien. Il a besoin d'une dame de compagnie, jeune et solide. Quelqu'un pour l'aider avec son fauteuil, pour jouer le rôle du chauffeur – il n'y a d'ailleurs aucune raison qu'il ne dispose pas à terme d'une voiture spécialement adaptée –, quelqu'un qui soit tout simplement là chaque fois qu'il en a besoin. Je ne dis qu'une chose : si c'est ce qu'il veut, et s'il pense que je peux faire l'affaire, je serais très honorée d'accepter sa gentille proposition.

Sur ce, elle repousse sa chaise et se lève, en ajoutant avec entrain, à l'adresse de Thomas :

— Ne devions-nous pas aller à la ferme du domaine ?

— Dieu du ciel, oui ! répond-il avec un soulagement palpable, en rejetant sa serviette. J'avais complètement oublié. Vous voyez ? fait-il aux tantes, en riant. C'est aussi une secrétaire formidable.

Les tantes rient avec lui et, sans cesser de sourire, elles regardent Georgy l'aider à reprendre place dans son fauteuil puis l'entraîner hors de la pièce. Il y a alors entre elles un moment de silence. Leurs regards se croisent, froids, vibrants de colère. Georgy leur a coupé l'herbe sous le pied, elle a devancé leurs arrangements, même si l'empressement de Thomas à accepter sa compagnie lui a bien facilité la tâche... Leurs cerveaux travaillent à toute allure, de concert. Elles étudient, elles rejettent, elles planifient, mais une pensée domine toutes les autres : dans deux jours, c'est le 1er mai. Nul doute que ce jour-là, la Déesse leur fournira une réponse. Elles auront besoin de temps pour convoquer toutes leurs ressources, mais c'est une occasion très spéciale, à ne pas manquer. Il va falloir un sortilège très solide pour contrer cette nouvelle perspective désastreuse.

Georgy a bien révisé son histoire des vieilles fêtes païennes et elle sait que Beltane approche. Elle a fait une ou deux excursions jusqu'au boisé, en l'absence des tantes, et même si en plein soleil cet endroit la fait décidément frissonner, elle s'amuse un peu des croyances désuètes de ces chères vieilles. Pour être honnête, elle admet que les tumulus et les traces de sang sur la dalle de sacrifice donnent la chair de poule, mais elle n'arrive pas à prendre tout cela très au sérieux. Elle se souvient vaguement de son cauchemar, le soir où les tantes l'ont droguée ; aujourd'hui elle en rit. Qu'ont-elles, avec ces histoires de fantômes… franchement ?

Néanmoins, elle se demande si elle ne pourrait pas tirer quelque chose de ces histoires. Même si elle a renouvelé son accord à Thomas pour qu'il ne puisse plus reculer, elle sait à quel point les deux vieilles chouettes pourraient lui rendre la vie difficile. Peut-être pourrait-elle trouver quelque chose qui lui donne une emprise sur elles, comme… ?

L'idée germe dans son cerveau. Elle la rumine soigneusement. Bien qu'il soit essentiel de ne pas éveiller les soupçons des tantes, elle est déterminée, en cette veille du 1er mai, à ne rien manger ni boire qu'elles puissent avoir drogué. Elle a l'intention, à minuit, de rendre une petite visite nocturne au boisé et au site qui se trouve derrière, sur la colline, où elle sait que des feux ont été allumés, par le passé. Elle n'ignore pas que Beltane est justement l'une de ces fêtes du feu. Pendant que les tantes sont parties faire des courses, elle parcourt la sente à travers bois, trace l'itinéraire qu'elle doit emprunter et choisit un endroit où se cacher. Elle ne sait pas encore en quel lieu les tantes vont célébrer leur rite, mais elle pourra ainsi les suivre et les observer sans se faire repérer. Pas question de prendre le risque d'emporter une lampe de poche ; elle refait donc plusieurs fois le chemin, mémorisant certaines particularités naturelles qui lui serviront de repères. Mais comme le matin où elle s'était rendue à la folie avec Thomas, elle a aujourd'hui la sensation qu'on l'observe. Elle se retourne plusieurs fois brusquement, sans distinguer qui que ce soit derrière elle. Riant de ses propres chimères, elle regagne la maison, prête et tout excitée. Elle est sûre que les tantes n'aimeraient pas passer pour folles à lier aux yeux de Thomas ; elles lui seront reconnaissantes de garder secrètes leurs petites coutumes, si étranges et si peu ragoûtantes.

La veille du 1er mai, après le déjeuner, lorsque Georgy leur annonce qu'elle a une grosse migraine, les tantes paraissent soulagées. Elles lui préparent un bon petit cordial, et Georgy leur assure l'avoir bu jusqu'à la dernière goutte, en leur disant qu'elle l'a trouvé très bon. L'après-midi, quand elle manifeste son envie d'aller se coucher, elles ne sont pas surprises. Même si son mal de tête est en partie soulagé, leur dit-elle, elle se sent très fatiguée. Elle titube jusqu'à son lit, en bâillant de toutes ses forces. Plus tard, bien plus tard, elles viennent vérifier, mais elles la trouvent roulée en boule, endormie d'un profond sommeil. Elles sourient en se glissant à l'extérieur de la chambre. Georgy leur laisse dix minutes, qu'elle égrène lentement, méticuleusement, seconde par seconde, avant de se lever, de s'habiller chaudement et de suivre leurs traces à partir de la maison.

Elle se laisse guider par les lanternes vacillantes qu'elle aperçoit entre les arbres, avec un sentiment de déjà-vu. Elle était là, une nuit, les branches s'accrochaient à ses vêtements, lui fouettaient le visage, mais ce soir il n'y a pas de vent. Il fait doux et tout est silencieux ; à l'est, la lune se lève. Dans l'obscurité, il lui est difficile de suivre l'itinéraire qu'elle s'est préparé, mais tant qu'elle peut voir les lueurs, elle progresse sans mal. Cette fois, elle ne cherche pas à entrer dans le cercle de pierres. Elle a prévu de se cacher du côté du chemin qui monte vers la colline, où attend un bûcher fait d'une haute pile de broussailles. L'air semble plein de murmures, de voix qui soupirent et grondent, et elle frémit un petit peu, plus si confiante. Elle a la sensation que les invisibles habitants du boisé pourraient bien être tout proches. La brume s'accroche aux troncs, se mouvant d'une manière sinistre, lui cache le chemin ; elle trébuche, étendant le bras comme une aveugle quand le brouillard l'enveloppe de sa froide humidité. Elle ne voit plus rien maintenant, rien que les ténèbres et la brume qui avance ; elle fait une pause, jetant des regards de tous côtés, cherchant les repères qu'elle avait mémorisés, un peu plus tôt. L'épais brouillard blanc s'ouvre soudain devant elle et elle laisse échapper un cri étranglé, le souffle coupé, terrorisée par ce long bras qui se tend vers elle pour la saisir, ces doigts qui touchent ses cheveux et sa bouche. Elle reprend son souffle, pousse un petit sanglot de soulagement en s'apercevant que ce bras n'est qu'une simple branche, et ces doigts des brindilles.

Elle reste un moment immobile, retrouvant ses esprits, et elle aperçoit l'éclat de lumière d'une lanterne qui avance dans l'obscurité, sur sa droite. Elle se remet lentement en marche, sans quitter des yeux cette lueur qui brille à travers les arbres, mais elle a la certitude que quelqu'un ou quelque chose progresse avec elle, à une certaine distance, selon un chemin parallèle au sien. Elle a raté la sente et se trouve profondément enfoncée dans le boisé, elle le sait. Elle s'arrête donc, se pressant contre un arbre en regardant tout autour d'elle, angoissée, cherchant à distinguer son poursuivant.

Un hurlement la fige sur place. Elle reste là, paralysée, les yeux fermés maintenant ; elle se mord les lèvres en tremblant. Tout doucement, elle fait le tour de l'arbre, pouce après pouce. En restant cachée derrière le vieux tronc de ce chêne, elle voit alors les formes encapuchonnées, penchées au-dessus de la dalle, les bras qui se lèvent, le reflet de la lune sur la lame, et elle s'attend instinctivement à ce petit cri animal, bref et aigu, qu'elle a déjà entendu en rêve.

Tout en se préparant à ce second cri, elle reprend conscience de la forte et terrifiante présence de son poursuivant. Elle a complètement oublié qu'elle trouvait ces superstitions plutôt amusantes ; son cœur fait un bruit sourd dans sa poitrine et elle a la gorge sèche. La présence se rapproche. Elle voit bouger des ombres. Les muscles de ses membres se contractent. Elle se force à faire lentement le tour du tronc, sentant sous ses paumes et ses doigts tendus l'écorce sèche, rugueuse, en se tenant prête à s'enfuir en courant ou à se battre.

Tout est silencieux. Elle se tient presque immobile, écoutant attentivement. Elle sent sa tension se relâcher un peu. Prenant une grande inspiration, elle s'écarte de l'arbre... La forme qui lui fait face est haute et sombre. Dans les profondeurs de la capuche, elle distingue deux yeux féroces, froids, abominables, dardés vers elle. Georgy ouvre la bouche pour crier, mais aucun son ne sort de sa gorge. Elle rassemble ses forces, s'oblige à se jeter en avant, mais elle est empoignée par deux fortes mains. Haletante, elle veut lutter ; son adversaire, qui la tient toujours par les bras, la secoue alors, la soulève sans mal, comme une plume, et lui fracasse la tête contre le tronc de l'arbre. Il y a un craquement dans sa nuque et elle s'effondre, sans vie, entre les bras de son meurtrier.

Quelques instants plus tard, les tantes rejoignent le bûcher, munies de leurs lanternes et des dépouilles de quelques petites bêtes malchanceuses. C'est une nuit de sortilèges et, en se tenant à cet endroit, elles retrouvent la sensation maintenant familière d'une présence, tout près d'elles ; elles sentent cette puissance impitoyable et se demandent si c'est leur mère qui est là, réincarnée, prête à leur être rendue. Vite, elles s'empressent de ramasser les chiffons qu'elles ont préparés, imbibés de pétrole. Elles les font passer dans la flamme de leur lanterne et, aussitôt qu'ils s'enflamment, les jettent sur le bois sec, qui prend feu, brûle doucement pendant quelques instants puis s'embrase, se gonflant en un immense brasier jaune et écarlate.

Quand elles découvrent que Georgy est partie, sans prévenir et sans laisser aucune explication, les tantes se persuadent qu'il faut y voir le résultat immédiat de leurs offrandes propitiatoires à la Déesse : Elle a écouté leur supplique et y a promptement répondu. Il est curieux que Georgy n'ait emporté aucune de ses affaires, mais elles n'ont jamais cherché à questionner les méthodes de leur Maîtresse. Et puis, elles sont trop soulagées de voir leurs problèmes résolus, si facilement et si vite, pour s'attarder à de tels détails. Arrivée de nulle part, Georgy est retournée d'où elle était venue. La nouvelle tombe qui se trouve maintenant dans la partie la plus sombre et la plus dense du bois n'est connue que de l'assassin. Débarrassé du dernier obstacle à ses désirs, il s'apprête à révéler son identité.

Lorsque les tantes viennent lui annoncer, gentiment et avec compassion, que Georgy l'a laissé tomber, Thomas peut à peine le croire. Pas de doute, murmurent-elles, elle s'est dit qu'à la réflexion c'était une trop lourde responsabilité ; elle était trop jeune pour s'engager autant ; et elle n'a pas pu se résoudre à le lui dire en face. Elles font état d'un coup de fil, un ou deux jours après – leurs regards se rencontrent puis s'esquivent, car après tout, ce pourrait être vrai. Elles restent vagues, disant qu'un homme a appelé, un vieil ami... Thomas est résigné. Seule Claerwen lui a été honnête, dévouée et fidèle, comme leur fille l'est à sa vocation.

En juin, Megan entre au couvent en tant que postulante. Elle est radieuse. Elle se sent remplie de paix – et pourtant consciente d'un malaise caché, à peine sensible. Elle a reçu une lettre de Clarissa qui lui dit tout, l'assurant de son amour en lui demandant de prier pour elle, et Megan est heureuse de la savoir en sécurité auprès d'Evan. Elle sent néanmoins cette présence terrible, sinistre, qui bloque sa Vision, confondant rêve et réalité. Megan sait qu'elle doit devenir forte. Elle va revêtir l'armure du Seigneur. Elle va grandir dans sa foi, pour être prête le jour où elle devra affronter cette puissance ténébreuse, ce dont elle est sûre. Pour l'heure, elle laisse la maison à la garde de son père et de ses tantes. Elle embrasse sa vocation sans réserve, avec une joie profonde.

Le jour du solstice d'été, la maison est toute parée, nettoyée, prête pour sa nouvelle maîtresse. Les tantes patientent, sûres qu'aujourd'hui, celle qui les observait, celle qui attendait va enfin se montrer. Au moment où les ombres du soir se mettent à avancer sur les pelouses, tandis qu'à l'ouest le ciel s'enflamme, elle arrive, sur ses longues et fortes jambes, ses cheveux blonds attachés en une natte dans son dos. Une lueur danse et brille dans ses yeux gris, comme un rayon de lumière vive frappant la mer ; sa bouche mince et cruelle sourit à la vue des deux vieilles gardiennes, les protectrices de ce lieu. À son approche, elles retiennent leur souffle. Vraiment, leur mère s'est réincarnée, voilà qu'elle leur est rendue dans l'adversité ! Elles lui tendent leurs mains et elle entre triomphalement à l'intérieur avec elles, pénétrant enfin dans cette maison qu'elle convoitait et surveillait depuis des mois.

— Sois la bienvenue ! s'écrient-elles d'une voix tremblante, secouées par cette force dévoilée, dont elles reconnaissent avec un peu d'appréhension la puissance implacable. Bienvenue, Angharad, notre nièce et parente !

Angharad rit, se réjouissant en elle-même de leur frayeur à peine dissimulée, impatiente de se mettre à la tâche qui lui a été confiée. Une tâche plus importante que le rôle de cuisinière, de nurse, de compagne, auquel ce cher Thomas a si obligeamment ouvert la voie. Lui aussi doit l'accueillir, tomber victime de ses charmes et de ses sortilèges, jusqu'à ce qu'il n'ait plus rien à lui cacher, jusqu'à ce qu'elle soit devenue comme une seconde fille pour lui. Elle serre les tantes dans ses bras, les embrasse chaleureusement, les séduisant à son tour en s'abandonnant à elles avec amour, calmant leur peur.

— Vous êtes ma famille, chuchote-t-elle. Vous tous.

Et elle lève les bras pour appeler les habitants de la maison, non seulement les vifs mais aussi les morts, qui sortent de l'ombre pour venir l'accueillir.

10322

Composition
NORD COMPO

Achevé d'imprimer en Slovaquie
par NOVOPRINT SLK
le 6 janvier 2013.

Dépôt légal janvier 2013.
EAN 9782290058305
OTP L21EPLN001326N001

ÉDITIONS J'AI LU
87, quai Panhard-et-Levassor, 75013 Paris

Diffusion France et étranger : Flammarion